AQUARIUS

AQUARIUS

AQUARIUS

AQUARIUS

每個人心中都有一座島嶼，
藉文字呼息而靜謐，
Island，我們心靈的岸。

Mao II

毛二世

唐・德里羅（Don DeLillo）——著　梁永安——譯

【導讀】

唐・德里羅不安的眼神！

文／南方朔

一九八五年，美國當代主要作家唐・德里羅出版了他的第八本小說《白噪音》，該書獲得當年「美國國家圖書獎」，入選「時代雜誌一百大小說」，並被評論界譽為是後現代主義小說的經典之作，該書也很快進入了大學的文學研究講堂，其中文譯本也於二〇〇九年於台灣上市。

繼《白噪音》之後，一九九一年唐・德里羅出版了他的第十本創作《毛二世》。這部作品一出，同樣驚動了各方，不但為他獲得了「國際筆會福克納獎」，而且隨著國際社會的演變，極權及恐怖主義蔓延，而這些都是《毛二世》的主題之一，於是使得該書更長期被討論，譽之為對時代心靈有著見微知著的異稟。現在這本著作的中譯本也開始和大家見面。

首先，《毛二世》的書名，乃取材自普普藝術家安迪．沃荷（Andy Warhol，一九二八—一九八七）的同名絲印畫。安迪．沃荷的藝術，乃是透過攝影複製的風格，將藝術作品以商品複製的形式瓦解其獨特性。將毛澤東、瑪麗蓮．夢露，甚或可口可樂罐裝圖畫以這種複製的方式呈現，一方面用商業顛覆了藝術，另方面也等於用庸俗顛覆了政治的擬神聖性。唐．德里羅以毛澤東的這幅絲印畫題目為書名，可以想像得到他是要把毛澤東這種偶像式的人物，透過反諷、嘲謔、複製等方式，將他的偶像性抹除，使它成為歷史過程中的一則笑談。他的《毛二世》從書名開始，即顯露出他那種「塗抹」的後現代風格。「塗抹」是把從前過度渲染，因而蓋住別的頁面的油彩抹消抹掉，其他被蓋掉的才可重見天日。

但如果人們讀了《毛二世》，即可發現唐．德里羅作為當今後現代主義的寫作大師，他其實並沒有如此狹窄，而且有關毛澤東這個題材只不過是書中的一部分而已，甚至還只是很小的一部分。當代美國主要文學理論家之一——杜克大學教授林特濟查（Frank Lentricchia）乃是唐．德里羅權威學者，他即指出，如果讀者只是想在他的作品裡尋找容易辨認的道德中心，那就一定會覺得很受挫折，因為他的作品實在太易讀太難懂了：

「他是對這個讓我們快樂不起來的世界做著文化解剖，而同時這個解剖家又對語言中的句子和詞彙深深愛好，當他在描述不同的聲音時顯露出極大的睿智，並且有真正的蓬勃活力。他的作品除了實況的景象外，還有一種文學的愉悅感。因此作品最後的視野是既可怕又美的。」「他的作品代表了美國文學上的一種罕有成就。小說家的想像和文化批判有了完美的混合。」

因此，唐·德里羅的作品乃是當代難懂的典型代表。他的作品當然有大的主題，但他的主題並非單一的題旨，而是在這個主題下將各種相關的現象揉合在一起，而後將這些現象做出夾敘夾議的發抒。唐·德里羅最特殊之處，乃是他在夾敘夾議的敘述中，展現出他罕有的文化觀察與文化批判思維能力。他總是能在現象的辯陳間找到可以落斧鑿之處，而嵌入他那種懷疑、嘲諷、深度的憂慮。由於他的語言之斧從不針對單一的題旨而發，因此讀者就很容易掉進他的情節編織和語言串聯中，彷彿進入了迷宮一樣。就敘述而言，他所營造的效果，彷彿有如一個封閉的「迴路」（Loop），在兜了一大圈之後，似乎仍找不到清晰的出口。

就以《毛二世》為例，他的維京出版公司主編、本身也是作家的格拉罕（Nan Graham）就說過：「在唐·德里羅寫作之前，他就告訴過我，他存了兩個資料卷宗，一個標明是『藝術』，一個標明是『恐怖』。這顯示出藝術家的本質處境，以及人類的恐怖主義問題，早就進入了他的思想之中。」而《毛二世》這部作品中所碰觸到的作家及恐怖性的群眾議題，其實早已進入了他的心靈時間表。由於關心藝術家（作家）和恐怖群眾的課題，他才會注意到安迪．沃荷的絲印畫「毛二世」、伊朗何梅尼對《魔鬼詩篇》作者魯西迪（Salman Rushdie）發布死亡追殺令等問題，並將這些故事轉化成他在《毛二世》書裡的元素。

《毛二世》這部作品從韓國統一教教主文鮮明在紐約洋基球場所辦的一場一萬三千人集團結婚開場。統一教乃是以領袖崇拜為動力而形成的宗教團體。他的青少年信眾成員都視文教主為父，沒有自我。這些沒有個性、只有群性的信徒，甚至由文教主代他們決定配偶。一個美國中產家庭少女凱倫．詹尼，就受命和一個才剛見過面的韓國男子金中朴結為永久配偶，而該男子立刻就要被派去外國傳教。《毛二世》以統一教的信眾行為開場，其實已將極端權威、極端群眾、甚至極端到沒有自己的面目的小社會景象做了展開。

而統一教的群眾其實只是《毛二世》的序奏。接著它就開始了本書的正文：一個名叫比爾．格雷的隱居作家。唐．德里羅設定這個角色，多少是以前輩作家沙林傑（J. D. Salinger）、湯瑪斯，品瓊（Thomas Pynchon）、威廉．嘉底士（William Gaddis）等為原型。這些作家早年皆沒沒無名，後來名氣漸盛，盛名後皆長期隱居，自外於讀者群眾。這個比爾．格雷成名後也隱居埋名，只是在拖拖拉拉寫著他並無意願出版的新著。他把寫作視為非常純粹的自我行為：再度出版新書，又要被推上台前，就會把真正的自我摧毀。比爾．格雷有個崇拜者轉成的祕書助手史考特，而凱倫．珍妮這個前述的統一教女信徒，則是史考特的夥伴。史考特在她徬徨無措的時候將她救回到人間。她形同史考特的夥伴兼助手。

而就在這時，比爾接受了一個外國籍報導攝影女記者布麗塔的採訪要求，作為生命中的最後留痕。在攝影時他和布麗塔有過對話，他認為在以前是作家提出改變時代的見解，但到了現在，這已經陳舊過時，真正改變人們意識的角色反而從作家讓位給了恐怖主義群眾。在採訪結束後，比爾託她傳話給紐約一家大出版公司的主管查理·埃弗森。查理乃是比爾以前作品的出版人，他也是比爾的舊友。比爾顯然已有意安排他新作的出版事宜。接著他們兩人在紐約聯絡上，而就在這時，一個瑞士調查黎巴嫩貝魯特難民營健康衛生狀況的瑞士人在貝魯特被恐怖組織綁架，由於查理乃是一個國際支持言論自由的組織之負責人，又由於那個人質曾以法文寫過一些詩作，查理遂邀比爾一同前往倫敦，準備舉行作家聲援作家的援救記者會。但到了倫敦後，他們的記者會受到恐怖分子的威脅而沒開成，反倒是比爾碰到了一次炸彈案，被震波掃到受傷。而在倫敦，比爾也被介紹認識了該綁架人質的組織代表喬治·哈達德，於是比爾決定自行前往黎巴嫩。他由倫敦假道塞普勒斯。在塞普勒斯候船的期間，稍早一班的渡輪遭到不知何方的恐怖攻擊，因此比爾的行程遭到拖延，而他在此時也被一輛車子撞到，雖然表面沒事，但其實卻已肝臟或脾臟受創。最後他搭上了前往黎巴嫩的渡輪，但在睡著後卻再也沒有醒來，他的護照和身分辨識證件也被別人順手拿走，這意味著比爾的遺體最後一定被視為不明人物而被草草掩埋處理。一個擁有一點知名度的作家，在這個恐怖主義群眾無所不在的時代，就這樣徹底的從世間蒸發消失。

比爾的作家之死是個值得深思的課題。在許多社會，甚至於直到不久前的現在，作家都是種危險的人物。他們的發聲會搖晃甚至顛覆整個社會的基礎，他們是原有秩序統治者恐懼的對象，難免被視為某種程度的恐怖分子而遭到壓迫。他們也是既有秩序裡漂泊的異鄉人：時時可能遭遇到不可測的命運。作家的命運有如屠格涅夫的《羅亭》，擁有滿腔不可能的壯志並為此而苦，但最後卻被不知從哪裡跑出來的一顆子彈了卻生命。一個有意隱居和隱藏自己的作家，最後真的被蒸發隱藏，這不正是坐實了作家的脆弱。寫作在個人主義的世界已成了葬送人生的手段。

現在的時代變了，個人主義的作家時代已經結束，代之而起的乃是集體主義的群眾瘋狂甚至恐怖主義。在《毛二世》裡，有關這部分的敘述乃是比爾這個作家的。它藉著何梅尼死亡時群眾瘋狂的場景畫面、毛澤東發動群眾的盛大場景，以及黎巴嫩那個綁架人質的毛派小組織頭目的表現，呈現出另一個宏大歷史的走向：現在的歷史這個鐘擺，已往群眾這邊擺動。群眾不只是人多，群眾是一種意識，恐怖主義的綁架人質，只不過是封閉群眾型國家的一種微型預演而已。唐·德里羅在《毛二世》裡，一方面討論個人主義的沒落及邊緣化，另方面則談到集體主義這邊被操弄的群眾瘋狂開始興起，他為什麼從早年開始就一直關心「藝術」和「恐怖」這兩個問題，並對這兩個問題保留了兩個檔案夾，他的心情之沉重已不言自明。

唐·德里羅在當代作家裡，乃是修辭之斧運用得最細膩周密的翹楚，近代的文學敘述已愈來愈清楚的知道，一個述句由於概念和語法的推論，該句子本身在表達出來之後，它就如囚籠般限定了作者的意識，因此對於不想被述句限定的作者，他們總會在語言的辯限中，諸如雙關、歧義、內涵及外延的含混處，尋找可以落斧之處，使述句的內容複雜化，俾能承載更多的意義。唐·德里羅的這種敘述修辭模式，乃是他的作品雖然早已在文學圈內享有盛名，但普通讀者的接受卻較遲的原因。這也就是說，他的述句有如一個個意義的迴路，透過夾敘夾議的筆法而正反相續，拉大了意義的空間。

而除了敘述修辭有如意義的迴路外，在《毛二世》裡人們還可注意到，它在整個敘事的大結構上也具有這種迴路的特性。《毛二世》的序幕以統一教主文鮮明舉辦萬人集體結婚開場，來見證集權主義已侵入到了群眾最私密的婚姻與性這個領域。現在這個時代，「自我」對許多人已成了巨大的負擔，寧願將「自我」捨棄，託庇於威權的教主一人：教主所宣稱的「末日審判」其實尚未到來，但「自我」的「末日」卻早已開始了。而這種「末日」也就是盲目群眾時代的開始。由何梅尼之死的瘋狂，由毛澤東偶像崇拜的瘋狂，由黎巴嫩那個毛派暴力綁架組織，都印證了群眾時代的到來。但這種群眾時代的終極結果又如何？在這本著作裡，攝影師布麗塔倒是親眼目睹了一場黎巴嫩的荒誕婚禮。婚禮的道具是一輛老舊的俄製T-34戰車。戰車後面是二十個大人和此數一半的小孩。這是個婚禮的迎娶隊伍，新郎新娘手持香檳杯子，一些小孩手持火花燦麗的仙女棒，這是個滑稽歡樂，但也荒誕的場景，隊伍的最後則是駕著無後座力輕機槍的吉普車。這部作品以婚禮始，以婚禮終，第一個統一教婚禮是群眾式集體主義儀式，後一個婚禮則是在暴力群眾政治當道的地方，它反而產生了個人主義的婚禮歡樂。只是這種歡樂以槍砲戰車為道具，總難免給人一種荒誕悲傷的感覺。這也顯示出，在群眾創造歷史的這個時代，歷史究將何去何從的令人迷惘不安。唐．德里羅不意圖告訴人們任何簡單的答案，只是用他那還算清明的眼神，不安的看著這個世界而已！

洋基球場

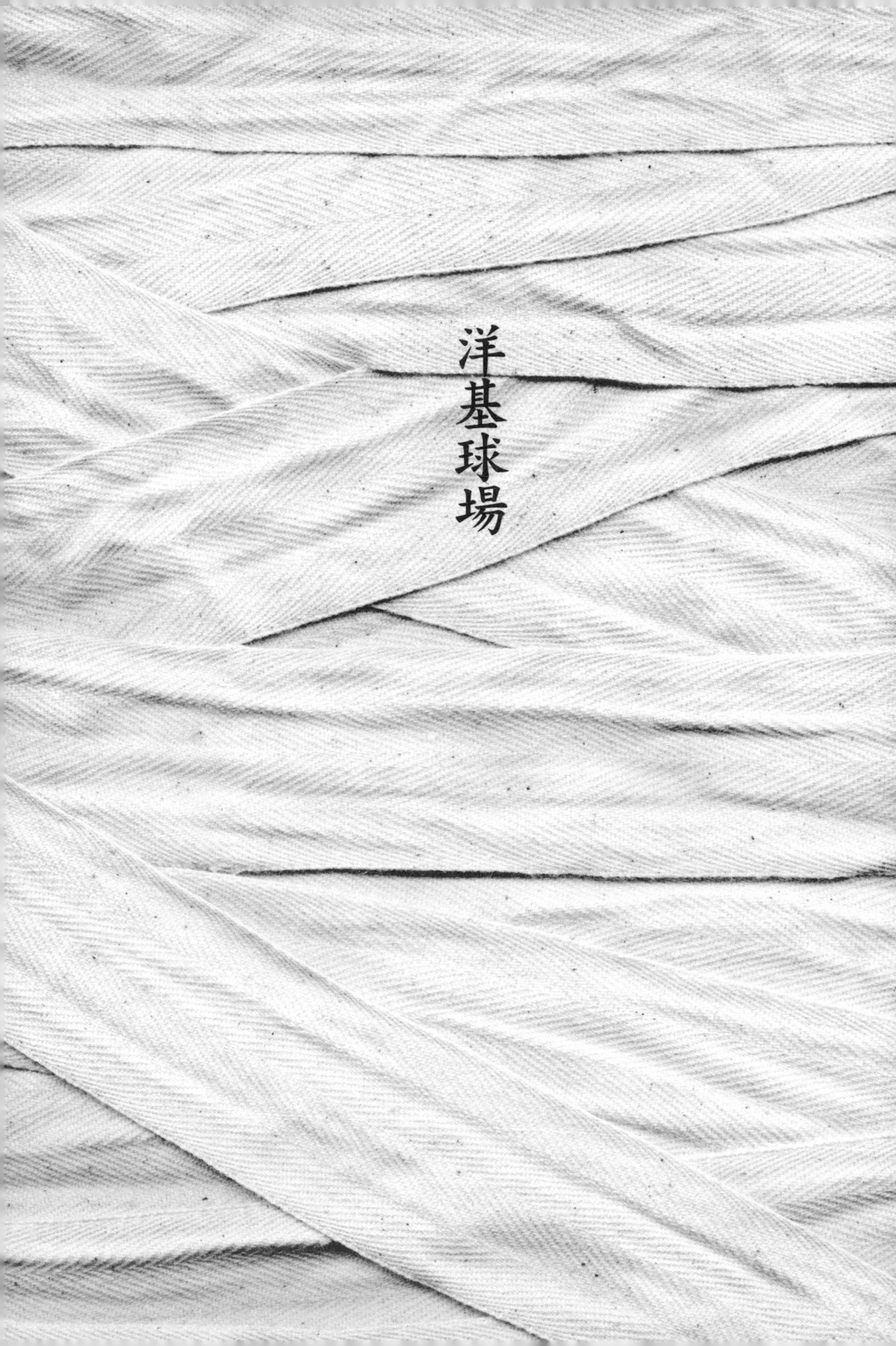

他們來了，齊步走進了美國的陽光中。他們兩兩一組（率皆一男一女），從甬道通過圍籬，進入中左外野。音樂牽引著他們走過草坪，起初是幾十人，然後是幾百人，很快就數不勝數。他們身影緊湊地漫過外野的巨大弧形，陣容浩大得讓人心驚。這些前後相續的男女儼然形成了一道連綿不斷且愈來愈大的巨浪，以藍、白兩色漸次覆蓋了整片露天場地。

凱倫老爸從正面看台上看著這一幕，禁不住沉思它的用意何在。這群人所呈現的無分化一體性讓他感到不自在。他用雙筒望遠鏡對準一個年輕女孩，然後換另一個，再換另一個。他從未看過這樣的場面，也從未想像過會有這種事。他不是為看壯觀場面而來，但已經開始受到震撼。這時場中央已站立了幾千對男女，近乎一個師的兵力，讓那本來是要催人淚下的伴奏音樂變得有點諷刺。他太太穆琳坐在旁邊，顯得勇敢而明亮：為抵消內心的陰沉感受，她特地挑了色彩鮮豔的衣服穿在身上。羅傑完全明白她的心情。整件事情來得毫無預警。一接到消息，夫妻倆就跳上一班飛機，到達這城市，找了一間飯店住下，再搭乘地鐵，通過金屬探測器，來到目前的所在，努力想搞懂究竟是怎麼一回事。羅傑不是個沒見過世面的人，不容易大驚小怪。他擁有大學學位，有自己的事業，有自己的稅務律師，有自己的心臟醫師，買有共同基金，而且活了大半輩子，主修醫學。然而，他一向處變不驚的自信此時派得上用場嗎？眼前的情景怪異到了極點，是他前所未見。在這裡，一個歷史悠久的儀式被倍數化又倍數化，最後變成了世間未之見的全新事物。

第一排左起第二十對男女中的女孩讓他覺得似曾相識。他調整目鏡的操縱桿，把倍數放到最大，希望看得見新娘面紗後面的五官。

繼續有更多對男女從甬道魚貫而出，加入到群眾之中。「群眾」嚴格來說不是個恰當字眼，但羅傑不知道該怎樣稱呼才算恰當。他猜想，他們每天早上都是同一時間起床，同一時間擠牙膏，同一時間面對著鏡子微笑。這些人全是一個樣子：新郎一律是寶藍色西裝，新娘一律穿鑲蕾絲邊的綢緞禮服。穆琳環顧看台上的其他人。誰是新人的父母很好辨認，而除他們以外，還零散分佈著些好奇的尋覓者和一般的閒人。此外，還有些神情恍惚、祕密在心裡警戒著的人，他們像是把擁有的衣服全穿上，身上的衣服層層疊疊而脹鼓鼓，每件衣服又總缺少某些部分——這些城市遊民比起西非荒漠的牧民還要讓穆琳覺得陌生，因為後者起碼在電視的紀錄片頻道亮過相。因為不收入場費，有一幫幫男孩在看台的最高處閒晃，不時點起鞭炮，發出震耳欲聾的巨響，把下頭的人嚇得半死，紛紛雙手遮頭自保。穆琳細細打量其他新人的父母和親屬：有些女人的打扮隆重得讓人動容，穿著最好的衣服，別著白色胸花，厚施脂粉的臉上瞪著一雙陰沉眼睛。她告訴羅傑，很多來賓都在左顧右盼。這顯然是因為沒有人知道該對眼前的情景作何反應，所以想向別人尋求線索。羅傑仍然專注在望遠鏡中。球場中央一共是六千五百對男女，而他的女兒身在其中，即將要嫁給一個兩天前才見過第一次面的男人。對方要不是日本人便是韓國人，懂的英語單字不超過八個。他和凱倫見面時是透過翻譯交談，而這位翻譯教過他說「哈囉」、「今天是星期二」、「這是我的護照」。兩人在空蕩蕩的房間會面了十五分鐘，然後便要一輩子綁在一起。

羅傑不斷用望遠鏡在場中央的群眾或曰徒眾或曰弟子之間搜索。如果可以找到女兒的所在位置，他起碼心裡會踏實一些。

「你知道這種安排像是什麼用意嗎？」穆琳說。

「別讓我分心。」

「就像是故意要把規模弄到最大，好讓家屬魂不守舍。」

「我們可以等回到飯店再悲嘆。」

「我只是陳述事實。」

「我建議過妳留在家裡的。」

「我能不來嗎？我有什麼藉口不來？」

「我看到許多臉孔都不像是美國人。他們是被派來這裡傳教的。他們大概以為美國已經淪為低度發展國家，所以要來給我們指出光明與道路。」

「也是要來大肆投資。這個結束後我們可以去看場舞台劇嗎？」

「我再看看。但讓我先找到她。」

「來都來了，我們應該利用這機會看齣舞台劇。」

「一萬三千人一起結婚。這真不是人腦可以想像的。」

「你找到她又能怎樣？」

「這種鬼主意是哪個傢伙想出來的？他的用意何在？」

「你找到她又能怎樣？向她揮手說再見？」

「我只是想確定她在這裡。」羅傑說，「我想要求證，可以了嗎？」

「事情都到這地步了，我們還是走吧。」

「唉，穆琳！別說了。」

樂隊在本壘演奏著孟德爾頌進行曲，樂聲在球場內發出陣陣回響。到處都飄揚著旗子和布招。一對對蒙福的新人面對內野，面向著他們的真父親文教主。他站在一個銀紅兩色的高台上，從一個帶有扶手欄杆的講道壇向下俯視。他身穿一襲白絲袍，頭戴一頂裝飾著風格化鳶尾圖案的高冠。所有的新人都從分子的層次認識他。他就住在他們裡面，像物質鏈一樣決定了他們是誰。這位體格粗短的教主曾在一處山腰見過耶穌，之後花了九年時間殷切禱告，一面禱告一面哭，因為哭太久和太兇，以致淚水先是在地板積成水坑，再從地板滴到下面的房間，最後從房子的地基滲到大地去。所有新人都知道，教主還有些話沒有說出來：他不能說，因為這些話的全球衝擊性將是無人可以承受的。這個長相平凡、皮膚因風吹日曬而變褐的人掌握著彌賽亞才會知道的祕密。當年，當共產黨把他關進勞改營的時候，其他囚犯都知道他是誰，因為他們先前都夢見過他。他把自己一半的食物分給其他營友，但體力從來不會衰弱。他每天得在礦坑裡工作十七小時，但仍然找得到時間禱告、保持身體清潔和不忘把襯衫塞到褲子裡。一對對新人吃的都是小孩食物，用的都是乳名，因為在教主面前，他們自覺只是小孩。這個人曾經住在美軍罐頭的空罐所砌成的小屋，但如今卻站在這裡，站在美國的豔陽下，行將要帶領他們走向人類歷史的終端。

一對對新人交換指環和盟誓，看台上有許多人在拍照。他們都是新人的家屬，有些站在走道上，有些擠在欄杆前面，焦慮地不停拍照，想以這種辦法抵消眼前事件的怪異性和能量。文教主用韓語念誦祝詞。一對對新人魚貫走過平台，接受他的灑水祝福。一看到有新娘掀起面紗，羅傑就會趕緊把望遠鏡的焦距拉近，與此同時又感覺自己與當前的情景愈來愈疏離，心情一片苦悶。但他繼續搜尋和思索。老上帝離開了世界之後，所有尚未耗盡信仰熱情的信徒要怎麼辦呢？他望向每一張甜臉、圓臉、長臉、醜臉、黑臉和平凡臉。他想，他們是一個國族，由一些簡單的信條組合而成，是一個以輕信作為燃料的共同體。他們說的是一種殘缺的語言，由一組現成的詞語和一些空洞的重複所構成。對他們來說，所有已知事物的總和都可以歸結為幾條簡單的公式，而他們會把這些公式抄錄、記誦和傳遞下去。這是一齣由活人演出的機械化大戲。一想到成千上萬的人被變成了一件雕塑品，他就不寒而慄。他們就像一件由一萬三千個零件組成的玩具，只會反覆發出一些了無意義的聲音，既天真無邪又充滿威脅性。他讓望遠鏡繼續保持瞄準，心裡感到一點點絕望。他有需要找到她，有需要提醒自己她是誰。她健康、聰慧、二十一歲，擁有一個自我和一個豐富的靈魂，而這些特質是任何人都奪不走的——至少羅傑是這樣希望。但他又擔心他們的集體禱告會威力無窮。當老上帝走掉，信徒便會改為對蒼蠅和瓶蓋禱告。他們會追隨那個人，是因為他能滿足他們的需要。他回應他們的渴望，從他們身上卸下自由意志和獨立思考的重擔。看看，他們現在是何等的快樂。

棒球場四周是連綿幾英里的下等住宅區，荒蕪而雜亂。有些男人坐在屋外，椅背斜靠在空洞房子的牆壁上；有些空地上焚燒著沙發。球場中央那一萬人念念有詞，感到未來正在節節逼近，將要坍塌在他們身上，又感到環繞他們四周的淨是世界末日的殘破地貌和人類苦苦掙扎的情景。在這一列列頭髮平直和彼此緊靠的身體中，站著凱倫．詹尼，她手捧一束襯托著滿天星的茉莉花，思想著即將來臨的腥風血雨。她等著輪到她走到教主面前，以那隻浮動在群眾之上的單一眼睛看著教主——這隻眼睛和她自己的視力器官是分不開的，但要更銳利，能夠看得更深。她感覺自己完整無缺，放射著幸福的光芒。所有新人都是這種感覺，這些來自五十個國家的男男女女全都對於「自我」的語言起著免疫作用。他們忘記了他們在自己衣服底下是誰，渾忘了各種身體小病痛和生理需要：牙痛、脹氣、香港腳、肩膀抽痛、尿急，這一切全不見了。他們站直和不斷吟誦著什麼，受到由人數構成的堡壘所保護捍衛。

凱倫瞧了金中朴一眼。這個眼神柔和、在新西裝裡顯得身材微胖和穿著方正皮鞋的人就是她的永恆丈夫。

她知道自己的生身父母就坐在看台某處。她知道他們正在聊些什麼，看得見他們的手勢和表情。老爸會設法用他從大學學來的老套弄明白這一切，而老媽則是瞪著一雙失魂落魄的眼睛，顯示出她飽受折磨。他們圍繞在四周，這幾千又幾千個父母，全都為我們的熾烈信仰惶恐害怕。我們死心塌地地信仰，而他們害怕的就是這個。他們自小要把我們調教成為信徒，但當我們向他們顯示何謂真信仰的時候，他們卻找來心理治療師和警察。我們知道誰是上帝，而這一點讓世人以為我們瘋了。

凱倫的思緒有時會緩慢下來，因為她有時會以殘缺不全的字句思考。這些字句就像扁平鼻一樣可笑，是她從教主一些主要助理所說的蹩腳英語學來的。

我們每星期會得到一次上帝。別要弄明。比（必）須集體犧牲。撕（攜）手為上帝在地上造家。

凱倫對金說：「這裡是洋基隊打球的地方。」

他頷首微笑，一臉茫然。他最讓她受震撼的莫過於他的頭髮，這頭頭髮又黑又亮又幼細，就像星期天漫畫裡的人物。正是這一點讓她感覺他真實。

「棒球。」她說，要用這個單字概括一百種抽象的歡樂：觀眾的呼喊聲，滿壘時的緊張氣氛，滑壘時的塵土飛揚。如果你是個美國人，聽到這單字時自會一下子感受到它那不可翻譯的眾多含意，發出會心的微笑。

她想到的另一個單字是「邪教」。人們多麼喜歡用它來反對我們。這個錯誤用語讓他們找到方法定義我們這些眼神奇怪的子女。他們恨我們自願工作和奮鬥。他想要把我們抓回有花園的房子去。他們恨我們自願生活在路途上、睡地板、擠在廂型車後頭、通宵趕路、義賣籌款和事奉教主。他們恨我們把一個外國人和非白人看成真父親。他們靜靜地鄙夷著。他們讓我們的房間保持整潔，等我們回去睡。他們把我們的名字掛在嘴上。但我們卻距離他們一輩子遙遠，每天都是一小時又一小時地搥胸流淚禱告。

世界分析離崩。恐怖的事連二接三。但裡面是有大計的。是要把時間❶快快帶給全部人。

現在，她睡覺時都只會夢見教主。他們全都會夢見他。他們會在異象中看見他。他會站在他們中間，而三度空間的身體卻遠在幾千英里之外。他們會大聲對他說話，一面流淚。他們的眼淚從臉頰滾滾而下，在地板上積成水坑，再滴到樓下的房間去。教主是他們細胞蛋白質結構的一部分。他把他們從尋常的時間空間中提升起來，向他們顯示出把人生奉獻於服務普通人、工作、禱告和順服可以有多麼蒙福。

羅傑把望遠鏡遞給穆琳。她堅決搖頭。對她來說，做這種事猶如是颱風過後尋找親人的屍體。

幾千幾千束氣球向上飄起，再飛出上層看台的邊緣。凱倫揭開面紗，走過三面有防彈玻璃保護的講道壇下方。她感受到教主身上迸發出的衝擊波，感受到一個能力神授的靈魂所具有的太陽威力。她從未站得離他這麼近。他抖動一個聖瓶，向她臉上灑下一些水霧。她看見金中朴翕動嘴唇，跟著教主一字一句念誦。她的位置離正面看台不算遠，看得見很多人擠在欄杆前面，到處都有人在拍照。她以前能夠想像自己會置身於紐約一個棒球場，四周有幾千人拍照嗎？拍照的人數也許多如在場的新郎和新娘。他們總有一個人在為我們所有人拍照。喀嚓喀嚓。這種想法讓所有新人感到飄飄然。他們感到空間是有傳染性的。他們既在此處也在他處，業已進入了相簿和幻燈片投影機裡，用他們的微宇宙身體填滿了一些相框，變成了他們努力想變成的微型自我。

一對對新人接受過祝福後都會回到外野，重組隊形。兩個球員休息室附近都有民族戲班子隨著鑼鼓聲起舞。凱倫融入了成千上萬、一排排站著的群眾中。她感受到他們呼吸的拍子。他們現在是一家人了，每個人都透過婚姻而獲得了救贖。教主為每一個人選擇配偶，在靈視中看出誰和誰的背景與個性最是匹配。每個人的婚配都是出自天國的詔令，每個人都是命中註定被帶到這裡來跟完美的另一半會合。婚禮之後，夫妻雙方得先分隔四十天才容許獨處一室，撫摸彼此和愛彼此。有時分隔時間還會更久。只要教主覺得有必要，一對夫妻甚至會分隔經年。耐不住的話就淋個冷水澡吧。正是這種嚴格紀律激發出我們的無窮力量。教主有時也會把一對夫妻分派到不同的國家，進行傳教工作，好把共同身體不斷延伸得更長更寬。撒旦痛恨冷水澡。

群眾之眼明亮地懸掛在他們上方，儼如一元美鈔上頭那隻三角眼睛❷。

❶這裡的「時間」指「末世」。

❷一元美鈔的其中一個圖案是一座金字塔，塔尖頂著一隻眼睛，代表上帝的全視之眼。

又有人點起鞭炮，讓一條出口斜坡道迸射出如同M-80步槍的砰砰槍聲，嚇得人們趕緊把頭一縮。穆琳飽受驚嚇。有些少年在看台上層的空座位之間閒晃，走路姿勢大搖大擺，活像街頭上的惡少。他們有些看來只有十或十二歲。她決定還是不要看他們為妙。

「妳知道我有什麼打算？」羅傑說，「我下了決心要把這個組織研究一番。我要跑遍各家圖書館查資料，打聽其他女孩父母的電話，聯絡他們。我要把所有父母組織成一個支援群組。」

「我承認我們需要支援。但你現在才做這事會不會太晚了？」

「我們一回到飯店就辦理退房，改搭最早一班飛機回家。」

「有必要這麼急嗎？現在退房，今晚的房租也是要照算的。而且住滿的話說不定會有舞台劇的贈票。」

「我們愈快開始研究愈好。」

「你還真是認真得可愛。」

「我要讀遍找得到的每一筆資料。來之前我只讀了一點點資料，因為我還不知道這組織有多麼龐大。我要打聽有誰是這方面的專家，打電話向他們請教。」

「你知道你像誰？你就像那些因為得了罕見疾病便開始拚命研究的人。這種人會翻遍醫書，讀每一寸找得到的資料，打電話向三大洲的醫生請教，沒日沒夜尋找同病相憐的病友好相濡以沫。」

「理智一點吧，穆琳。」

「他們會坐飛機到休士頓去，因為人人都相信最頂尖的研究人員是在休士頓。」

「徹底研究一切有什麼不對的？」

「是沒有不對，但你總不需要**樂在其中**吧？」

「我不是樂在其中。那是我們對凱倫的責任。」

「對了，她在哪裡？」

「我已經下定決心。」

「你剛才不是很盡責地在找她嗎？怎麼啦，開始覺得無聊了？」

一陣風颳過，把所有新娘面紗吹得窸窸窣窣，飄了起來。有些新娘被這突如其來的輕飄之感所震動，大聲叫了出來。她們這才記起她們其實只算是些大孩子，未能完全不受歡快的氣氛感染。她們畢竟分享著一個共同的過去。凱倫回想起自己睡在廂型車後頭或擁擠房間裡的那些晚上。那時，她的小組早上五點就會起床禱告，然後由她帶領，到街上賣花去。小組裡有一個女孩名叫珍妮，她的身體一天比一天縮小，最後變成只有小孩子大小。她的手小得握不住汽車旅館提供的小肥皂。小組其他姊妹不覺得這有什麼奇怪的，認為小珍妮不過是看見了真相：物理世界的漆層和穀胺酸鹽下面的永恆真實正一點一點溜走。

凱倫也回憶起那些失落的地貌。晚上的市區，渣煤磚碉堡裡的真人裸體秀，堆滿垃圾的貧民窟。凱倫努力讓小組達成一天四百美元的籌款目標，賣的主要是含苞玫瑰和美國石竹。她像夢遊似地走進一個個場所，賣完一輪花後快步離開，尋找下一個目標。她有時會在如注大雨中走到一排一模一樣的房子前面，有時會是在清晨五點走進沙漠裡的一家賭場，向那些垂頭喪氣坐在賭桌前的人兜售。「角子老虎機連線大獎」。「歡迎卡車司機駕臨」。她有時會禁食一星期，然後一次吃掉好幾個「大麥克」。她會穿過旋轉門走入飯店大堂或百貨公司，直到帶對講機、警笛和左輪手槍的警衛前來趕人才離開。

她們會跪著禱告，雙手互握擱在額頭上，再深深鞠躬，頭直貼到大腿，像個未出生的年輕人。

在廂型車後頭，每件事都攸關重大，每句話都非同小可；在廂型車後頭，十五或十六個姊妹會擠得像沙丁魚，一起唱著「你是我的陽光」、「划划划❸」，一起反覆念著需要達成的金錢目標。外頭那個墮落的世界是由撒旦所掌管的。

她會把黃色的玫瑰花苞每七枝束成一束——數字「七」是完美的象徵。有時她不只會用蹩腳英語思考，還會用她從訓練課程聽來的蹩腳英語大聲對廂型車裡的姊妹訓話，催促她們努力賣花、攫取現金、達成額度。對此，姊妹們不知道是應該大受她天衣無縫的模仿所激勵還是應該向上級反映她的不敬。

小珍妮是一隻鶯弓鳥。每樣事物對她來說都太多、太大和太活。她們陪著她一起禱告和流淚，落下的眼淚把花桶裡的水滴得搖搖晃晃。她們有一個二十一天的賣花競賽，所以每天只睡三小時。當一個姊妹跑掉，她們就會以聖鹽淨化她留下的衣物。她們會喃喃吟誦：我們毫無疑問是最棒的；天父，我們一定會把花賣出去。

午夜過後，在一些寂靜如冬天的稱為內城區的地方，她會走入一些酒吧，發出如上帝自己所發出的孤獨召喚。買一朵康乃馨吧，先生。凱倫歡迎這種可以走過沉淪者之間的機會，他們是某種夜魔部隊。每次，她都是抱著烈士心態，半精神恍惚地穿過沒有裝飾可言的店面，走進鬧嚷刺耳的空氣中。有些醉醺醺的酒客會被她驚醒，覺得這種事新鮮，跟她買一或兩朵花；也有一些戴帽子的男人滿臉疑慮，狠狠瞪著這個穿著雨衣的女孩。她們在街上會碰到什麼樣的騷擾？一個老酒鬼給她講了個黃色笑話，上唇蒙著一層汗水。被店家像趕乞丐一樣往外趕是尋常事。別那麼有成見嘛，先生，她說，然後放眼尋覓另一家疲憊的酒吧。

小組長說：火般們（夥伴們），加油加油。

在廂型車後頭，每個真理都會被放大，因為她們的一言一行都會把她們跟外面可憐巴巴的世界區分開。她們透過車窗看到墮落世界裡的人們的臉孔，這讓她們對真父親的依附更是完全。她

❸出自兒歌〈Row, Row, Row Your Boat〉，這裡有「加油，加油，加油」的意思。

們常常整夜禱告、吟誦、叫喊、突然跳起來、柔情密意地呼喊著教主的名字。在丹佛不知哪個地方的某間汽車旅館，她們在房間裡擠成一團。

凱倫問她們：妳們想要睡多久，五小時還是四小時？

四小時。

她問她們：妳們想要睡多久，四小時還是三小時？

三小時。

她問她們：妳們想要睡多久，三小時還是零小時？

零小時。

在廂型車後頭，每條規定都會加倍嚴格，每個姊妹都會受到例行檢查，以確定她們穿衣服、禱告、梳頭、刷牙的方式有沒有符合規定。她們知道，只有一種方法可以讓她們在離開廂型車之後不會落得一輩子的漂流和內疚。否則，倒不如趕割腕的時髦，倒不如從高樓的窗戶往下跳。寧可跌落入灰色空間也不可讓教主失望。

小組長說：先想好一整天，然後宗（衝）、宗、宗。

開水沖泡的麥片。塗上果醬的麵包。划划划，划妳們的船。凱倫對她們說：少睡是好事，多睡是一種罪；掉些體重是好事，肉多是一種罪；掉頭髮是好事，掉手指甲是好事，掉一隻手是好事，掉一整根手臂更好，犧牲愈大就愈能洗脫罪孽。

在印第安納州，一個向她買花的男人把買來的玫瑰一口吃掉。她為了達成每日的額度，她會在日落時快步跑過商場。她會突襲自助洗衣店和公車總站。她會挨家挨戶敲門，告訴開門的人：太太，這義賣是要給戒毒中心籌款。小珍妮在伊利諾州一個小鎮給父母綁架走。她給軟掉的花朵貼上隱形膠帶，讓它們還勉強可賣。大平原區的天氣變幻無常得像是瘋子。眼皮沉重是常事，吃飯時睡著是常事，坐馬桶時打盹是常事，偷睡是常事，睡得像死豬是常事，呀，讓我跟周公聊幾分鐘吧。禱告有助於她們超越極限，讓疲倦兮兮的血液奔騰起來。她告誡她們不要接觸電視報紙，因為這些玩意兒會讓信心較不堅強的姊妹更加動搖。今年冬天是這一帶有記錄以來最冷的一個冬天。齊聲念誦金錢目標。

小組長說：加掛（把）勁，加掛勁，加掛勁，孩子們，火般們。

羅傑穿著皺巴巴的運動外套，口袋裡塞著旅行支票、信用卡和地鐵路線圖。他舉著望遠鏡看了又看，看到的景象千篇一律教人灰心失望。上萬對新人又開始念念有詞，這次念的是同一個單字，念了又念，念了又念。他說不準那是個英語單字還是其他已知語言的單字，又還是來自天堂的美式足球口號。完全沒有凱倫的蹤影。他放下望遠鏡。其他父母還在拍照。他隱隱有一種感覺：念念有詞的那一萬三千人即將會被此起彼落喀嚓聲所形成的氛圍所托起，慢慢浮升到球場的最高點，在那裡，每個捧花的新娘會輻射出光暈，每個新郎會笑容可掬，牙齒在陽光中閃閃發亮。這時，有誰從露天看台丟出一枚煙幕彈，給球場邊緣製造出一道拖曳的螢光煙霧。

教主帶領著大家吟誦那個單字：萬歲。意指一萬年的勝利。所有蒙福的新人和著他經過擴音器放大的聲音，整齊劃一地開闔著嘴唇。他們的表情極其莊嚴肅穆，近乎痛苦，是由專心致志的孺慕所引起。因為他就是「再臨之主」，是無數難題的解藥。他的聲音帶領他們看見愛與喜樂，看見他們使命的美，看見神蹟與順服的自我。這齊誦聲有著什麼魔力，使他們融為一體，使他們心蕩神搖。他們的聲音愈趨白熱化，連綿不斷，起伏有致。這吟誦變成了世界的邊界。他們看見教主在一片影影綽綽中白衣勝雪，凝然不動，巨大的身影籠罩了整個棒球場。他舉起雙手，吟誦得愈來愈大聲，台下的青年男女也跟著舉起雙手。他帶領他們走過歷史和宗教。一萬多人這時同時掉淚，雙臂繼續高舉著。他們被一種渴盼的力量緊握著。他們馬上就感受到這渴盼，所有人同時感受到，它來自時間的深處，運行在大地的血液裡。自意識受到污染之日起，世人便一直這樣嚮往著。萬人的吟誦聲把「末世❹」帶得更接近了。這吟誦就是「末世」本身。他們感受到人類聲音的力量，重複吟誦同一個單字讓他們更深地進入到一體性之中。他們為震天動地的狂喜而吟誦，為預言與驚奇的真理而吟誦。演奏台上有誰和著吟誦聲敲響一面大鼓。他們為一種語言而吟誦，為一個單字而吟誦，為那個姓名將會失去意義的時刻而吟誦。

凱倫正奇怪地心不在焉。她將需要一些時間才能適應自己有一個姓金的丈夫。還只是個穿日光浴衣的小毛頭時，她就認識一些名字有個「金」字或單名一個「金」字的女孩。她望向他。我的丈夫，她對自己說，覺得這幾個字哪裡怪怪的。在不久的未來，兩人將會一起禱告，裸裎相對地背出教主說過的每一句教誨。

萬人站著齊聲吟誦。在他們四周的世界，坐電扶梯上樓去的人會偷瞥下樓去的人一眼。人們把茶包泡在白色茶杯的熱水裡。汽車在高速公路上靜靜馳行，閃爍著油漆的光亮。人們坐在辦公室裡，瞪著牆壁看，回家後把穿臭的襯衫扔進有蓋的大桶子裡。人們讓自己束縛在編了號的座位上，飛過時區和高空捲雲和漆黑的深夜，然後想起有什麼事情忘了做。

未來是屬於群眾的。

❹「末世」是基督教的觀念，指的是人類歷史的終結時刻，屆時，基督將會重臨人間（稱為「再臨」），作王掌權。統一教主張，他們教主文鮮明就是再臨的基督，降世的目的是要把耶穌沒完成的任務給完成。

第一部

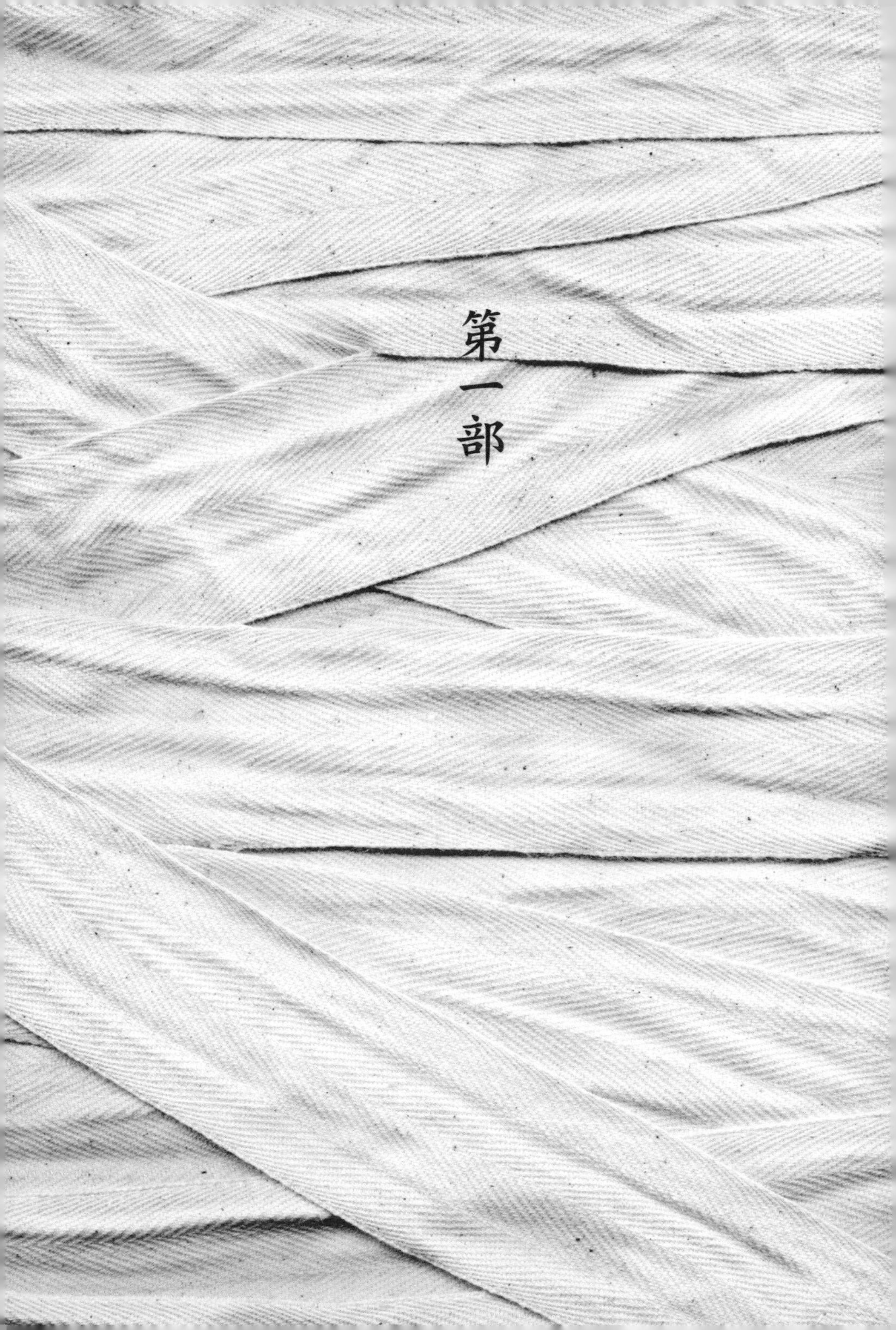

1

他走過一面面書架，聽著書店裡播放的音樂。很多封面都設計精美，顯得貴氣而自信。他感受到一陣悸動，便拿起一部新書，一隻手掌托穩順滑的書脊，讓書頁一頁頁滾過另一隻手的拇指，行行鉛字映入眼簾。他是個青年，口味老練，知道哪些書是他想讀而哪些書又是他非要擁有不可。他想擁有的是那種姿態獨特的書，具有一種罕見或大膽的特徵，會放射出一股熱力把四周的空氣給暈染。他沒忘記望向南面的牆壁，掃視掛在上面的作家照片。他打量了在桌子上堆成一落落和在結帳櫃台附近堆成一叢叢的書。有些書在地板上堆成五英尺高一落，安排成很有藝術感的扇形。還有些書立在基座上，互相靠攏成哥德式的小空間。書店有時會讓他覺得微微噁心。他望向那些閃著微光的暢銷書。人們在書店裡飄來飄去，像是被某種讓人不愉快的眩光所困住。有些書陳設在階梯狀展示架或貼牆書架上，有些堆成金字塔形狀和按主題擺放。他走到樓下的平裝書區，瞪著這些大眾市場書籍的封面，用手指愛撫凸起的字體。上光的封面。燙金的封面。有些書像保溫箱裡的小嬰兒那樣躺在合售盒子裡。他聽得見它們在尖聲喊叫：**買我**。牆上貼著些讀書週和書展的海報。人們走路時會繞過紙皮箱，腳步會避開散落在地板上的書本。他去了擺放現代經典的圖書區，找到了比爾．格雷兩本薄薄的小說：兩本都是最新一版，兩本的封面都是一樣色調暗沉。他每次到書店都會看看書架上有沒有比爾的書。

往外走的途中，他看見一個穿破爛夾克的男人磕磕絆絆走進書店來。這人蓬頭垢面，絡腮鬍上沾著唾液，前額上有些變軟和變脆的舊瘀傷。書店裡所有人一下子停格下來，小心翼翼要跟感染圈保持距離。那男人想要找個人說話。偌大一家明亮寬敞的書店變得鴉雀無聲，每個人都把眼睛撇開。外面馬路的隆隆車流聲清晰分明。那男人一隻褲管胡亂塞在橡膠靴裡，另一隻褲管末端裂成一條條布條，拖在地板上。一個警衛從夾層走過來，那男人舉起兩個肥厚的手掌，想要解釋來意。

「我是來給讀者簽書的。」他說。

每個人都等著這句話在空氣中飄過，慢慢自行披露出含意。

「給我一支筆好讓我可以給我的書簽名。」

警衛向前走出兩步，那男人迅速向後一退。

「你的手別亂來。你沒有權碰我的身體。總之你的手別碰我，其他好說。」

人們看見事情已經落幕，便重新移動起來。這不過是紐約尋常光景的又一幕。警衛尾隨那男人走出旋轉門，史考特跟在他們後面走了出去。雖然明知自己已經有點遲到，但他還是忍不住先到幾條街外去參觀一個沃荷展。美術館的大堂擠滿人。他下了樓，那裡的參觀者人人腳步緊張地在一幅幅作品之間移動探索。他走過了那些電椅畫、多幅一組的撞車畫和明星畫，慢慢習慣了它們帶給人的暈眩感，覺得畫家會畫這些主題純屬自然不過：名人與死亡事件一向是人們的最愛。史考特從未看過一些作品會對參觀者如此漠不關心：它們就像是眼神驚異地從牆上打量著天空。他在一幅題為《群眾》的絲印畫前面站住。畫布上淨是些不規則的深色條痕，而在史考特看來，它們代表的是被媒體報導的某件短暫災難弄得恐慌兮兮的群眾。他繼續向前走，最後去到一個放滿毛主席畫像的展覽室。這裡有毛的影印像、毛的絲印像、毛的壁紙像、毛的合成聚合像。在一面較寬的牆壁上掛著一系列絲印畫，畫中的毛主席臉作紫羅蘭色，微微凸出於畫面上，猶如是原照片的一張面具。開歷史玩笑的作品一向吸引史考特。他覺得這幅畫很有精神解放作用。不過，他不是在看過這些畫以後才意識到毛主席更深一層的意義的嗎？一列地鐵列車在附近一條石頭隧道裡隆隆地開過。他把同一幅畫又看了一會兒，雖然不斷有人從他身邊擠進擠出，他卻奇怪地感到平靜。身體與身體的摩擦是會發出柔和的吼叫聲的。

走出美術館之後，一個穿著填充外套的女人一直跟在他後面。他隱約意識到她是個小個子，頭髮剪得很短，衣兜裡抱著什麼。他加快步伐，但對方繼續亦步亦趨，又對他說：「你不是城裡人，所以我想我可以找你談談。」

史考特幾乎想要轉身望向她，但又決定還是不理她為妙。

「別害怕我，先生。我只是想跟你談談。」

他走得更快了，眼睛直視前方，但那女的仍然緊追不捨，在他肩膀後面說道：「我是從許多人中間選中你的，你的臉讓我覺得可以信賴。」

史考特指一指開始閃爍的交通號誌，示意自己正在趕時間，不是故意要怠慢她。但她緊隨著他快步走過馬路，而就在兩人踏上人行道的一剎那，她突然靠近史考特，要把一團什麼遞給他。他沒有轉身去接。他隱隱意識到那團東西黑糊糊而讓人覺得噁心。他幾乎跑了起來，但那女的緊追不捨，口中喊著：「收下它吧，先生，收下它吧。」他不願回答、不願被她碰到，也不願被任何她碰過的東西碰到。他想起書店裡那個流浪漢似的男人：他和警衛雙方都不願被對方碰觸到。

那女人猶在喊著：「把它帶出城去，這樣它才有活命的機會。」

當這世界奇奇怪怪的事夠多，便再也沒有什麼是奇怪的。他把車子開到市中心一家飯店，去到位於八樓的大堂。與百老匯各種平凡事物相比，這裡宛如一座皇宮。大堂裡有些小樹木和穿花棚架裝飾，上方是一層層垂掛著常春藤的室內陽台，中空的中庭裡有電梯緩緩升降著，儼然是一個高速公路縱橫的城市一度有過的夢境。他看見與他有約那個女人坐在酒吧附近一張桌子，椅旁的地板上放著一個旅行袋和一個相機盒子。她四十多快五十歲，有一張被海風漂白過的臉，一頭微白的金髮濃而剛。她的眼睛亮藍而清澈，有著一種近乎是驚訝的眼神，而他知道，他得頗費一番工夫才能不瞪著這雙眼睛看。

「妳一定就是布麗塔．尼爾松。」

「你憑何得知？」

「我說不上來，大概是憑外貌。妳看起來專業、幹練、時常飛來飛去，還有一點點抽離。更不用說的是妳旁邊放著個相機盒子。我是史考特．馬蒂洛。」

「負責帶我到天涯海角去的嚮導？」

「事實上，我在快到紐約的路上迷了幾次路，後來又被車流搞得手忙腳亂，好不容易才脫困並找到一個停車位。但接著又碰到一些讓我心神不寧的事情，遇到一兩個可稱之為遊魂的人。我有好幾年沒來紐約了，所以如果妳不介意，我想先坐下來歇一歇再上路。妳住在這飯店嗎？」

「別傻了。我在離市區一段遠路有個住處，但我想約人在市中心碰面會簡單些。我很高興能獲得你們提供的這個機會。但你只提到條件卻沒有細說內容。比方說，我想知道他打算抽多少時間給我，也想知道我什麼時候可以回來。我的行程都安排得很緊湊，再說我也沒準備太多套內衣褲。」

「等一下，我們是不是在動？」

「這是家旋轉酒吧。」她說。

「老天，這裡真的是紐約嗎？」

「有什麼值得奇怪的嗎？紐約已經淪陷了。」

他從弧形窗望向浮動在外面的百老滙，只覺得時間和空間的積木塊已經鬆散了開來，四處飄浮。「米塔」、「米多里」、「麒麟」、「麥格諾」、「三多利」——這些商標廣告看板上的文字就像是來自某種合成的人工語言，或是來自國際語。對街正在興建一棟摩天大樓，鋼架上包覆著遮雨布。當橘色帆布偶爾被風吹起一角時，他瞥見鋼架上有人影在走動。然後他看清楚了：有三、四個小孩就在縱梁上玩耍，讓那大樓顯得像個荒廢的廢墟。

「我得說我不明白事情為什麼要弄得那麼複雜。如果可以，我寧可自行到那裡去。」

「到哪裡去？妳不知道那地方在哪裡。」

「你可以告訴我地址，不是嗎？」她說。

「是比爾堅持要採取這種方式的。」

「這會不會太戲劇化了一點？」

「是比爾堅持的。再說，我們那裡非常難找。」

「好吧。不過如果他是放心不下，何不選個中性的地點？那樣的話，他就不用擔心有什麼會洩漏出去，住址也可以繼續保持祕密。」

「我不認為妳有太多可以洩漏的。另外，比爾也知道妳一定會守口如瓶。」

「他憑什麼有這個把握？」

「我們在《光圈》雜誌看過妳的作品。我們就是這樣選中妳的。他也無法到別處跟妳碰面，因為他哪裡都不肯去，只願繼續躲起來寫他正在寫的那部書。」

「我喜歡他的小說。它們能觸動我的心坎。他多少年沒有給人拍照了？該有幾十年了吧？所以我應該感到慶幸，不要再問東問西？」

「對，妳應該感到慶幸。」

酒吧區上方有一個機件裝在鏤空鐘塔裡的旋轉鐘。從他所坐的位置，透過穿花棚格和時鐘的發條，他可以看見電梯上下下下。他覺得自己會很樂於坐在這裡，看那些電梯升降一整個下午。它們像是閃著光點的豆莢，貼附在一個巨大圓柱體的表面，無聲無息地起起落落。這地方一切都在動，一切都在旋轉，有音樂聲不知從哪裡傳來。他看著人們走進電梯，快速下墜。在上方一層層的露天平台處，偶然會有人往下眺望，露出頭和上身。他琢磨先前街上那個女人要塞給他的是不是個新生兒。同一段音樂旋律播了又播，從哪個地方傳來。

「妳現在都只為作家拍照？」

「對。我承認自己是得了一種叫作家熱的病。我入這一行以後過了很多年才搞懂自己真正想拍些什麼。我是十五年前來到這個國家的，一來就是來這個城市。到達的第一天我就在街上到處逛，要拍攝這城市的各種面貌：被砍傷的男人、妓女、醫院急診室，諸如此類。我做這種事做了很多年。為了不想招引對我不利的注意，我很多時候都是使用廣角鏡，把相機用帶子掛在脖子上，用快門線按快門。我喜歡拍社會的邊緣人，記錄他們的生活，名副其實是把他們的人生追蹤到墳墓。我也常常會到夜間法庭去旁聽，此舉純粹是想看看那裡的臉。我是指紐約的臉——紐約是我個人的官方宗教。然而，經過許多年之後，我開始覺得有什麼不對勁。因為不管我拍的東西有多可怕、多真實、多悲慘，出來的照片都會漂亮得他媽的。所以，我知道自己必須改弦易轍。人到了一個年齡自然會反躬自省，然後最終了解到自己想做些什麼。」

她喝著胡椒伏特加，吃著烤堅果，用手掌壓開硬殼，一次一顆往嘴巴裡送。

「這裡真是個休息的好地方，」他說，「我快要被電梯催眠了。這也許是一種最新的癮症。」

「讓我透透氣吧。」她說。她微微的外國口音，加上她用正經八百的方式說出這句老掉牙的話，讓史考特為之莞爾。

「現在妳只拍作家？」

「只拍作家。」她說。

「妳是在進行一種記錄，用靜態的照片從事作家的人口普查。」

「我將會繼續只拍作家——每個我找得著的小說家、詩人和劇作家。你可以把我比作四出潛行覓食的野獸。我將永不停歇地東奔西跑和拍照。這就是我現在的主題：作家。」

「每一張臉。」

「每一個我有辦法聯絡得上的男女作家，愈不出名的就愈好。如果要選擇，我會挑那些沒沒無聞的。不斷會有人給我作家的名字，有時是出版社給我，有時是其他作家給我，他們了解我這工作的意義——至少他們是這樣說的，但搞不好他們這樣說只是要讓我感覺良好。我要做一個全球性的記錄。對我而言，那是一種知識和記憶的形式。我要以自己的方式提供見證。我設法系統化地進行這工作，比方說一個國家一個國家地進行，但常常會碰到各種困難。有些作家很難找到，也有很多作家被關在牢裡。有時，我得先獲得批准，才能為那些受到居家軟禁的作家拍照。不過，知道我做這事的人開始多起來，這對我的工作不無幫助。」

「讓妳更容易獲得有關當局的首肯？」

「對，還有作家本身的首肯。他們知道我只是要做記錄，所以會更樂於見我。有個作家說我是在從事物種點算。為了做好記錄的工作，我會把攝影技巧和個人風格減到最低程度。不過，我私底下知道自己是採取了某種手段以取得某種效果。這一點你知我知就好。我投入這工作已經四年，而由於這世界的作家數不勝數，所以我的工作也不會有完結的時候。」

「我最想知道的是，妳會怎樣處置比爾的照片？」

「完全是看你們。如果作家本人同意，我會把他的一些照片賣給出版社或媒體。我的工作主要是靠這類收入維持，外加兩、三筆補助金。有一筆旅行補助金是我絕對少不了的。雜誌社會不惜任何代價取得一篇附有比爾照片的報導。但我不想讓我的照片有披露性，不想讓人看一眼就會說：原來這就是他隱居幾十年之後的樣子。我想要拍的是非侵入性的照片，就像施工中的作品。換言之不是固定下來或蓋棺論定的。你們可以看過照片後再告訴我你們想要我怎麼做。」

「妳的回答和我們希望聽到的一模一樣。」

「那就好，我們就按原來計畫進行吧。」

「最終來說妳會把妳那些作家照片作何處理？」

「最終來說我不知道。有朋友建議我把幾千張照片裝置起來，弄成概念藝術，放在美術館展覽。但我看不出意義何在。在我看來，它們只是些參考資料，所以合該存放起來。例如放在哪個圖書館的地下室，有誰想看便可前去查看。在我看來，一個作家重要的是他的作品，不是他的照片。但人們總是想要看到映像。他們認為一個作家的臉是作品表面，是通向作品神祕內部的一條線索。但會不會臉比作品還要神祕？我們總是想從臉上讀出些什麼。有些臉要比作品優秀。或者我們可以把照片放入太空膠囊，發射到太空去，讓他們跟外星人打招呼：嗨，我們是地球上的作家。」

電梯上上下下，時鐘不斷轉動，酒吧在慢慢旋轉，商標的廣告看板再次出現，交通號誌變換著顏色，黃色計程車來來去去。「麥格諾」、「美樂達」、「麒麟」、「新力」、「三多利」。比爾是怎麼說的？城市是設計來丈量時間的工具。

「有些小孩在那上面，看到沒？在大約二十樓。妳敢相信嗎？」

「那上頭比街上安全。由得他們去吧。」

「我們回街上去吧。我歇夠了。」

「走吧。」

上車後，史考特沿著哈德遜河向北行駛，在比肯市過了橋，駛入薄暮和次級公路中；接著車子開上高速公路，走了一小段後重回錯綜複雜的兩車道柏油路路網中。他們在黑夜裡開了幾小時的車，窗外的景色最後只剩下車頭燈可以照見的範圍和各種路標。他們有時開在土路、礫石路或年代久遠的伐木徑，有時開在陡峭的山坡，車身不斷被飛起的小石頭敲打；有時車外會出現一些被明月照亮的松樹。被黑夜所包圍，偈處在小汽車低沉的嗡嗡聲中，那兩個坐得靠近的陌生人有一段長時間陷於沉默，各自沉浸在自己的思緒、回憶、白日夢和各種心識活動裡。所以，當他們突然再次開口說話時，聲音在空洞的夜色裡顯得格外清晰分明。

「我感覺自己像是被帶到深山的祕密基地，去見某個恐怖組織頭目。」

「告訴比爾這個，他一定會覺得妙不可言。」史考特說。

2

房間裡黑沉沉，他站在窗前，等著車頭燈光出現在山頂，穿過田野，開過一些樹樁、彎莖和岩石碎塊。他不是殷殷期盼，只是覺得差不多是時候，心想也許只要站一會兒工夫，就會看見車子出現在那條滿是車轍的小徑：起先只是兩道車頭燈光後面的一團搖晃暗影，待下了山坡往屋子開來時，才會開始輪廓分明。他決定從一數到十，數完後若是車頭燈光沒有出現，他便會回到書桌，打開燈，再做些工作，把今天寫過的東西重看一遍。換言之是重看那些稀疏的墨跡，那些帶血絲的噴嚏水，那些每日的蒼白分泌物，那些黏在紙頁上的丁點人類生理組織。他從一數到了十，卻沒看到車頭燈光，便從頭再數一遍，這一次數得更慢，下定決心若是數完還看不見汽車出現在山頂上，便一定回到書桌打開燈工作去。畢竟，不是只有小孩才會相信數數可以讓心裡期待的事情發生的嗎？他又數了兩遍，接著又數了一遍，然後只是站著，等著，好不容易帶色斑的白光終於出現，車子沿著山坡邊緣往下行駛。車頭燈光偶爾會掃過灌木叢，讓它們看起來像是握拳哭泣的小孩。

車子開進了門廊燈光可及的範圍。車身下側沾滿泥巴，層層塵埃積在雨刷刷不到的擋風玻璃邊緣。車上兩人下了車，走向前台階，與此同時，他也走到工作間的門邊，傾聽他們在踏墊上跺腳和入屋後所發出的各種聲息，如抖外套的聲音、伸懶腰的聲音和回到家的如釋重負聲。這些聲音讓他覺得危險和虛假。

他關上房門，站在一片漆黑中，伸手往書桌摸索香菸包。

*

在寒夜經過長途跋涉之後能夠走進室內總是讓人愉快，更何況是在一個不知名的所在。菜燉牛肉和黑麵包。廚房是一個宜於長談的地方，特別是在深夜，特別是在備有木柴火爐和發霉味葡萄酒的情況下。布麗塔在飛機上曾經和陌生人聊天過不下一千次，或深或淺地談論人生，哪怕內容全是冒牌貨。但她就是無法在汽車裡認真聊天。汽車的行進是一種斷斷續續的移動，是一種鏈輪帶動的運動，會讓她的注意力完全破碎。哪怕汽車開過的是一處平坦枯燥的地形，她仍然無法讓自己的心思離開馬路上的標線、窗外的畫面和盒子裡的面紙，進入真切的談話。她最能暢所欲言的地方是廚房。她常常尾隨別人進入廚房，看著他們下廚或從冰箱裡拿出冰塊，這些時候，她會朝著他們的臉或背說話（是臉還是背對她來說毫不打緊），讓他們忘記自己正在做什麼。

史考特坐在桌子的另一頭。他精瘦，頭髮濃密，給人一種單色調的感覺，淡色的眉毛透著一種沙灘的光熱。她猜他高興於有人作伴，高興於聽到一個城市人的全速說話聲。聽她說話時，他身體前傾，就像是她正在低聲耳語，述說著什麼希罕和不為人知的私事。但她只是想到什麼說什麼，邊吃東西邊說話，滔滔不絕地嘟囔。他凝視著她，帶著毫無利害考量的興趣端詳她。如果她這把年紀的女人全都是別人視而不見的生物，又如果她只是個穿牛仔褲和運動衫和略帶點風霜的北歐女人，那麼，他可能是正在納悶兩人之間可能會有哪些突出的共通之處。他年輕得荒謬，應該只有三十出頭，但她對這個猜想不完全有把握。

「說真的，我完全不知道這裡是哪裡。一丁點兒線索都沒有。我猜我們走的時候也會是晚上，好讓我看不到地標。」

「這裡沒有任何地標，」他說，「不過妳沒猜錯，我們是會等入黑才離開。」

「既然來到這裡，我就很難談太多有關他以外的話題。我感覺就像有什麼在我的肩膀上，讓我忍不住要不時提他一提。我相信一定有許多人想找到他的下落。」

「從沒有人能找到這裡來。我們是聽說過有些媒體派出攜帶長距離鏡頭的小組四處打聽他的下落。從出版社轉來的讀者來信，我們得知有些讀者正在著手找他。這些人還會不時向我們報告他們的最新進展。有些讀者自認為知道他在哪裡，有些讀者告訴我們他們聽到哪些謠言。有些讀者則只是想見見他，告訴他他的書對他們意義多麼重大和問些一般性的問題。更多人只是想看看他長什麼樣子。」

「他現在人在哪裡？」她問道。

「在樓上躲著。但別擔心，明天妳就可以拍到照片。」

「這趟拍攝工作對我意義重大。」

「此舉也許有助於減輕比爾一些壓力。他最近老是覺得他們正在逼近，一天比一天逼近。」

「你是說一般讀者？」

「有人寄過一節斷指給他。不過那是六〇年代的事了。」

史考特帶她去看廚房附近一個房間，裡面存放著比爾的一些文件。七個金屬檔案櫃背牆而立。他打開一些抽屜，如數家珍地告訴她裡面包括哪些項目：出版社的來信、合約、版稅協議、筆記本、遠年的讀者來信（一共有幾百封，用細繩綁成一捆捆）。還有些舊手稿、打字行的打字稿和原始的長條打樣。有些是評論比爾小說的書評，有些是比爾前同事和熟人所接受的訪問。再來是一落落的報刊雜誌，裡面的文章或是談及比爾的作品，或是談及他的失蹤、隱匿和退休；有些談及比爾已經改名換姓的謠言，或是他曾經自殺的謠言，或是他重新投入創作的謠言，或是他準備復出的謠言，或是他已經死掉的謠言。史考特挑出幾篇，給布麗塔念了幾段。然後他們拿著酒杯走到走廊，那裡的書架裝滿各種研究比爾作品的書刊，其中有幾本季刊是比爾的專號。然後他們去到另一個小房間，裡面藏有比爾兩部小說的各種國內和國外版本，平裝本和精裝本一應俱全。布麗塔沿著書架走動，端詳各種版本的封面設計，翻看各種稀奇古怪的文字。她腳步很輕，不太想要說話。他們又去了地下室。這裡存放著比爾施工中那部小說的各種材料，全歸檔在厚厚的硬面活頁夾裡（加起來也許有兩百個），排列在與牆壁垂直的一排獨立式書架上。每個活頁夾都有編號和註明日期以便於尋索，內容物包括了草稿、修改過的草稿、筆記、斷片、再改稿、丟棄稿、更新稿、暫定稿和最後定稿。牆壁上方有一些狹長的窗口，全都以深色物料遮覆，房間兩頭各放一部大型除濕機。她等著史考特把這房間稱為地下碉堡。但他始終沒這樣說，也沒說過任何帶有絲毫自我諷刺意味的話。她輕易便聽得出來，他對自己的管家工作引以為傲，對自己能參與這種磅礴的保存工作而感到巨大滿足。這是個聖地，是書後面的那本書，是埋在荒涼山野一個地窖裡的至寶。

有一道後樓梯可以從廚房通到二樓，兩人拿起布麗塔的外套、包包和攝影器材往樓梯上走去。沿途，她瞥見有一些貼牆的餐具櫃，裡面放著更多的讀者來信，一批批裝在厚厚的文件夾裡，外頭標示著年月日。布麗塔尾隨史考特穿過二樓的門走過走廊，去到為她準備的房間。

*

在樓下的臥室裡，凱倫正坐著看電視。史考特走進來，開始寬衣。

「好長的一天。」她說。

「可不是。」

「開了那麼久的車，你一定累壞了。」

他換上睡衣，躺到床上。她伸長手，把燈關掉，然後拿起電視遙控器，調低聲量，按了又按，直至聲音完全消失為止。史考特的頭平躺在枕頭上，人已經半睡著。凱倫正在收看當天的世界新聞。不管是哪一天，她主要想看的只是新聞的畫面，有沒有聲音都無所謂。說來有趣，有時你只要光憑畫面，便可以想像出新聞事件的內容。

她首先看到的是一些男人和男孩，密密麻麻的一群雄性，身體彼此擠壓在一起。然後是一群群眾，幾千人把整個螢幕塞滿。他們的動作看似是慢動作，但她知道這是現場實況轉播。畫面中，無數身體像是被巨浪捲在一起似的，互相擠壓和捲纏著，許多雙手高舉在人群上。鏡頭還顯示有些男人站在旁邊某個地方，半感興趣地看著這一幕。她看見一大堆人正在推擠一道圍籬，想要把它推倒。許多身體擠壓在鐵絲圍籬上，許多雙手高高舉起和揮舞著。攝影機的位置就在圍籬的正前方，透過鐵絲網的大網眼進行拍攝。她看到人群的最後頭爬上來兩個人，沿著所有的頭頂和肩膀匍匐前進。群眾不斷往圍籬推擠，站最前面的人被擠壓得扭曲變形，手臂高舉著或扭曲著，臉上表情極是痛苦。有些人在什麼地方靜靜看著這一幕，他們站在草地上，穿著短褲、運動衫和足球員的長襪子。足球在外國被稱為football❺。圍籬外的群眾擠壓得緊實，把整個螢幕給塞滿；站在圍籬最前方的人完全動彈不得，只能始終以同一姿態扭曲著。鏡頭接著以近鏡照向圍籬，然後停格下來。這畫面就像一幅宗教畫，就像畫在那些遊客愛參觀的教堂裡的一幅濕壁畫❻，儼然是一幅精心構圖的人類受苦受難圖。她看見一個女人和一個女孩的臉，看見一隻從她們後頭伸出來的男人大手。她看見那女人髮絡全濕、手臂扭曲地抵在圍籬的網眼上，看見那女孩的頭被誰的手肘頂在下面。她看見無數的身體莫可奈何地互相盤纏著，無數雙手臂高高舉起，想要搆著那道圍籬卻搆不著，只能胡亂揮舞。她看見一隻男人大手，看見一個留長髮穿牛仔襯衫的小伙子背對著圍籬，看見那個髮絡全濕的女人的臉被自己扭曲的手臂遮住，看見她的手指甲塗成光亮粉紅色，然後又看到一個女孩或女人眼睛閉著，舌頭吐出，樣子像快死或已死。這些人的臉上寫著絕望。人們推擠著圍籬，身體擠身體地擠得密不透風，有時只剩下手指還在動。這景象就像一幅畫在陰暗老教堂裡的濕壁畫，描繪著大群人你推我擠，爭著赴死。這樣的圖畫只能是出自一位不世出大師的手筆。

3

布麗塔從包包拿出石英燈，裝到腳架上。她心情緊張，不停輕聲喃喃自語。比爾背牆而立，等她準備就緒。他身穿工作褲和老舊毛衣，身軀厚實而面容憔悴，煙霧色的頭髮向後直梳，髮邊帶點淡黃色。她感受到一股讓她不自在的力量，這力量來自一個真實的身體——多年以來，眼前這個男人都只是以文字的形式存在於她的心裡。她幾乎不敢望向他，只敢利用忙東忙西作為掩飾，不時瞥他一眼。她心想他也許已經沉定在一種老態裡，沉定在一種比他可能活到的歲數還更深的姿態和外表裡。他看著她弄東弄西，視線有時會越過她望向更遠處。她感受到他業已從房間裡消失。

❺在美國，football一詞專指美式足球，一般的足球則稱為soccer。

❻將溶於水的礦物性顏料畫在表層的濕灰泥上，是一種非常耐久的壁飾畫。

「我打算把燈光打在這面牆上。然後你站到牆前，我拿著相機開拍，這就了了。」

「聽起來有一種不祥的味道。」

書桌上放著一部打字機，幾面牆上和一片窗子的下方都用膠帶貼著大大張的素描紙。這些紙張顯然就是藍圖，是那部他正在施工中的小說的總綱。紙頁上寫著許多潦草的單字、畫著一些方格子，單字與單字之間有線條連接，方格子裡又寫著細字。還有些圈起來的數字、刪去的名字、一些火柴人似的塗鴉和十幾個神祕符號。她看見電暖器的散熱罩上堆著一落筆記本。桌面雜亂放著些紙張，菸灰缸裡是一墩壓皺了的菸屁股。

「作家總有些什麼特別的。我說不上來原因，但每次要為一個作家拍照以前，我都會設法約他出來散個步。我想聽他談談自己、談談他的作品，談談他的家人。但我知道你不想浪費時間，所以我會直接給你拍照，快快把事情給了結。」

「我們聊聊無妨。」

「你對照相機感興趣嗎？這是個八十五毫米的鏡頭。」

「我過去也照相，但不知道為什麼有一天忽然失去這個興趣，從此再沒拿起過相機。」

「我猜還有些別的事情是你同時失去興趣的吧？」

「妳是說出現在公眾面前這件事？」

「如果我沒記錯，你已經有三十年沒發表過照片了。」

「史考特會知道確切時間。」

「你們經過商量，認定該是再次發表照片的時候了？」

「知道有那麼多讀者想搆著我是很累人的事。當一個作家不再露臉，他就會變成帶有上帝的局部印記，因為上帝也是出了名不肯露臉的。」

「但你的隱匿引起許多人的興趣。」

「它同時也被視為某種要不得的自大。」

「人總會被遙不可及的東西吸引。難以去到的地點總是漂亮。不只漂亮，還會有一點點神聖。一個難以搆著的人也會獲得一種風采和整全性，讓其他人感到嫉妒。」

「影像的世界是腐敗的，所以這裡才會有一個人要隱藏起他的臉。」

「唔。」

「人們雖然對這個人感到好奇，卻又仇視他，想要取笑他和弄髒他。他們想要看看他見到一個躲在樹上的攝影師跳下來時的驚恐表情。清真寺是沒有圖像的❼。但在我們的世界裡，我們吃喝拉撒睡都離不開圖像，還會向圖像禱告，把圖像穿在身上。不肯露臉的作家等於是在蠶食神聖

❼伊斯蘭教禁止信徒崇拜畫像或塑像，也禁止清真寺以任何人物形象作裝飾。

的地盤，等於是在玩上帝自己的花樣。」

「他也許只是靦腆罷了，比爾。」

透過取景器，她看見他正在微笑。他的樣子在相機裡顯得較清晰。他的眼神簡潔有力，臉型漂亮而多紋理，額頭和眼角刺繡著皺紋。不知有多少次，藉著照相機的幫助，藉著她想要看得深入的意志，她都成功地把搖擺不定的人體給重塑出神韻來。

「我可以跟你說件事情嗎？」

「請說。」

「我害怕跟作家談他們的作品。那很容易會讓人說出一些蠢話。下巴別掉下來！對，好多了。我喜歡。有一種祕密語言是我一直學不來的。我把很多時間花在作家身上。我喜愛作家。你擁有的天賦帶給我無比的喜悅，但也讓我覺得自己是個外行人，無法用你的私人語言——一種對你來說著邊際的語言——來跟你交談。」

「我唯一懂得的私人語言是自我誇大。我想我在這房間裡已生長出第二個自我。它是個自以為是的蠢才，老是催促著作家埋頭苦幹。我會誇大寫作的痛苦、孤獨的痛苦，我會誇大我的失敗、憤怒、迷惘、無助、恐懼與受辱感。我生活的邊界愈狹窄，我對自己的誇大就愈甚。如果那痛苦是真的，我何必要膨脹它呢？理由也許就在於那是我唯一容許自己擁有的樂趣。」

「抬起下巴。」

「我還真是有需要抬起下巴❽。」

「坦白說，我沒預期會聽到這種話。」

「我一直在蓄積它們。」

「我還以為你只會在這裡站幾分鐘，然後便待不住，掉頭走開。」

「我的缺點是會對陌生人或路過的女人說心裡話，卻從不對妻子兒女或密友說。」

「你會對史考特說。」

「我是會跟他說，但愈來愈沒必要。他對我瞭如指掌。他就像個坐在我腦幹上的外科醫生，手上拿著鋒利的手術刀。」

她拍完了一捲底片，到攝影箱拿出另一捲。比爾站在書桌旁邊，從香菸包抖出一根菸。他的鞋子上結著一層泥巴，還黏著一些彎折的野草。他看來對於自己會被拍成什麼樣子滿不在乎，沒有提出任何要求。顯然，他懶得去想這些。她喜歡房間裡有他在的感覺。你會感覺這房間就是他的，一如你會感覺這屋子不是他的。她請他站到一面貼有圖表的牆壁旁邊，而看見他沒有表示反對，她便移動燈光，調整焦點，開始拍攝。他一面抽菸一面說話。他就像其他作家一樣，覺得寫

❽這話語帶雙關，意指「我還真是有需要振作」。

作工作讓他受苦受難。所有作家都是這種想法。他們全都覺得自己寫得很爛、飽受折磨，卻沒有一個人想要改行；他們全都相信自己是世界最苦的人，相信唯一可能比他們更苦的只有哪裡的另一作家。當某個作家因為白蘭地裡放了太多紫色藥丸或用左輪手槍抵住自己太陽穴而死掉，其他作家就會既遺憾又肅然起敬。

「我來告訴妳有什麼是我沒有誇大的。自疑。我每一天的每一分鐘都在自疑。我躺在床上就聞得到它的味道。我失去了自信，就是這麼回事。」

每當她的拍攝工作順利，空間都會按它應有的方式合攏，時間和光線會自動去跟她配合。看著站在那些古怪圖表前面的比爾，她知道她希望得到或需要得到的元素已一應俱全。首先是他的頭，這個頭蒼老、多皺紋而憂鬱，活現出一個失落文人的模樣；再來還有牆上的圖表，這圖表是一部失落鉅著的藍圖，但上面那些歪斜的格子、塗鴉和東指西指的帶箭嘴線條卻像是一個小孩用五指握著鉛筆亂畫而成。他顯得生氣勃勃，說話時身體會前後左右晃動。他的雙手粗鈍而帶有傷痕。他透著一種倔強氣息，讓人感到他深知有哪些侷限是他需要超越，才能寫出那總是得來不易的頂尖傑作。她設法在鏡頭裡把他放回脈絡，讓他的聲音和身體跟他的作品處處吻合。先前，剛走進這房間的時候，她的第一個念頭是：等等，這個人不可能是他。她預期會見到的是個精瘦而魅力四射的人，一雙眼睛像是畫在阿米什人❾穀倉上的巫符。但真實的比爾卻慢慢變得讓她可理解，愈來愈具有他作品中的味道。

「我不得不向你要一根菸，」她說，「二十年來我不斷戒菸，一次比一次進步。但你香菸包上的小閃光讓我破功。」

「告訴我紐約現在的樣子，」他說，「我已經很多年沒去那地方。每當我回憶起我住過的城市，都會看到立體主義的名畫。」

「我會告訴你我所看到的。」

「畫中那些稜角分明和高密度的方塊，還有它們微褐的色調，都在在讓人感覺城市就像羅馬城牆一樣，會變老變髒。」

「從我住的地方可以看到一些橫七豎八的屋頂，一些四、五、六、七層樓高的樓房，還可以看到水箱、晾衣繩、電視天線、鐘塔、鴿舍、煙囪頂管和下曼哈頓各種有人味的東西：小花園、雕像、彩繪店招等等。我每天醒來都會看到這些，我愛它們也依賴它們。然而，它們正在被一點一點夷平和載走，以便興建摩天大樓。」

「摩天大樓最後總會變得有人味並且在地化，給它們一點時間吧。」

「目前我只想撞牆，等它們變得有人味的時候請務必告訴我。」

---

❾一群生活在北美的基督新教徒，拒絕現代化設施，過著與世隔絕的簡樸生活。

「我納悶是什麼讓妳抓狂。」

「目前我的窗外已經有了世界貿易中心。」

「但它不是已經變得無傷害性，也沒有年紀了嗎？人們現在都懶得看它。妳應該慶幸的，因為事情本來還可以更糟。」

「怎麼說？」她問。

「如果它只有一棟不是會更糟嗎？」

「我抱怨的還不只是體積的大小。體積大當然要命，但更要命的是它不是一棟而是兩棟，就像在談話似的，可我卻聽不懂它們在說什麼。」

「它們在說：『祝你有美好的一天。』」

「找一天到那裡走走吧。」她說，「你會看見貧病者無處可住，而摩天大樓卻蓋得一棟比一棟大。都是些大到難以置信的大樓，有幾英里面積的空間可供出租，但所有空間都位於室內。我這有誇大嗎？」

「我才是那個會誇大的人。」

「真奇怪，我有一種熟悉你的感覺。」

「這可真是怪了。妳在那裡擺弄相機而我呆頭呆腦站在這裡，兩人設法聊點天，妳怎麼會熟悉我？」

「我一般不會聊天。我只會問問題，讓作家自己說話，這樣可以把緊張氣氛舒緩一點點。」

「妳是讓傻瓜來說話。」

「你要這樣說我也沒意見。因為要專心拍照的關係，我通常都是有一搭沒一搭聽著他們說話。我是抽離的，我在工作。我只會聽到他們說話的一兩成。」

「妳也整天飛來飛去，把我們給找出來。」

「你下巴又掉下來了。」她說。

「妳飛過大洲和大洋去為一些平常臉孔照相，把一千張、一萬張臉給記錄下來。」

「說來可笑，我是把我的人生奉獻給一種姿態。對，我是常常坐飛機，而這表示，在某些天，我會無時無刻擔心碰上恐怖攻擊。他們具有讓我們提心吊膽的能力。我在候機室從不坐窗子旁邊，以防遇到炸彈爆炸時會被炸飛的玻璃碎片割傷。我用的是瑞典護照，所以不擔心會被恐怖分子當成目標，除非是你相信他們連總理也想殺。我通訊簿裡的姓名和地址都是用代碼書寫，因為你說不準某個作家是不是異議分子、猶太人或瀆神者。我對讀物的選擇小心翼翼，從不隨身攜帶宗教性書籍，也不會帶封面上有宗教符號、槍枝或性感女人照片的作品。但這只是一個方面，因為另一方面我又打從心底深處知道，如果我會死，一定是死於某種可怕的慢性疾病。所以，你跟我坐同一班機的話保證安全。」

她裝上另一捲底片。她有把握她已拍到了讓自己滿意的照片，不過，有過一百次，她都是在沖洗底片的時候才發現，在她相信很棒的照片後頭還有更棒的。所以，她喜歡在有了「搞定了」的感覺之後繼續工作。把自信擺一邊，堅持到最後一秒鐘，那老天爺的眷顧就可能會悄悄來到。

「妳有沒有問過妳的那些作家，當彩繪人偶是什麼樣的感覺？」

「你為什麼要這樣問？」

「是妳要我說話的，布麗塔。所以我就找些話來說。」

「對，我想要你顯得有生氣。」

「所以我說什麼都沒差？」

「說斯瓦希里語⑩都沒差。」

「小說家和恐怖分子之間有一種奇怪的命運相連關係。在西方，隨著我們變成了著名的芻像，我們也失去了形塑和影響社會的力量。妳有問過妳的作家對此有何感想嗎？多年以前我總相信一個小說家有可能改變一個文化的內在生命。現在，這塊地盤已經被炸彈客和槍手佔去。他們向人類意識發起突擊。自作家跟社會掛鉤之後，他們能做的都被恐怖分子給搶了去做。」

「說下去。我喜歡你憤怒的樣子。」

「但妳早知道這個，不然不會吃飽撐著，飛行一百萬英里去給不同的作家拍照。因為我們已經讓位給了恐怖活動、恐怖攻擊的新聞、錄音機、照相機、收音機和藏在收音機裡的炸彈。敘事者現在唯一需要的只是災難新聞。一宗新聞愈是血腥，敘事就會愈堂皇。新聞是最新的一種癮症。對上一種癮症是什麼？我不知道。不過妳倒是很聰明，知道要在我們消失前把我們用相機抓起來。」

「我才是那個他們想殺的人。你只不過是坐在房間裡製造理論。」

「妳可以把我們放入博物館，供人買票參觀。」

「你瘋了嗎？作家總是會繼續寫作。作家具有廣泛的影響力，不是那些槍手可以同日而語。我得再向你要一根菸，這顯然就是近墨者黑。你臉上有一種我摸不透的神情，讓你看來就像個扮演喪志角色的爛演員。」

「我是個爛演員。」

「對我或我的相機來說不是。我從相機裡看到的是一個人，不是某些他想把自己剪裁進去的觀念。」

「我今日徹頭徹尾只是個觀念。」

「我完全沒看出來。」

「看仔細一點。我正在玩味死亡的觀念。」

❿屬於班圖語族，為非洲一主要通用語言。

她不知道自己是不是應該覺得這話有趣。

「我覺得在這裡讓妳拍照就像是給自己守靈，或是像拍遺照。一張照片不會有任何重要性，除非是相中人已經死掉。我們是在攜手創造一個引人感傷的過去，供幾十年後的人緬懷。那是他們的過去、他們的歷史，但由我們在這裡為他們創造。我現在是什麼樣子並不重要，重要的是二十年後人們眼中的我是什麼樣子，那時服裝和髮型都不同於今日。我進入死亡愈深，我的照片就會愈有力量。拍照會讓人有肅穆的感覺，原因會不會就在此？它是一種守靈。我是那個扮演遺體的演員。」

「闔上嘴巴。」

「記得那句老話嗎：今天是你餘生的第一天。我是直到昨晚才赫然想到，這些照片將會是我的死亡啟事。」

「闔上嘴巴。對，對，很好，就是那樣。」

她重新裝上底片，伸手拿起香菸抽了一口。然後她放下香菸，走到他面前，一隻手放在他臉上，把他的頭微微偏向左邊。

「保持現在的樣子。別動。我喜歡這個樣子。」

「看，妳喜歡我怎樣我都馬上照做。」

「令人感動的比爾・格雷。」

「妳有意識到我們做著的事有多私密嗎？」

「我保證不會把你說過的話說出去。順道一說，你一點都不呆頭呆腦。」

「我們獨處一室，進行著神祕交談。我給了妳些什麼呢？妳又在我身上投注了些什麼或偷走了些什麼呢？妳是用什麼方法把我改變的？我感覺得到這改變就像洋流一樣在我皮膚底下流動著。是妳在拍照的過程中把我拼湊起來的嗎，還是說我是在模仿我自己？對了，女人給男人拍照這種事是什麼時候開始的？」

「我回家之後會查一查。」

「我們的相處真是愉快極了。」

「你是想要改變話題嗎？」

「我雖然損失了一整個早上的工作時間，卻無怨無悔。」

「那不是你唯一的損失。別忘了，等你的照片一刊登出來，人們便會期望你長得像相中人。所以，如果你在什麼地方碰到什麼人，他們絕對有權質問你為什麼看起來跟照片不同。」

「所以我變成了別人的材料了？我變成了妳的材料，布麗塔。這世界既有真實人生，又有消費事件。我們周遭的一切都傾向於把我們導入印刷品或底片，變成某種最後的真實。只要有一對情侶在計程車後座吵架，這事件就會隱含著一個問題：誰會把這事寫成書，而誰又會在電影裡扮演那對戀人？每件事情都尋求著自己更高的版本。也可以這樣說，沒有事情能在被消費以前算是發生過。也可以這樣說：『自然』已經讓位給了『氛圍』。只要有人在刮鬍子時刮傷自己，就會有一個人簽約要寫這傷口的傳記。所有日常生活的材料都被導入光暈中。我現在就在妳的鏡頭裡。我已經看到了一個不同的自己——一個像是隔代表兄弟的自己。」

「你也許還應該把自己想得不同。你不知道一張照片可以讓人暴露得多深。它也許會讓你看到某些你一直隱瞞著的事情，或是看到你父親或母親或子女的某些影子。你拿起一張照片，以為看到的是你半遮在陰影裡的臉，但其實那是你父親在回望你。」

「所以妳將會幫我處理遺體囉？」

「我的工具只是化學藥劑和相紙。」

「妳給我的臉頰塗胭脂，給我的手和唇上蠟。不過，等我真的死了之後，人們會認為我還活在妳的照片裡。」

「去年我到智利去跟一個總編碰面。他曾經坐過牢。他的雜誌因為刊登了一幅皮諾契特將軍⓫的漫畫，當局便以行刺將軍形象的罪名將他起訴。」

「這個指控聽起來完全合理。」

「你拍膩了嗎？有時我會不知不覺把一趟照相當成私有財產。我的佔有慾有時可以變得很強。在枝節的事情上，我會很好商量，但在內心深處，我會覺得拍出來的東西是屬我所有。」

「我想我比妳還需要這些照片。它們可以敲碎我建立起來的那塊獨塊巨石。我害怕到任何地方去，連到附近小鎮一間邋遢餐館用餐都會怕。我深信那些認真的追蹤者已經帶著手機和長鏡頭向這裡逼近。一旦妳選擇了過我這種生活，就會知道它儼如不間斷的宗教守誡。沒有來半套這回事。我們所做的一切都帶有宗教儀式的味道，一切都是環繞著怎樣不讓我被人發現而旋轉。所有要外出辦理的雜事現在都是由史考特為我代辦。凡是要到這房子來的人都得遵守一套程序，修理工、送貨員全不例外。這是一種非理性的生活方式，卻有著非如此不可的內在邏輯。情形就好比是宗教或疾病接管了一個人的人生。這一切都是由一股力量在推動，完全不是我的個人意願可以左右。這股力量也憤怒而吝惜。它讓我想對別人這樣說：我有自己一卡車的痛苦，所以讓我一個人靜一靜吧；別瞪著我看，別找我簽書，別在街上把我指出來，別在腰帶上綁著錄音機悄悄爬近我；最重要的是別給我拍照。我為這要人命的隱匿付出了可怕代價，也最終對它感覺噁心。」

他的聲音平靜，視線越過她看著遠方。他讓人有一種感覺：他是第一次明白到這一切，終於聽到了自己把它們說出來。它們聽起來多怪異啊。他無法明白這一切是怎麼發生：當初，那個青澀的年輕人是因為不喜歡社會的虛浮和扭曲，是因為想要自己的創作不受污染，是因為非常靦腆和有一點點自我浪漫化，才會隱匿起來，可沒想到，在經過了許多年之後，他卻發現自己被困在

⓫智利前獨裁者，一九七三年到一九九〇年間統治智利，二〇〇六年去世，得年九十一。

巨大的寂寥裡。

「你累了嗎？」

「沒有。」

「我忘了努力保持姿勢會讓人有多疲倦。我一工作起來就會不講良心，會把我的拍攝對象當成像我一樣全情投入。」

「這對我來說不是工作。」

「但我們畢竟在合作拍照。」

「工作是一種我為了讓自己心情差而做的事。」

「誰有理由要為工作感到心情愉快？」

「說的是。小時候我喜歡一個人舉行棒球比賽。我會坐在房間裡，虛構出整場比賽的內容，像個播報員那樣大聲播報每一輪的攻守。我既是球員，又是播報員，又是現場觀眾，又是坐在收音機旁邊的聽眾。那是我所有過最接近心情愉快的時候，長大之後便不曾有過。」

他笑了起來，發出一種老菸槍的笑聲，粗礪而沙啞。

「我記得所有球員的名字、守備位置和打擊順序。長大之後，我寫作時一直朝這個方向努力，想要把作品寫得天真無害，想要把寫作當成一種純然的虛構遊戲。在其中，你和球員或房間與棒球場之間毫無分野，一切都無縫和透明，完全是自動的湧現。那是自我的失敗遊戲，不會有自疑或恐懼。」

「我不知道該怎麼說，比爾。」

「我也不知道。」

「在我聽來像是一種心理疾病。」

他又笑了起來。她把他笑容可掬的樣子拍入相機，直到照片用光才停止。重新裝上底片之後，她讓他站到石英燈光的範圍外，改用窗口的自然光繼續拍照。

「我帶來了查理．埃弗森的口信。」

比爾向上拉了拉褲子。他的視線越過她，似乎是在尋找香菸包的下落。

「我是在一個出版界的餐會碰到他。他問到我的工作近況，我便告訴他最近可能會看到你。」

「妳沒理由不應該提到我。」

「希望不礙事。」

「照片登出來之後他一樣會知道。」

「事實上，他託我轉達的只有一句話。他有事要跟你商量。他沒告訴我是什麼事。我叫他大可寫信給你，但他說你從不讀信。」

「史考特會幫我讀。」

「他說那事情太敏感，不能讓第三者讀到或聽到。他又說他以前是你的編輯和死黨，無法直接跟你聯絡讓他很沮喪。」

比爾撥開書桌上的凌亂紙張，尋找火柴。

「老小子查理可好？」

「還是一樣。臉色紅潤而心情開朗。」

「他當然心情開朗，因為他總有新作家可以用。他們舒舒服服坐在辦公室裡，從不用擔心某本書會賣不好，因為他們總是可以發掘出另一個暢銷作家，製造出新的轟動。我們的死可以換來他們的活。一種完全平衡的狀態。」

「他告訴我你一定會說類似的話。」

「妳還真細心，知道該等到適當時機才告訴我這事情。」

「我把照相的事擺在首位。我不知道你對這種消息會有什麼反應。」

他點著火柴，但馬上忘了這回事。

「你知道他們最喜歡做什麼嗎？給去世的作家刊登鑲黑邊的廣告。這讓他們感覺自己是一個莊嚴傳統的一部分。」

「他只需要你打個電話給他。他說那事情頗為重要。」

他偏過頭，讓嘴角的香菸湊到火柴上去。

「他們出版的書愈多，我們就愈虛弱。驅動出版業的祕密力量是一種強迫性衝動，它念茲在茲於把作家變得沒有危害性。」

「你喜歡表現出一點點偏激。我了解你的感受，真的，相信我。但還有什麼比一種純虛構的遊戲更無害的呢？你說你想要在房間裡虛構棒球比賽，想要天真無害，這也許只是一個比喻，但你的小說不是正因此而暢銷的嗎？你稱它為一個失敗的遊戲，卻又說自己一直以此作為寫作的理想境界，所以，這個遊戲也許沒有你想像的失敗。你說你一直朝這個方向努力，但這不就是讀者在你的書裡看見的嗎？」

「我只知道我看見的，或只知道我沒看見的。」

「我不太明白你的意思。」

他把火柴丟到書桌上的菸灰缸。

「每句句子都會有一個真理等在它最後面，而作家會知道自己最終有沒有到達它。在某個層次，這真理寄託於句子的節奏與平衡，但在更深的層次，這真理寄託於作家與語言的吻合。我總是可以在句子裡看到我自己。鍾鍊一句句子的時候，我會透過一個一個單字開始認識我自己。是我作品中的語言把我形塑為一個人。只要一句句子寫得對勁，它自會包含一種道德力量。它會說出作家的生之意志。我被寫作過程糾纏得愈深，愈是能把一句句子的音節和韻律寫對，我對自己的了解就愈多。我在目前這部小說投注了許多時間和心血，但還不夠多，因為我沒有在它的語言裡看見我自己。這部書和這些年把我銷磨殆盡。我已經忘了何謂寫作，忘了自己的第一守則：簡練些吧，比爾。我失去了勇氣和韌性。我筋疲力竭，厭倦了掙扎。我感覺這書是別人寫的，內容牽強而錯誤得離譜。我繼續不斷改寫只是為了誘使自己相信事情是別的樣子。我是在寫一本死掉了的書。」

「史考特知道你有這種感受嗎？」

「史考特！他比我還要激烈。他勸我不要出版。」

「這太荒唐了。」

「不，不荒唐。這個意見有些見地。」

「你什麼時候會寫完？」

「寫完？我早寫完，兩年前就已經寫完。但我重寫每一頁，又不斷修改每個細節。我繼續寫它只是為了讓自己活著，讓自己保持心跳。」

「問問其他人的意見吧。」

「史考特有眼力且不打誑語。」

「他的意見只是他的意見。」

「任何有點判斷力的人都會得出跟他類似的結論。最讓人痛苦的是你知道這個判決是正確的，是你千方百計想要逃避它、扭曲它。但只要書一出版，你就會無所遁形。」

「既然你已經寫完，就應該把書給出版，坦然面對結果。」

「我會出版的。」

「這沒什麼難的，比爾。」

「對，只需要我下定決心和付諸實行就行。」

「你也應該停止改寫。那書既然已經寫完，你就應該停止改寫。」

她看見他銳利的眼神變得柔和，明亮的眼睛裡閃爍著恐懼，就像是從童年時代向外張望。這眼神帶有最後禱告的荒涼。她努力用相機去把它捕捉住。他的臉枯乾而鬆弛，趨於扁平化，趨於黑白兩色化。悠久的困惑和懊悔寫在他龜裂的嘴唇、飛揚的眉毛和游移著年齡紋的下巴上。她靠得更近，重新調整焦距，拍了又拍，而他看著鏡頭，柔和的眼睛裡閃爍著光芒。

4

午餐時，史考特給她講了他在流浪歲月碰到的一件事。十年前，他人在雅典，又病又窮，便想向遊客討些美金，以便可以坐上一輛安非他命巴士，一百個小時不停站地穿過許多戰爭和隘口，去到喜馬拉雅山。但他哪裡都沒去成。然後有一天，當他走過城市的主廣場時，看見一家老飯店的前台階上聚集了一群人。那飯店很豪華，他已經不記得名字，只記得那是一個歐洲名字。

「大布列塔尼飯店？」

對。飯店門口有一支攝影隊和一些看來像政府官員的人，還有五、六十個路人在看熱鬧。史考特走過去，看見站在最高一級台階的男人五短身材，身穿卡其野戰服，頭戴格子頭巾，留著一把凌亂的絡腮鬍。他就是阿拉法特⑫，正在向人行道的人們揮手。當一群飯店客人從大門走出來時，阿拉法特向他們點頭微笑，群眾也跟著微笑。然後阿拉法特對一個官員說了什麼，引得對方大笑了幾聲，而人行道上的群眾也更加笑容可掬。史考特感覺得到自己也笑容可掬。他看看周遭的人，周遭的人也回望他，互相印證了彼此的愉快心情。這時阿拉法特再次微笑，跟幾位官員說了些什麼，向著攝影機招了招手，指了指飯店大門，然後向那個方向走去。所有人一起鼓掌。有個人握了握阿拉法特的手，引來更大掌聲。阿拉法特走進飯店後，群眾微笑著鼓了最後一次掌。他們想讓他感到愉快。

「你有去成喜馬拉雅山嗎？」

「我去了明尼亞波里斯。我回到學校去，但只待了一年便再次休學，過上了另一輪嗑藥和遊魂般的生活。這種事在當時的年輕人之間沒什麼特別的，何況我又在一家鋪了厚地毯的藥店當了一陣子推銷員。就是那時候，有人給了我比爾的第一部小說，我看了幾頁之後心想：哇塞，這是怎麼回事？這部書不是有關我的嗎？我必須慢慢地讀才不至於太興奮而暈倒。我在書中看到我自己。那是一本有關我的書。它寫出了我的思想和感受。他抓住了我那種悽悽惶惶。它幾乎一無遺漏，也幾乎讓人過目不忘。」

「對。他的句子是會讓人自動記住的。」

「讀比爾的小說時，我會想起那些在沙漠邊緣屋村住宅取景的照片。它們總是附帶著一種危

⑫巴勒斯坦解放組織領袖。

機四伏的味道。了不起的溫諾格蘭德⑬就拍過這樣一張照片：照片前方是一個站在車道前頭的小孩和一輛倒在地上的單車，背景處的荒涼山巒風雨欲來。」

「那張照片很美。」

「把東西吃完吧。我帶妳到閣樓去看看。」

「為什麼你不想讓他把書給出版？」

「寫那部書是他的召喚。他做了自己想做的事。但他自己會告訴你，那書是一大敗筆，敗得一塌糊塗。比爾斷斷續續把這書寫了二十三年。他多次放棄，多次重來，又再擱置一邊。他出外旅行，然後回來，連續三年每天伏案，然後又把它丟棄一旁，接著又拾起它，嗅嗅它，掂估它，重寫它，擱置它，重新開始，再走開和再回來。」

「聽起來慘得不行。」

「沒錯。那書把他消耗殆盡。比爾不斷跟每個字角力。只要走到離書桌五英尺遠，自疑就會像鐵鎚一樣猛敲他的背。他不得不回到書桌，去找一段可以讓他恢復自信的段落。他會讀它一遍，靠這方法重拾自信。然而，等一小時後他坐在車子裡時，他便會再次自疑，感到小說裡有哪一頁甚至哪一章不對勁。他無法甩開自疑，除非是回到書桌找到一段他知道可以讓他安心的文字。同樣的事情多年來反覆不斷上演，以致到了現在，可以讓他恢復自信的段落已全部用光。」

「你跟著他有多久了？」

「八年。過去幾年他飽受煎熬。他重新喝起酒來，只差沒從前喝得兇。他也需要服用藥物去對抗一些醫學迄今還不知道的病痛。他極少會睡到超過清晨五點，醒來後會瞪著眼睛躺著，等太陽出來再拖著腳步到書桌去工作。」

「我認為他最需要的恰恰是把書拿去出版。他必須讓人看看他的成果，不然他又要怎樣解開心裡的結？」

「比爾目前正處於盛名的巔峰。知道為什麼嗎？因為他已經很多很多年沒有發表作品。他剛出書時沒有幾個人知道，讀過的人也不放在心上。我看過書評，大都認為他的小說有點怪裡怪氣。是後來的年月讓他得享大名。比爾因為沒有再發表作品而成為名人。他的隱匿攫住了世人的目光，他的作品也因此再版又再版。我們有穩定而可觀的版稅收入，但大部分都是去了他兩個前妻和三個子女那裡。如果他出版新書，肯定可以進帳幾百萬美元。但那也將是比爾作為一則神話、一股力量的終結之時。他離台前愈遠，他的身影愈是巨大。」

「那你們為什麼又想要發表他的照片？」

「我沒想要。是他想要的。」

⓭ Garry Winogrand, 1928—1984，著名美國攝影家，擅長拍攝街頭人群。

「原來如此。」

「我勸他不要這麼做，勸了又勸，說此舉是瘋狂的行為，是在自毀。」

「我不太了解你的態度。」

「我只是在盡好分內的責任。這裡凡事都是由他決定，我只負責執行。如果他決定要把書出版，我就會日以繼夜地處理校對、樣張等等大小事宜。然而，對比爾來說，比寫這小說還要他命的事情就是出版。當書出版了出來，當人們買回家讀過，他就會完全暴露。讀者以為他們是在讀他的書，事實上他是站在他們面前自我披露。」

閣樓裡放著一些收納研究資料的檔案櫃。史考特讀出一些項目的標題，又給布麗塔看了一些以顏色分類的檔案夾。書桌上放著打字機。一些紙皮箱裡不整齊地放著一些手稿。還有一部大型影印機和一些架子，上面放著參考書、風格手冊和一落落期刊。他遞給布麗塔一個淺灰色的手稿盒子，又指了指書桌上六個一模一樣的盒子，告訴她比爾最新一部小說的定稿盡在其中。

但比爾還是繼續工作，繼續修改。他們走下樓梯時，聽見他正在打字。

*

他吃了擺在書桌上的三明治和咖啡。他開始工作，但才敲了幾個鍵便聽見身體深處發出水汪汪的呻吟聲。真玄，身體是有記憶的，會在你剛開始工作時便知道你準備要折磨它，懂得使用嗚咽和煩躁作為反抗手段。它會不會是在要求一點尼古丁呢？他聽見他們走下樓梯的聲音，心裡想像他們一定是聳著肩膀，努力放輕腳步，以免在樓梯上踩出吱嘎聲。他們不想驚動那個被囚禁起來的瘋子。他不知道她是不是馬上便要離開。他認為再見她一面會讓人感到難為情。他們已經沒什麼好聊的了，不是嗎？他們曾經分享過一種親密感，但她才一踏出這房間，他便覺得這親密感可悲而廉價。他不太記得自己對她說過些什麼，只知道這些話錯得離譜，因為它們太過感情洋溢也太專橫，又主要是因為它們大多是真心話。她到底是個什麼樣的人呢？她的臉透露著堅毅，有一種讓人卸下心防的力量，不遮掩卻不會粗心大意。他其實輕易就可以離開書桌，前去紐約，跟她永遠生活在一起，住在一棟俯瞰中央公園或哈德遜河或同時俯瞰兩者的公寓。他眼睛掃視過打字鍵。他每開始寫一部書，時間就會迎面向他撲過來，把他壓倒在地，直至小說完成才鬆開。但這一次它卻始終沒有鬆開。這當然是因為他始終沒有把書寫完。他其實大可住在一棟陽光充沛的寬敞公寓，睡灰色的床單，讀散發香水味的雜誌。時間有兩種，一種是理論物理學家的時間，它宏偉而可彎曲，抽離於人類的經驗之外；另一種時間是小說家的時間，它私密、有壓迫性、走味和使人發愁。他今天感覺牙齒酸軟，有需要偷溜到臥室去，吃幾顆氟錠和多種維他命，不過，他決定還是先做些工作。他收斂精神，敲下一個打字鍵，再敲下另一個。他想要在一張硬實的床上大聲操她，一面操她一面聆聽雨水拍打在窗上的聲音。老天，求求你讓我專心工作吧。每一部書都是一隻暴眼怪物，讓我們勇敢面對它吧。非完成不可。現在還不能死。他敲了夠多的鍵，終於形成了一句句子。他想要下樓跟她道別，但又怕此舉會引起雙方的尷尬。她不是已經得到她想要的了嗎？我現在只不過是一張照片，扁平得像「別克」轎車上頭的一抹鳥屎。他發現他把兩個字母給拼顛倒了。他最近老犯這種錯，似乎又一次證明他腦子裡果真長了些什麼東西。他把紙張從打字機拔出，給錯處塗上修正液，等它風乾。他瞪著白色的液體慢慢皺縮，不打算在它乾透前恢復工作：這是他懲罰自己的方法，也是逃避的方法。他想起她放在他臉上的手：真玄，不過是輕輕一觸，卻千言萬語盡在其中。他想要過其他人的生活，想要在中央公園附近的義大利餐館吃三色麵，不要再這樣無了期地塗塗改改。他看著剛剛打出的句子，它由六個讓人得到慰藉的單字構成。他有時會在腦海裡看到整本小說的樣子：它是一個半人半鬼的生物，駝背、腦積水、噘著嘴、皮膚鬆弛、嘴角滴著腦液，拖著腿在這房子裡到處去。他在這書上花了許多年的心血，到頭來卻發現它是他的死敵。這書把他禁錮在一間外人止步的房間裡，掐住他的喉嚨。它有時會悄悄去到他背後，打一個噴嚏，把一些帶血的稀薄液體噴到他的紙頁上。他不會稱之為鼻涕，因為這個稱呼還是太抬舉了。她喜歡我憤怒的樣子。我想要住在一個立體主義城市的中央，把星期天的報紙隨處放，吃餐盤裡的亮澤貝果。他以前愛說：我是活在兩部小說之間的，所以不介意自己半死不活。那時他和第二任太太問題重重。不過那是往事了，現在，他只想住在美術館和畫廊附近，排在人龍裡等買電影票，啵一聲打開葡萄酒，睡灰色床單，跟她做愛，吃外食，遛狗，聽大樓的守門人對計程車吹哨子，聽雨水拍打在窗上的聲音。

*

布麗塔已經打包好，隨時可以上路。她下樓給自己倒了杯咖啡，站在桌子旁邊環顧廚房。這時一個年輕女子走了進來，輕聲說了聲「嗨」。她斜靠在桌子上，以一隻手支撐身體，左腳微微離地。她有一頭淡褐色的長髮，嘴巴微微凸出，讓她顯得有一種不屈不撓的神情。

「妳拍了多少張照片？」

「我們一面聊一面拍，拍了好幾捲，聊完以後又拍了好幾捲。」

「妳是覺得這趟工作跟平常沒兩樣，還是覺得自己去了個陰森恐怖的地方？」

「妳叫什麼名字？」

「凱倫。」

「妳住這裡？」

「我和史考特住。」

「跟妳說實話，凱倫。我對拍照不感興趣。我感興趣的是作家。」

「那妳幹嘛不待在家裡看書就好？」

她從吧台拿過來一盒小鬆餅，放在布麗塔的咖啡旁邊。然後她蜷縮在一把椅子上，玩一根落單的湯匙。

布麗塔回答說：「我在家裡會看書，住飯店會看書，去看牙醫的二十分鐘路程上也會帶著書。然後我會在候診室裡看書。」

「妳一直知道自己想當攝影師嗎？」

「我在飛機上會看書，在自助洗衣店會看書。妳今年多大？」

「二十四歲。」

「妳是在這裡幫忙的？」

「大部分事情都是史考特一手包辦。他管理開銷、現金流、報稅、跟各種公用事業打交道，以及幫比爾回所有的信——精神有問題的讀者除外，我們故意不回他們的信，免得他們覺得受到鼓勵。煮飯和採購的事我們分著做，但他大概做得比我多。他也負責所有歸檔和整理文件的工作。我像個女幫工那樣負責打掃，但我一點都不介意。打掃時我會想像自己是個走路搖搖擺擺的肥女人。我們平分打字的工作，然後我們會一起校對，那大概是我們最喜愛的時光。」

「你們認為拍照的事是個錯誤？」

「我們不過是愛護比爾。」

「所以你們不願意看著我帶著那些底片離開？」

「我們只是覺得這事情有哪裡不妥。我們過的是一種需要小心翼翼呵護才能保持平衡的生活。有許多事情得要事先規劃和考慮。但現在，這生活卻一下子出現了一條裂縫。」

外頭傳來汽車的停定聲和車門的開關聲。凱倫反覆用食指按壓湯匙的小勺，讓匙柄起起落落。

「妳對職業婦女的婚姻生活有什麼看法？」她問。

「我很多年前就離了婚。我前夫住在比利時。我們沒有來往。」

「你們有小孩嗎？很多離婚夫妻都因為小孩的緣故會再碰上面，有時雖然事隔多年，你仍然看得見他們的眼神裡潛伏著怨懟。」

「抱歉，我們沒有小孩。」

「我認識很多職業婦女，她們都是一副很了不起的樣子。妳會在冰箱裡放一瓶伏特加以便可以隨時拿來喝嗎？」

「會，我會。」

「有人跟妳說過他們喜歡妳的作品嗎？我想像，有人會在紐約的某個派對上走過來對妳說：『我們素昧生平，但容我向妳致上敬意。』或者說：『請恕我唐突，但我真的很想跟妳聊兩句。』然後妳看著他們，面露靦腆的笑容。」

史考特走了進來，手上拎著採買回來的東西。他坐下倒了一杯咖啡，然後給布麗塔講述自己是怎樣走出遊魂狀態。他先是寫了些信，請出版社代轉給比爾。他寫了九或十封信，內容鋪天蓋地又強力自剖，字裡行間充滿著一個不幸年輕人對一個為他敲響暮鼓晨鐘的大師的深深感激。在這之前，史考特從不知道他可以把自己的感情挖得那麼深，還可以把它們給表達出來。他的行文不拘一格，會把一些俏皮語的字母全部大寫，又會把某些單字拼得怪裡怪氣，以傳達一種或兩種以上的意義。寫這些信讓他得到某種安慰，讓他感到這世界有著跟他可以語言相通的同道旅人，因而不再那麼孤單。他過了很久終於收到回信，但整封信只有兩行字。在這匆匆寫成的兩行筆跡裡，回信者表示自己沒空仔細回信，但還是很感謝他的去函。史考特不以為意，反而覺得這是一種鼓勵，所以又再寫了五封情感熾烈而鉅細靡遺的信給比爾。他在最後一封信裡表示自己準備出發去找比爾，說是這股衝動再也阻遏不住。比爾沒有再回信，但史考特認為這是一種默許：因為如果比爾真的不想見他，一定會回信叫他死了這條心，叫他閃得遠遠的。比爾回信的信封上固然印著紐約市的郵戳，但史考特從一本雜誌讀到過，那些躲起來的作家為隱藏行蹤，回信給讀者時都會迂迴地透過出版社轉寄。

「所以你就展開了順風車之旅？」

對。他開始在一些州際公路邊緣豎起大拇指攔便車。往來車子車速都極快，大卡車颳起的風讓史考特覺得自己毫無體重可言。他戴著反光太陽眼鏡，隨身帶著一部永恆的東方經典，又告訴給他搭便車的駕駛他是要去找一位知名作家。聽到這個，他們有些人會談到自己想見見哪些名人，但有趣的是，他們想見的名人大都已經不在人世。所有名人不是已經死掉便是已經過氣。有一輛搭載他的小貨車在韋恩堡以西起火燃燒，但史考特不以為意，認為這是天意，因為一切景物都太鮮明，讓他無法不進入一種更深沉的狀態。有一個駕駛在開到托萊多郊區時胸口疼痛，史考特接手駕駛，把他載到醫院去，路上談興大發，仔細談了他上星期看的一部電影的曲折劇情。他把車子開得很好，轉彎流暢，他的存在也變得更為堅實。當醫護人員簇擁著病人衝進急診室時，史考特慢跑在帶輪的擔架床旁邊說：很高興可以跟你聊天。三天後，他在出版比爾小說的老東家找到一份收發室的工作。

他在收發室設法交了一些朋友，透過他們得知比爾回讀者的信都是用九乘十二英寸的公文袋寄給收發室的主管喬．多希尼（一位友善、總是滿臉睡意的前愛爾蘭共和軍成員）。每次收到比爾的東西，多希尼都會把回信取出，照一般流程處理。史考特等待著機會。這期間他住在男青年會，吃飯時都是站在面街窗戶的吧台後面吃，因為他想看看川流而過的各種臉，看看各種膚色、各種形狀、各種毀損的臉。有些人精神恍惚，有些人像是得了躁狂症那樣手舞足蹈。在這些硬邦邦的街道上，就連健康或衣冠端正的人看起來也像是生病，這是因為他們在自己的個人生命裡滑入得很深，是因為他們知道未來不會接納他們，是因為他們拒絕接受自己的祕密天命。幾星期後，史考特瞄到有個公文袋是寄給多希尼，信封上的筆跡正是比爾那種密緻的筆跡。信封上當然沒有回郵地址，但史考特把郵戳看在眼裡，然後去了圖書館，找來地圖，查出郵戳上的小鎮（他當然沒向布麗塔透露鎮名）離紐約只有大約兩百英里。他沒有因為知道比爾只住在離紐約兩小時的車程之外而特別高興，因為比爾換成是住在查德或婆羅洲或喜馬拉雅山一樣難不倒他，只會讓他在找到他之後更有成就感。

他坐了一程巴士，然後在不同的次級公路攔便車，身上帶著睡袋和其他基本配備。他在小鎮逛了一圈，鎖定市場和郵局兩個地點進行監視，如是者五個週末一無所獲。但他毫不在意。他的人生已經有了方向感，這才是最重要的。他高興於自己與比爾同處一地，呼吸著相同的空氣，看見的是相同的景物。他沒問人認不認識比爾或知不知道比爾的住處。他是個徒步的背包客，不想招引注意。五個星期後，他辭掉收發室的工作，在小鎮的露營區住下，然後，距他永遠離開紐約才第八天，他看見比爾從一輛停在五金店門前的汽車走了出來。

「為什麼那個人一定就是比爾？」

「一定是。絕無疑問。一個攝影家怎會問這種問題？難道他的作品、他的人生不會顯示在他臉上嗎？難道那個村野地區的其他人有可能看起來像是寫過那兩部小說嗎？不可能，那個人只能是他。他矮壯結實，朝我迎面而來。他正在過馬路。他每走一步都讓我覺得更熟悉。他一定就是比爾，而他正向我走來。我有缺氧的感覺，感到身體一些重要器官就要停止運作。」

他把比爾攔下，報上姓名，說明自己就是那個堅持不懈的寫信人。他努力把每句話說得慢而清楚而完整。他感到嘴巴乾澀，聽到聲音是自動從他空洞的嘴巴蹦跳出來。他聽到了像是深沉斷奏的心跳聲從自己胸膛傳出，而這聲音他從前只聽過一次，那是他在極熱天爬了四小時的山之後所聽到，是血液湧過大動脈再強力灌入心臟時所發出。他看到比爾的眼睛瞇成一條細縫，便趕忙表示他猜想比爾也許用得著一個人幫忙處理郵件（他有經驗），幫忙打字和歸類文件。有需要的話這個人甚至可以為比爾準備三餐，反正就是比爾不管受到什麼園困他都可以為之紓解（說到這裡，他向布麗塔露出一個狡獪的笑容）。然後，本能讓史考特知道自己應該閉嘴，好讓比爾可以消化他的信息。他站著，靜靜等待著，神情殷切而顯得可堪信任。然後比爾的臉容開始改變，下巴不再緊繃，眼神變得柔和。這個偉人的臉慢慢把他作品的美給顯示了出來。

5

凱倫在臥室裡打量史考特從紐約買回來的一件小擺設。那是一幅鉛筆畫的複製品，畫題是《毛二世》。她把畫攤開在床上，用隨手拿來的物件把四個角給壓住。她細細端詳這畫，想了解它哪裡有趣，或是為什麼史考特會認為她會喜歡。毛澤東的臉。真奇怪，整幅畫不過是用鉛筆隨便畫了幾筆，一張人臉便躍然紙上。畫它的畫家很有名，但她總記不住名字，只知道他已經死了，只記得他有一張白面具似的臉和一頭發光的白髮。但也有可能他不是真的死了，只是人們這樣以為。史考特說過，這畫家看來是不會死的，因為他從來不像個真人。她記起來了：他叫安迪⓮。

*

史考特正在沖洗咖啡杯。

比爾走了進來，問他：「你在幹嘛？」

史考特低頭看著水槽，用一塊海綿抹過一個杯子的內壁。

「我們可以到山上的磨坊走走。今天風和日麗。」

「你還有工作要做。」史考特說。

「我工作過了。」

「時間還早。回房間去再做一點吧。」

「我今天享受了一些美好時光。」

「狗屎，你不過是讓人拍了些照片。」

「但我趕上了進度。來吧，我們帶兩位女士散步到磨坊去。」

「回閣樓去吧。」

「我不想回去。」

「別找架吵，我目前沒這個心情。」

「我們去把兩位女士找來吧。」

⑭ 安迪．沃荷（Andy Warhol, 1928—1987），美國最具代表性的普普藝術家。

「時間還早。你為了拍照已經平白浪費了一個上午。回房間工作去吧。」

史考特把海綿放在水龍頭下面沖溫水，想要沖掉泡沫。

「還剩三小時的日光，足夠我們來回一趟。」

「我說的話只是為你好。是你自己要把小說無了期地寫下去的。我只是說出我職責上該說的話。」

「你知道自己是什麼身分嗎？」

「當然啦當然啦當然啦。」

「當然啦當然啦。」比爾說。

「我不認為你外出的話會心安理得超過十分鐘。」

「當然啦當然啦當然啦。」

「上樓去坐下來做你的工作吧。」

「我們是在糟蹋美好的陽光。」

「回到樓上其實很簡單。」

「一點都不簡單。這世界沒有任何一件事比整天把自己關在一個小籠子裡更不簡單。」

史考特已經洗完所有杯子，但仍然留在原地，低頭望著水槽。

「事情真的很簡單。你只要上樓去坐下來做你的工作，就這麼簡單。」

「兩位女士會喜歡出外走走的。」

「我只是說出你我都知道我該說的話。」

「我回閣樓去也可以是光坐著。你怎麼知道我有沒有在工作？」

「我是不會知道，比爾。」

「我可以只是光坐著，把二十五美元一捲的郵票給一張張撕下來。」

「其他我不管，我只要你回閣樓裡待著就好。」

「讓我來告訴你你是什麼東西。」

史考特伸手拿了一條毛巾把手拭乾，但沒有轉身。他把毛巾掛回塑膠掛鉤，等著某人發飆。

*

布麗塔站在比爾的工作間外頭，從打開的門向內張望。片刻之後，她踏出一步，在門上輕敲幾下，哪怕房間裡明明沒人。她一動不動地等著。然後，她又踏出一步，仔細打量房間裡各種尋常物件，就像是身不由己地想要記住她的照相機所遺漏的各種細節，如物件的擺放位置、參考書的書名、廣口瓶裡鉛筆的號碼之類。她彷彿是想留下歷史記錄，彷彿是認為書桌上的七零八碎是我們理解它們主人的寶貴線索。

然而，她真正想要的只是香菸。看到香菸包的所在位置之後，她快步走過房間，抽出一根。樓梯就在這時響起腳步聲。她找來火柴，把菸點起。當比爾出現在門口的時候，她揮了揮那隻夾著香菸的手，說了聲謝謝。

「我還以為妳早該走了。」他說。

「你不知道遊戲規則？我們會等到天黑才出發。然後我們會開上一些小路和不是路的路，好讓我不會看到路標，不會知道這裡是哪裡。」

「史考特花了幾星期安排路線。」

「他繞了比原來多一倍時間的路。」

「我還以為妳會欣賞這遊戲的迷宮成分。」

「我會再努力試試。就目前，我不想妨礙你工作，所以就讓我們到晚餐時再聊吧——如果有這樣的安排的話。」

比爾挪走窗邊一張長凳上的紙張，但隨即忘了自己是打算坐在那上面，繼續站著，紙張舉在胸前。

「我跟妳談了不少，是嗎？」

「主要是關於你的作品。」

「都是些幾乎無法引起共鳴的話。我現在又想要跟妳說些什麼，卻完全無法啟齒。除了在飯桌上嚷嚷著要鹽瓶的時候，我已忘了怎樣用一般的方式說話。」

「他們不應該把鹽瓶給你的。」

「可不是，我六十三了，吃太鹹有害健康。」

「我絕不會活得到六十。我感覺得出來有什麼可怕的東西潛伏在我身體深處，正慢慢地蠶食它。我有這種感覺已經很多年。」

「恐懼有自負的一面，不是嗎？」

「我的話聽來有那麼糟嗎？」

「也許有一點點。」

「你想說又說不出口的是什麼話？」

「我想邀妳改天再過來坐坐。或是問妳的住址。又或是請妳多留幾天，多聊一聊。」

「我是個很能聊的人。但在這房子要聊天不容易。我想這地方有一種濃濃的張力，會讓某些話題變得有一點點危險性。況且我們之間現在少了一部照相機，情形會因此而完全改變，不是嗎？史考特說你的年紀是六個三十歲。」

「既然是他說的就一定錯不了。」

「他告訴了我當初他是怎樣找到你的。」

「頭三十秒我幾乎想打爛他的頭。但他反應迅速，把我給說服了。這些年來他自學了很多詭計和本領。我們無時無刻不交談和爭吵。他讓我可以保持頭腦清晰。」

「還有凱倫。」

「史考特說她是我創造的角色。其實她是他不知道從哪裡擄回來的。她有時會讓我害怕。不過，她每次嚇著我之後又可以在十五秒之內把我逗樂。她看人很有一套，可以把一個人看透透。看電視的時候她會知道一個人接下來會說什麼話。她不只猜對，還可以把聲音模仿得十足像。」

「她是史考特來這裡之後多久才來的？」

「好像是五年後。她模仿別人聲音的本事會嚇人一跳。我們的凱倫是個活寶。」

*

布麗塔幾乎整個人平躺在長浴缸裡，聽著從窗外樓下傳來的劈柴聲。水蒸氣瀰漫四周。先是斧頭劈開木頭的喀喇聲，然後是兩片木片的清脆倒地聲。她感受到自己內心有一股微微的鬱悶，但不太確定是為何而起。如果最近她有哪個工作天是可以稱之為特別的話，那就非這一次莫屬了。她已經不再想要建立什麼事業。她沒有任何事業可言，有的只是一堆弓著背坐在椅子裡的作家的照片，從美國到中國的各國作家都有。她沒多少收入，而知道她的拍攝計畫的人也不多。大部分作家的照片都不會有機會刊登，剩下的只會出現在沒多少人聽過的期刊和指南裡。她像得了強迫症似地東奔西跑，去為不知名、搆不著、政治上受嫌疑、被追捕或被噤聲的作家拍照。所以，像有比爾這樣的作家主動找她拍照時，對她來說無疑是個很大的肯定。那麼，她又為什麼會奇怪地感到鬱悶呢？她放出更多的熱水。她知道在外頭劈柴的人就是他：他呼吸粗重，邊劈柴邊念念有詞。先是斧頭劈開木頭的喀喇聲，然後是兩片木片的清脆倒地聲。跟他保持距離才是上策。他是個站在懸崖邊的人。水溫現在恰恰好，熱得幾乎讓人受不了。她感到汗水從臉上冒出，便把自己更深地埋在水裡。這就是為什麼這次拍照會讓人覺得那麼凝重的原因嗎？蒸氣懸浮在浴室裡。熱水的熱度在她身體裡沉得很深，近乎可以讓她的心臟停止跳動。她知道他很強壯——這一點從他的雙手、腰身和碼頭工人似的結實身體就可以看出來。她伸手抄了一條毛巾擦臉，過了一下之後跨出浴缸，走到窗前，用毛巾抹去面前玻璃的水氣。但她既已拍了他的照片，又如何還能保持距離？兩人之間已經形成了一種合夥關係，這不能不讓人微微神傷。比爾把劈開的木頭拋到屋邊一個有遮篷的柴棚裡。這些照片是我的死亡啟事。她站在窗前向下望，反覆擦拭了窗子上的水氣好幾次。

*

比爾舉起手上的杯子。

「這地方今晚像個家了。有了一種完整的感覺，對不對？有一種延伸和完全的感覺。而我們全都知道理由何在。讓我們為『客人』和他們對文明的貢獻乾一杯。」

他把酒喝下，咳了幾聲，然後又說：

「『客人』和『主人』這兩個詞很妙，它們是交織在一起的。兩者的字根都是指『會聚』、『混合』、『互饋』。客人可以從外頭把新的思想觀念帶給主人。」

史考特看著坐他對面的布麗塔，回應比爾的話：

「我不認為她自視為真正意義下的客人。她是來這裡工作的。」

「真是夠奇怪的工作。近乎是唐吉訶德式的工作。但我想我欽佩她。」

「你欽佩她，是因為她的作品常常沒有機會發表。這樣，她的作品反而可以象徵一個使命、一種獻身。我一直也是勸你這樣做。別把那書出版，改為用它來界定一個觀念和一種原則。」

「什麼樣的原則？」布麗塔問。

「不發表是藝術作品所剩下的唯一雄辯。」

「這羊排非常好看。」比爾說。

凱倫這時已從廚房回來，手上拿著一塊砧板，砧板上放著麵包。

史考特望著布麗塔。

「藝術作品總是與時流逝，就像一般的腫脹物一樣。但如果他把那書留住，讓那書始終停留在打字稿的階段，它便能發出光和熱。這是讓他重新獲得萬眾矚目的方法。那樣子，作者就可以變成作品本身。」

「請原諒，但我認為你的主意很爛。」布麗塔說。

「他知道我是對的。他會生氣不是因為我跟他爭辯，而是因為我們看法一致。我只是讓他的小小願望給浮出水面。」

比爾把一瓶愛爾蘭威士忌放在椅邊右側，這時他伸手把酒瓶拿起，給自己的杯子重新斟滿，說道：

「我建議我們來玩一個遊戲，說出與『四』有關的事物。我先來。在座有四個人。第一個平方數是四。正方形有四條邊。我們是三加一，所以也是『四』。更湊巧的是這個月是四月。」

「快五月了。」史考特說，「昨天有個女人想把一個小嬰兒塞給我。她把它從衣服底下拿出來。小娃娃身體很小，大概才出生幾小時。」

他還是望著布麗塔。

「那你為什麼不接受？」凱倫問。

「因為我正要去飯店跟布麗塔會面，而飯店是禁止嬰兒入內的。那裡每扇門都裝有嬰兒偵測器。一發現小嬰兒，警衛會把他們押送回街上去。」

「即使我們不能收留他，也未嘗不可以找一戶人家收留他。你應該接受的。你怎能不接受！」

「每天都有人遺棄小嬰兒。這不是什麼新鮮事了。我就一直多多少少懷疑自己是個棄嬰。如果真是這樣，有許多事情就可以得到解釋。」史考特說。

「我媽媽生前常常談到上帝的補償。」布麗塔說，「當她心臟開始不好，她的風濕就會減輕。所以，她相信這是上帝的奇妙安排。我納悶上帝對那些被遺棄在街上或留在垃圾桶或直接扔到窗外的小嬰兒有什麼補償計畫。」

凱倫向史考特提及今天早上她在路上看到的一個警示標誌。

「每次看到有小嬰兒被遺棄，我就感覺有人虧欠我什麼。」布麗塔說，「但既然沒有上帝，那虧欠我的人又會是誰呢？」

史考特說：「凱倫相信上帝存在。比爾也說他相信上帝，但我們不信這話。」

「又有『四』了！」比爾說，「在許多古代語言裡，上帝的名字都是由四個字母構成。」

布麗塔幫自己和史考特添滿葡萄酒。

「我不喜歡沒有信仰，這樣我會不安寧。看到別人有宗教信仰會讓我覺得輕鬆。」她說。

「凱倫相信上帝就在人間，這個上帝會走路會說話。」

「我喜歡別人有宗教信仰，希望到處都有許多信徒。我覺得這一點事關非常重大。我在卡塔尼亞看過有幾百人拉著一輛聖徒彩車跑過大街——如假包換是用跑的。我也在墨西哥市看過有人在聖母日跪行幾英里，在大教堂的台階上留下斑斑血跡，再進去跟裡面的人會合。裡面人擠人，幾乎沒有空氣。宗教信仰總離不開血。德黑蘭就有個節日叫『血日』。我需要這些人代我有信仰。這些人很多，到處都是。沒有他們，這地球就會變得冷冰冰。」

比爾看著餐盤說：「我有說過我有多喜歡這羊排嗎？」

「喜歡就吃它吧。」史考特說。

「看來你不準備吃它。」凱倫說。

「我以為這東西是用來看的，你們卻叫我吃了它。」

飯廳很小，桌子呈橢圓形，四把椅子的款式各不相同。屋角有個磚砌的小壁爐。

「你要我幫你切羊排嗎？」凱倫問比爾。

史考特仍然望著布麗塔。

「如果妳想找個虔誠信徒，凱倫就是最佳人選。她無條件地相信。她相信彌賽亞就在人間。」

「他在人間，我卻老是在天上——」布麗塔說，「累積飛行里程數。」

比爾問她：「妳有過隨著東升的太陽飛過格陵蘭嗎？等一下，我又想到有什麼是四個一組。四季，指南針的四大方向。」

他從地板上拿起威士忌酒瓶。

布麗塔說：「我聽過一個故事，說是有一男一女分別從萬里長城兩頭出發，向彼此走去。每次想到他們，我就會像是從天空上看到他們，看到長城在大地上蜿蜒曲折，看到有兩個小小的身影從相距遙遠的省份一步一步向彼此靠近。我覺得這故事是要教人尊敬地球，教人用一種新的方式理解我們是如何地歸屬於這地球。」

「那一男一女一定是穿粗毛靴子的健行者。」凱倫說。

「不，他們一定是藝術家。據說長城是地球唯一可以從太空上看到的人工事物，所以我們把它視為整個地球的一部分。這一男一女走啊走。他們是藝術家。我不知道他們是什麼國籍的。但那是一件藝術作品。它不是尼克森和毛澤東的握手。它無關國籍，無關政治。」

「他們穿的一定是犛牛毛造的靴子。」史考特說。

「那種人們在藍雪土地穿的靴子。」

「你們猜我每次想到中國就會想到什麼？」

「人民。」凱倫說。

「群眾，」史考特說，「大街上絡繹不絕的群眾，有推著手推車的，有騎著單車的。我就像是透過照相機的長鏡頭看到他們，一群接一群。他們在長鏡頭裡比在現實中要更彼此靠近，簡直是人擠人。我想像他們與未來融合為一的樣子，想像未來是怎麼為那些一事無成者、跋涉者和非個體者預留位置。他們在長鏡頭裡顯得無比靜謐，一群疊一群，不停踩著單車踏板、不停走著路，沒有五官，顯得心滿意足。」

凱倫彎身到桌子對面，幫比爾把羊排切成大小一樣的幾塊。

「我剛才告訴史考特，我看到過一個奇怪的橘色警示標誌，是州政府設立的。」她說。

「我信仰醉神，信仰睡教，」比爾說，「信仰二流業餘拳擊手的上帝。」

史考特笑了，因為他看到布麗塔在笑。

他切了一些麵包放到自己的餐盤裡。

他說：「既然有了布麗塔拍的照片，我們就可以讓那部小說停留在打字稿的狀態。我們把照片登在一個顯眼的地方。時間恰恰好。我們不再需要那部書。我們有作者就夠了。」

「你的話讓我頭疼，」布麗塔說，「給我再倒些酒。」

她說完笑了起來，轉過身看看房間裡哪裡有香菸。

史考特也笑了。

比爾看著盤子裡的羊排，似乎看出來它發生了什麼改變。

「也許我們不應該把照片登在太顯眼的地方，」史考特說，「只登在一本發行於玉米帶⑮的

⑮美國盛產玉米的幾個農業州。

小雜誌就好。」

「不行不行不行，」凱倫說，「應該安排比爾在電視上亮相，讓他坐在沙發上侃侃而談。」

「我們既然有了照片，就應該物盡其用，讓那部小說消失在作者的映像裡。」

「不，應該讓他坐在椅子裡，面對一個戴眼鏡、探身向前、用拳頭托住下巴的主持人⑯。」

「你真有看到那個小嬰兒？」布麗塔問。

史考特笑了，這讓布麗塔也笑起來。

比爾說：「我又想到了。『四』：土、風、水、火。」

「『血日』是什麼節日？」凱倫說，「我猜不太出來。」

史考特的眼睛沒離開布麗塔。

「比爾有一個想法，他認為作家作為啟示錄式力量的角色已經受到災難新聞的侵蝕。」

「他向我提過這個——多多少少。」

「小說過去都是為了滿足我們對意義的探尋——比爾如是說。那是一種偉大的世俗超越性。它有著拉丁彌撒似的語言、角色和偶然閃現的新真理。但出於絕望心情，我們現在都轉向了一些更大和更幽暗的東西。我們轉向了新聞，因為它可以不間斷地提供我們大難臨頭的感覺。它提供的情緒經驗是其他來源無法提供的。所以我們就不再需要小說——比爾如是說。我們甚至不真正需要災難。我們需要的只是有關災難的報導、預測和警告。」

凱倫看著比爾用叉子碰了碰一片羊肉。

他說：「我知道妳說那個標誌是幹嘛用的，那是為一個聾女孩設置的。」

「那不是私人設置的，是州政府為一個聾女孩豎立，用來提醒往來經過的汽車和貨車，可能會有一個聽不見聲音的女孩要過馬路。但我看到**聾小孩**三個字時只覺得不可思議。州政府一方面是那麼體貼，專為一個小孩設立標誌，另一方面用詞竟又那麼麻木不仁。」

「對，那是一個好標誌。政府會專為一個小孩設立一個標誌讓人感到窩心。不過，先前我聽到那一番謬論卻讓人不敢恭維。讓那部小說消失。用它的消失來界定一種原則。原話是不是這樣？我有沒有記錯？」

他拿起酒瓶，把杯子放在大腿上，一面說話一面斟酒。

「留住那書，藏起那書，用作者去代替那書——哈，我完全被你打敗了。」

「不然為什麼那小說已經寫完你卻繼續在寫？我們全知道那書已經寫完又全知道你繼續在寫。」

「書不會有寫完的時候。」

⑯意指前CNN當家主持人賴瑞金。

「舞台劇才不會有演完的一天。書總有寫完的時候。」

「我來告訴你一部書什麼時候會寫完：作者噗通一聲倒在地上的時候。」

凱倫說：「我每次看到那個警示標誌都會覺得受到激勵。」

「一個作家出版過多少部書，他便會有多少部書想要寫，外加放在他打字機裡的那一部。他已出著作的缺點會縈繞在他的血液裡。」

布麗塔給史考特的酒杯添滿葡萄酒。

「我要開車。」他說。

但他還是喝了。

比爾喝了一口酒，咳了幾聲。

布麗塔等著他拿出香菸。

「你不能把那部小說公諸於世，」史考特說，「那樣做的話你就完了。那書寫得慘不忍睹。人們得要發明新字眼才能形容它的臃腫、它的頭重腳輕、它的見解淺薄、步調紊亂和能量缺缺。」

「這小子以為他擁有我的靈魂。」

「他知道我說的是事實。那書是一場大潰敗，敗得是那麼的徹底，以致會讓人對他的早期作品產生懷疑。讀者會以新的眼光重新審視早期作品，設法找出裡面的缺點與混亂。」

「那小說是出定了。我準備要把它出版。它會比任何人所預期的更快出版。」

史考特望向布麗塔。

「他知道我是對的。他只會在我們意見一致的時候生氣，他因為我說出他的心裡話而抓狂。

但我只是想要保住他的金字招牌。」

比爾在找一件可以摔的東西，一件他可以狠狠砸在桌上、砸得稀巴爛的東西。

「我看這個家有需要一隻寵物。」凱倫說。

史考特把麵包屑從桌邊掃落到手掌心。

「我只是說出他內心深處想要我說的話。」

凱倫望向布麗塔。

她們交換了座位，好讓凱倫可以坐得靠近比爾，她也把椅子拉到比爾近旁。

「難道我們不需要一隻貓或一隻狗嗎？」她模仿電視廣告的聲音說。

比爾一手抓起連著蓋子的牛油碟子，反手扔到桌子對面。

蓋子打中史考特的臉。

這讓比爾更加生氣，他想要站起來，盡情地摔東西。

「看來我們不想要養寵物。」凱倫說。

她把比爾按捺在椅子裡。

史考特用左手按住臉，右手仍然抓住麵包屑。

「寵物出了名有心理治療效果。」他說。

「沒有人需要治療，你就閉起你的鳥嘴吧！」

「寵物可以撫慰年老的人、孤單的人、頑固的人和狂亂的人。」

「這四種人加起來是『四』。了不起，了不起！」

凱倫用手蓋住比爾眼睛，不讓他看見任何可能惹他更生氣的事物。

布麗塔說：「我希望有人告訴我這種場面不是家常便飯。」

這時，任何手勢或任何眼神都有可能讓比爾完全失去自持。

史考特用餐巾擦了手和臉，然後走到布麗塔旁邊，在她站起來的時候扶著她手臂，帶她離開了飯廳。

凱倫把手從比爾眼前拿開。

「深愛彼此的人才會這樣。這是老掉牙的故事了，我們聽過不下一千遍。」

他們又交談了幾分鐘。

然後比爾上樓去，回到工作間。他關上門，走到窗前，站在一片幽暗之中。

*

臨走前，史考特先帶布麗塔去看最後一樣東西。他們出了後門，走了幾碼，去到加蓋在房子一側的一間小屋。她跟著他，縮起肩膀走進小屋。他打開燈，只見裡面放著許多史考特自己組裝的櫃子和架子，保存在其中的包括了最後草稿的影印本、早期草稿的炭寫本、筆記和斷片的炭寫本、比爾朋友和熟人的來信、更多的長條打樣、更多裝滿手稿和文件的紙皮箱。

這小屋設有隔熱和防水裝置。彎著腰默默打量那些裝滿文字的厚厚活頁夾，想到收藏在屋子其他部分的許許多多檔案文件，布麗塔只想掉頭就走，沿著外頭那條漆黑道路趕快逃離那部要人命的作品和它背後那些黯淡的生命。

回到屋子前方之後，她等在門廊附近，讓史考特進屋給她拿行李去。她原本預期自己會像個旁觀者那樣，對在這裡看到的事保持事不關己的態度，感到既安全又沾沾自喜，但事情卻不是這個樣子。她有一種罪疚感，覺得自己捲進了些什麼，也鼓不起勇氣去跟比爾說再見。

史考特出來後，兩人一起往車子走去。

「如果妳打左肩方向往回望，就會看見他站在窗前看著我們。」

她不假思索地回望，但窗子一片漆黑，便迅速把頭轉回正前方。這個晚上的空氣凝重、潮濕而刺人。當車子從佈滿車轍的泥巴小徑轉入壓實的礫石道路時，她再次往回望，隱約看到那扇窗子的中央有一抹站得死靜的人影。她一直望著那個人影，直至屋子完全消失在遠處，消失在樹叢和轉彎處，消失在夜的廣袤力量裡。

6

史考特定睛看著外面的夜色，開始講述他今天所提的第三件往事，每過一下就打開雨刷一次，撥散擋風玻璃前的輕霧。

他告訴布麗塔，他是在堪薩斯州東北部的白雲鎮碰上凱倫。那是個住著大概兩百一十人的小鎮，史考特看到她獨個兒歪來歪去地走在大街上，覺得好奇，便開著車尾隨在後。半路上，她停在一棟窗戶上了木板的紅磚建築旁邊，上頭的天空低矮陰暗。史考特把車車頭朝外地停進一條窄縫裡，看著她用拇指指甲想把一顆黏答答的糖從包裝紙挑起來。一輛農用機具此時開過，駕駛是個打赤膊的小伙子，頭上綁著條打了結的手帕。馬路又寬又多沙子，顏色灰濛濛，人行道邊緣上的石頭縫隙裡長著野草，咖啡廳和汽機車修理店的門外都斜著錫製的遮棚。她一直要把糖果拔出來，卻就是拔不出來。雜貨店前方突出著一個招牌，上面寫著一個神祕文字。

史考特看著這一幕，納悶是什麼讓他有似曾相識之感。他剛探望完妹妹，正要東返。他妹妹住這附近，丈夫是個醫生，夫妻倆帶著一個新生兒剛從祕魯回來。史考特樂於藉這個機會暫時離開比爾兩星期，因為比爾那時重拾起威士忌酒瓶，常常會在三更半夜大聲自言自語。

他下了車，靠在擋泥板上，看著凱倫設法拔出那顆在她手裡逐漸融化的糖果。那糖果名義上是顆硬糖，但不管她怎麼拔，它都繼續以一些蜘蛛絲似的絲絲黏附在糖果紙上。

妳看這是因為天氣太熱的關係呢，還是因為廠商使用的是無法與外國競爭的二流生產設備？

她沒理他。

他從胸前的口袋拿出太陽眼鏡，又從褲子拉出一片襯衫衣角擦拭眼鏡。但他這麼做純粹是找些事給自己做，好打發時間。

她問他：「你是要來給我『消毒』⑰的嗎？」

這時他恍然明白了這裡有什麼讓他熟悉。比爾一定來過這裡，因為眼前的元素活脫脫是出自比爾的筆下：一個奇怪的女孩獨自走在一條搖搖欲墜的街上，空氣裡潛伏著不知名的凶險，天空風雨欲來，招牌上的怪字像是要為一句可怕的句子揭開序幕。

她說：「如果你真是為此而來，我勸你馬上死了這條心。已經有人試過，但無一成功。」

⑰這裡的「消毒」指用各種勸說的方式消除某人受毒化的思想。凱倫以為史考特是她父母派來的。

沒多久，兩人就同坐一輛車子，開進了密蘇里州的北部，要往南而去。兩人變得沒那麼陌生，而凱倫開始滔滔不絕回憶起自己當「文教徒」⑱那段日子的生活（不過她自己從來不用「文教徒」這字眼，也不許別人這樣稱她）。

在那輛廂型車後頭，每種衣物都是一個模樣，穿過以後會堆成一堆，一起送洗，洗過後再歸還給每個人相同數目的衣物，並不理會物歸原主的原則。這就是共同身體的真理。但穿別人穿過的襪子或內衣褲當然會讓人有一種怪怪的感覺。它們會讓你哪裡癢癢的，讓你走路時會微微縮起身體，避免皮膚接觸到布料。

她在街上賣花。賣過花之後改為賣花生，她難免會覺得自己身分下降。這是一種有害的思想，也讓她有罪惡感。她的賣花生小組的組員都是些沒有方向感的姊妹組成，對一個根本真理缺乏深刻的認識：不知道她們的聯合禱告可以影響這地球上每一個人的生命。

她常常會想起她姓金的丈夫。這個她不認識的丈夫被派去英國傳教。這種分隔兩地的情況會在六個月後結束，但前提是兩人要在這段時間內分別吸收到三個新成員。

她對教主深信不疑，也繼續認為自己是個尋道者，隨時準備好領受巨大無邊的真理。但她也開始懷念一些小事情，像是父母的生日、墊腳的小地毯、不用睡睡袋的夜晚，等等。她開始覺得自己道行不夠，不足以堅守教會那些嚴格而刻苦的規定。每天結束時她都會受到頭疼的侵襲。每逢頭疼，她都會先看到一道像電氣化學薄膜的光焰閃現眼前，而在這一瞬間，她會瞥見自己是誰。

史考特帶她去了一家汽車旅館，聽她講了大半個晚上的話。她上廁所小便都不關門[19]，讓他心想：多麼狂熱啊！但還不是進行性愛的時候。她講話都像痙攣發作似的，每次都會不停歇地連續講上十分鐘。她無法入睡也害怕睡著。他反覆幫她到走廊的販賣機買飲料，每次都預期自己回房間後會看不見她的人影，只看到窗子已經打開，窗簾被風吹得翻來覆去（事實上那窗簾太厚重，不可能被吹得翻來覆去，而窗子也是封死的）。

就在她開始自疑、害怕和東想西想的時候，她父母採取了行動。一天傍晚，她走出廂型車還沒幾步，便看見三個男人突然從一面圍牆後面現身，向她逼近。其中兩個是陌生人，一個是她堂哥里奇。里奇身材像坦克車，是個美式足球球員，頭髮剃得精光，獨在頭頂右上方留了一束染成鸚鵡綠色的波浪形髮綹。另兩個傢伙穿西裝，身手顯得頗為熟練。她沒有怎麼抵抗。坦白說，換了誰在一個不知名小鎮遇到三個男人突然從圍牆現身，其中一個還是身材魁梧而表情莫測高深的堂哥，誰都會亂了手腳。

---

⑱ 文教徒（Moonie）是對統一教教徒的蔑稱，暗諷這些文鮮明（Moon Sun Myung）的追隨者是些迷迷糊糊（moony）之輩。

⑲ 這可能是統一教的一種規定。

他們把她推入一輛轎車，帶到一家汽車旅館。她父親就在房間等著，坐在一把椅子裡，腳上只穿著襪子。老爸情緒激動地給她說了一堆的話，反覆提到媽媽、親情、家這幾個字。她狡獪地靜靜聆聽著，又受感動又多少覺得無聊。老爸哭了一下，然後親吻她臉頰，接著穿上鞋，帶著里奇離開。當這對堂兄妹十歲的時候，里奇曾把一隻手伸進她褲襠裡，自此，這個回憶就像一根微臭手指的腥臭味那樣，懸浮在兩人之間。聽到這女孩有那麼多跟內衣褲有關的經歷，史考特在自己的汽車旅館房間裡只覺得不勝驚異。

布麗塔頭挨在枕頭上，雙目閉著，聽著史考特時大時小的說話聲。每逢他把頭轉向她，說話聲便會變大。

兩個男人給凱倫「消毒」了八天，每天十八小時。他們列舉了一些個案，反覆說著幾句關鍵語。他們播錄音帶給她聽，又在牆壁上放電影給她看。這段期間，窗簾始終拉上，房門始終鎖著。房間裡沒有鐘也沒有錶。他們會在她睡著或想要睡的時候離開，把她交由當地教堂的一個婦人看守。那婦人坐在椅子上，頭戴耳機聆聽大翅鯨唱歌。

在這些近乎睡著的靜悄悄時刻，她有時會感受到自己對父母的愛，也會被兩個綁架者反覆對她所說的話微微打動。

妳被洗了腦。

妳受到了毒化。

妳有中邪般的眼神。

但在其他時候，她都是恨著參與這陰謀的每個人，認為他們把她鎖在一個房間裡逼她聆聽長篇大論的說教，是「大人管小孩」野蠻邏輯的一種延伸。當然，他們也說過，教會對她所做的就是這種事。

她媽媽打過電話，問她吃得夠不夠飽，又說會寄些衣服給她。

她的頭疼愈來愈頻繁，後來還會做惡夢。她開始有一種自己正要脫胎換骨的感覺。她變得不太確定住在自己身體裡的是誰。她的名字破碎為一些聲音的單位，讓她覺得完全陌生。她想要回到教會的姊妹和領袖中間。教外的一切全是撒旦所創造的。教會不是教過我們，應該回轉成為小孩嗎？不是教過我們，我們應該拋棄思想、拋棄知識嗎？因為只有拋棄知識，我們才能像小孩那樣擁有一顆敞開的心。

妳被洗腦。

妳被毒化。

妳中了邪。

當她想要和和氣氣地逃走，輕著腳步慢慢走出房門時，兩個男的猛力把她推向牆壁。他們撕扯她的衣服，就像只是為了聽聽韓國製丙烯酸纖維的撕裂聲。聽到這個，史考特在黑暗的房間裡向她靠得更近，想要表現出溫柔的關心，以顯示不是所有男人都那麼差勁。但還不是進行同情性性愛的適當時機，老哥。

車子繼續向前進，兩人無語了一會兒。

布麗塔說：「我搞不懂她為什麼讓教會幫她挑老公。換了是我絕不會嫁給一個不認識的人。」

「那叫配婚。婚禮都是在公開場所集體進行，一次有幾千對男女參加。比爾稱之為千福年的歇斯底里。他說，透過把一百萬次談情說愛的時刻壓縮為一團密密麻麻的群眾，他們就可以把現實生活弄得更讓人焦慮、更超現實、更像影像，從而也更加速它的自我轉化。但我認為他這個想法錯得可以。」

他們開過了愛荷華州和伊利諾州，沿途的風景讓史考特回想起他在這條路上有過的雙重旅程：一次是當初尋找比爾之旅，一次是把比爾書中一個人物帶回他家之旅。他們看見有一匹馬在高速公路上疾奔，馬鞍上沒有人。凱倫在一家流動診所量了血壓，因為她喜歡手臂被脹鼓鼓袖筒綑住的感覺。

妳有中邪般的眼神。

但如果「消毒」意味回家，意味著有床可睡和有正常三餐，那麼，出於父母對她的愛，出於她不想再在廂型車後頭住一個冬天，她不介意他們暫時把她的思想扭彎一點。

他們帶了她的前姊妹小珍妮來看她。被父母擄走之後，小珍妮接受了「消毒」，態度有了一百八十度轉變，開始轉過頭來指控教會和幫助其他教友恢復清醒。凱倫看著她跑進房間，假惺惺地表現出深切的同情，但凱倫看得出來，小珍妮實際上自覺高人一等而內心冷淡。但兩人還是照著劇本演出，扮演好好姊妹和密友的角色，流著淚互相擁抱了三次。那兩個男的等在外頭，影子在拉上的窗簾上來來去去。小珍妮把教主的教誨說得一文不值。她給凱倫讀了另外三個背教者的信，用的是死人般的隆重聲音。凱倫注意到她的牙齒需要修補，牙縫裡結滿淡黃色的積澱物。這就是著名的牙結石，代表著這個人是個韃靼人和瘟疫。她狡獪地默不作聲，望著牛油似的小珍妮。

大概你也曾經有過這種所謂的自相矛盾心情吧：既想走又想留下。而這時他們偏偏找了一個你想在他脖子上捅一刀的人來見你。

他們途經俄亥俄中部時在一家汽車旅館過夜，情緒變得不自在，疲倦而缺乏談興。史考特知道凱倫一定是在納悶自己怎麼會在這地方，怎麼會跟一個陌生人攪和在一起。她痛恨這房間，因為有兩個男人曾經在一模一樣的房間裡把她的腦子像捏陶土似地捏來捏去。同一間房間在跨州的連鎖店自我重複，而他看來是準備要我在每一間都住上一住。

於是，他就告訴了她有關比爾的事，說了他所知道的一切：比爾的為人、比爾的作品、比爾的泥淖，還有他自己的深深涉入。她沒有說什麼，但看來努力聆聽，一面聽一面回憶起另一個世界，回憶起那兒的語言、孤獨和濕莎草草地。

然後他們到餐廳吃了一頓正式晚餐。餐廳的餐牌上垂著流蘇，正廳裡設有一座小橋作為裝飾。她第一次正眼看他，換言之是在回顧，慢慢消化這一天半以來他對她做過的事。飯後他們回到汽車旅館。但史考特看出那還不是遂行同情拯救的性愛的時候，還不是遂行自我擦拭的性愛的時候。他開始懷疑自己是不是做了一件錯事。她說了許多話，然後睡著，然後又把他叫醒，說了更多的話。

兩個男的告訴她，他們知道她本性善良，需要的只是一番激烈的調適，而這期間，她父母會等候著、禱告著，定期為拯救她的情緒而開出支票。

他們逼她承認教會已經把她變成了廢人。她像念咒般反覆說：我是廢人，我是廢人。有一個晚上，她在朦朧燈光中下了床，想對那個戴耳機的婦人說些什麼，卻無法說話，然後過了一陣子之後，她發現自己手腳並用地跪在廁所的地板上，嘔吐出多國的食物。

兩個男的告訴她，她將會被送進一家消毒中心，但沒什麼好擔心的，那裡聚集了很多來自各種教派的失落者和傷員，接受著符合人性的諮詢。

里奇給她帶來了一些衣服、一些錢和一盒零嘴，然後一行四人開車到飛機場去。凱倫在車門的置物格裡找到一本小孩填色本，便隨意翻看。下車後，她看見一個警察，便一個箭步跑過去告訴他自己遭到綁架，指著那三個人說他們就是「犯案者」。（她會用這個詞是表示她心情鎮定還是慌亂？）三個犯案者看來不知所措又問心有愧——不只那兩個男的是這樣，連她留著一綹綠髮的堂哥也是這樣。接著幾個人在航站大門外爭論起來，讓本來就混亂的航廈四周更添混亂。其中一個男的設法向那警察解釋何謂監護法，指出他們所做的事是受這項法令所授權。但凱倫這時已經跑了起來。她跑進航站，跑過大堂，在某處走下一道樓梯。她感覺自己身輕如燕，雙手不停在人群裡划撥，最後走出了底層的門，上了一輛計程車，低聲說：**市區**。

她不知道這個市區是屬於哪個城市所有，但沒差。到了之後，她把五十美元留在身上，用其餘的錢買了一張灰狗巴士的車票，並在三小時後騎著那狗去到了一個天空之城——白雲鎮。就是在那裡，史考特看到她歪來歪去地走過幾乎闃無一人的街道。

布麗塔說：「我有一張堪薩斯州白雲鎮的照片，是伊芙．阿諾德⑳拍的。我幾乎可以肯定取景地點就是大街。照片裡有一棟建築，有可能就是你和凱倫搭訕處旁邊那棟磚砌建築。照片中還有一輛牽引機或聯合收割機，總之是大輪子的農用機具。」

「但照片中沒有我和她。」

「照片裡還看得見你提過的那招牌，上面寫著個怪字的那個。可能是印第安語或什麼語。空曠的天空、空曠的街道，照片裡的一切都寂寥和尋常又意味深長，全都像是從招牌上那個怪字所

⑳ Eve Arnold, 1912— ，美國著名女攝影家。

流出。」

「我記起來了。那個字是『哈噓咖』（Ha-Hush-Kah）。是比爾的筆觸。那是一處比爾．格雷筆下的場景，分毫不差。」

然後他和凱倫終於開上了他和布麗塔現在開過的這些路，但當然是朝反方向而去。凱倫問了他各種關於比爾的問題。史考特意識到，這是她第一次用超過十個單字來談自己以外的話題。他不知道比爾會不會同意讓她留下來，但事實證明，整件事情不費多少唇舌便塵埃落定。他們走進屋裡，告訴比爾他們是怎樣認識，而比爾看來喜歡凱倫。他看凱倫的眼神帶著一種抽離的興味，就像是說，在我們曉得自己有多聰明或多笨以前，有些要發生的事情總是會發生。

讀過比爾的兩部小說後，她便從舊沙發搬到史考特的床上去，而他有一種她本來就一直是睡這張床的感覺。

*

比爾躺在床上抽菸，菸灰缸擱在胸膛上。每次這樣幹，他都會想像一些老酒鬼因為床墊起火而被濃煙慢慢嗆死的樣子。

凱倫走進來，身上穿著三角褲和大一號的T恤。

「感覺好一點了嗎，比爾先生？」

她爬到床上，跨坐在比爾身體近中央的部位，上身挺直，兩手扶著大腿。

光從走廊上透進來了一些。

「想要捻熄香菸改抽些史考特的大麻嗎？如果你仍然心情不好，抽點大麻也許可以幫助睡眠。」

「我不認為我已經準備要睡覺。」

「我從不為任何理由哈草。」

「抽大麻會讓我夢見自己心臟病發作。」

「史考特抽大麻主要是為了在深夜處理稿件或文件時可以集中精神。」

「迄今的施力方向都是下向上而不是上向下。」

她的屁股輕彈了一下，讓他發出一聲呻吟，然後她重新坐定在他的胯間。

「他說你熟悉一堆可以改變人體生物化學的藥物。」

「那全是受管制的藥物。但我有醫生開的處方箋，所以是完全合法。」

「我斷然感受到有什麼東西在被子下面蠢動。」

「我有跟妳提過我第一任太太嗎？」

「沒有。怎樣？」

「她愛說我只是根老二。我大部分時間都是關在書房裡寫作，也從不跟她談我的作品，到最後甚至什麼都不談，以致我和她之間只剩下赤裸裸的性。我們做那回事的時候也只做不談。

「這種事光做就夠啦。」

「她不喜歡作家。我很蠢，很遲才知道這一點。」

「如果你蠢，她豈不是更蠢？不喜歡作家卻嫁給作家。」

「她以為我們可以彼此適應。女人就是相信調適這回事。女人知道怎樣得到想要的東西。她們為了讓未來有保障會不惜冒險。」

「我從不會去想未來。」

「因為妳就是來自未來的。」他靜靜地說。

她拿掉他的香菸，捻熄，把菸灰缸放到地板，再推往床腳方向。

「什麼叫夢見心臟病發作？」

「恐慌。高速心跳。然後我就會醒過來，不知道方才的激烈心跳是做夢還是真有其事。」

「夢中的一切都是真的。」

只見她雙手舉高，輕易就把T恤脫到頭上去，而比爾幾乎把頭別開。每次她做這事，每次她的乳房和頭髮在他面前晃來晃去，他都會深受震撼，就像看到一種巨大力量全幅度展開在他眼前，幾乎渾忘自己身在何處。

「我知道我不應該問。」

「你要問什麼？」她說。

「史考特知道這事情嗎？」

她幫他把睡衣脫下，一次脫一隻袖子，中途因為他猛咳了一陣而暫停下來。

「這屋子裡有什麼事情是史考特不知道的嗎？」

「我也這樣想。」

「這屋子裡的老鼠都是他朋友。他知道陰曆任一天從哪扇窗子看到的月亮最美。」

她移動了位置，把被子掀開，開始解比爾睡褲上的拉帶。

「那他不介意嗎？」比爾說。

「我看不出來他能有什麼選擇。這從他還沒拿槍追殺我們便可想而知。」

「對，他是還沒那樣做。」

「他也絕不會那樣做。」

「絕不會？妳有把握？」

「再怎麼說都是他自己把我帶來這裡給你的，不是嗎？」

比爾不覺得這句話有任何值得愉快的成分。他寧願相信她只是隨口說說，而她向來有許多話都是隨口說說。不過，她也許真的是那樣想而事情也真是如她所想，但若是那樣的話，豈不表示他對史考特的背叛乃是出於對方的設計？比爾愈想這個愈覺得玄。

她走到房間另一頭，從五斗櫃的中間抽屜取出一個小盒子，從裡面拿走一個保險套，然後回到床上，跨坐在比爾的大腿上，開始幫他套上套子。

「妳這是要保護誰，妳還是我？」

「這只是標準動作。」

他看見她做這事時全神貫注，手腳俐落得像個專家，神情嚴肅得像個為洋娃娃穿衣服的小女孩。

*

史考特站著環顧她住的閣樓公寓。一排柱子縱向穿過整個空間。天花板是一塊大塑膠布，透著些許的天光。布麗塔走了一圈，把燈一盞盞打開。公寓裡有一間小廚房、一個用餐區和一個半遮蔽的凹間，裡面放著收納檔案夾的書架。他跟在她後面走，關掉了兩盞燈。經過一張沙發和幾把椅子之後，是一間門上掛著黑布簾的暗室。在面南的窗戶外頭，世貿中心的兩棟大樓聳立在夜空中，顯得極沉重和逼近。「逼視」這個詞在這裡取得了它最全面的意義。

「我一般都是給客人泡茶。」

「站在這裡望出窗外，我終於覺得自己把紐約的裡外全看過了。」

「這裡每逢下雨就會漏水。」

「布麗塔，這裡雖然簡陋，卻是個好地方。」

「這一帶只能找到這種小單位。但我快要租不起了。再說，我也愈來愈受不了那兩棟有幾百萬層樓的摩天大樓。」

「有一棟還有根天線。」

「要喝麥芽酒嗎？」

「茶就可以，謝謝。」

她在廚房裡把泡茶用的東西從櫥櫃和抽屜裡拿出來，一次一件，感覺到一種離家一個月或六星期後終於可以回到家的滿足感。這些茶杯和茶匙讓她感覺自己恢復完整，讓她可以從噴射機的尾流取回自己，從流轉的狀態歸於凝定。她疲倦得可以聽見這疲倦在她骨頭裡叮叮響，讓她得要反覆提醒自己，她離家還不到兩天。史考特站在公寓另一頭，看著凌亂散佈在桌子上的雜誌，忍不住給每本雜誌的封面都評論上幾句。

電梯在這棟樓房裡匡噹噹地上下，綠色的老柵門在夜裡反覆被人喀喇喇地拉開和關上。

他們喝了茶。

「讓這個城市與別的不同之處，是沒有人預期自己會在同一地點待上十分鐘。所有人都無時不在移動。七個無名無姓的人擁有一切，把其他人像擺弄棋子似地要得團團轉。許多人從房子被掃到街上，因為業主需要空間。然後他們又從街上被掃走，因為有誰擁有他們呼吸的空氣。人們買賣天空中的空氣而屍體則堆疊在橫街的箱子裡，然後箱子又會被掃走。」

「妳喜歡誇大其詞。」

「我誇大其詞是為了活下去。這就是紐約的特點。我完全熱愛和信賴這座城市，但我知道只要哪一刻我停止憤怒就會永遠完蛋。」

史考特說：「我從前都是一個人吃飯。沒有人可以共餐讓我覺得羞慚。但我不只是一個人吃飯，還是站著吃。我們的時代有一個讓人縈繞的祕密，就是我們願意站著吃飯。我習慣站著吃飯是因為那會讓我更不顯眼，更符合在這個城市生活應有的樣子。幾千幾萬人都是一個人吃飯。他們獨自吃飯、獨自走路，在街上用深沉煩惱的獨白對自己說話，就像是處於誘惑深處的聖徒。」

「我愈來愈睏了。」布麗塔說。

「我不想現在回到車上去。」

「但你是開車的人，史考特。」

「我不認為自己能再開上十五英尺遠。」

他站起來，關掉另一盞燈。

警車警笛聲從東邊傳來。

他在靠向她。他向她探身，用手背輕觸她的臉。她看見一隻老鼠從一扇窗戶外面跑過，然後消失不見。她曾歸納出一個理論：老鼠痛恨警車警笛聲。

她說：「在有些地方，如果你是站著吃飯，就必然會面對鏡子。這是一種把個人反應完全納入控制的方法，就像是一座消費者監獄。那鏡子名副其實離你的臉只有幾英寸遠，以致你要把食物放入口中時很難不去撞到它。」

「鏡子是為了安全而設，是為保護人而設。你可以用它把自己藏匿起來。在鏡子的前景裡你固然是孤零零的，但你同時也是一大群人的一部分，小小的臉孔上隱隱看得見萬頭攢動。比爾不了解人們有多需要把自己融入一種更大的事物中。集體婚禮的要旨在於顯示，如果我們想要駕馭每一種複雜的力量，我們就不能以個體的方式生活，而必須以共同體的方式生活。我們需要集體的異種族通婚，需要把黑皮膚和白皮膚混合在一起。每一種革命性觀念都必然包含危險與顛倒。我知道文的那一套有多少缺陷，但至少在原則上，它是勇敢和有前瞻視野的。想想看人類的未來有多麼蕭瑟。沒有一個消息是好消息。如果我們想要存活下去，就不能繼續需索無度、過度消費和自外於人類整體。」

「未來太遠了，要談倒不如談眼下。」

「妳不能現在把我趕出去。」

「我需要睡覺，需要讓腦子裡的噪音停止。我感到自己認識你們三個不知道已經多少年，而這讓我疲倦到他媽的無以復加。」

公寓中只剩下浮動在火爐上的微光，而他們坐的地方離火爐很遠。

「我們在太空已經走出太遠，以致再也無法堅持彼此的差異。妳提到那個有關萬里長城的故事是個好故事。但它不是要教我們用一種新方式看地球，而是要教我們用一種新方式看人類。如果我們是站在太空上看人類，那個人的性別和五官就會變得不再重要，是什麼名字也不重要。我們已經學會像是從太空上看自己，像是從衛星攝影機看自己，甚至像是從月亮上看自己。我們全都是『文教徒』㉑，至少是應該學會當個文教徒。」

她聽到電梯柵門再一次唰一聲關上。她的眼睛已經閉上了。但先睡著的人卻是史考特。發現這一點之後，她從沙發上輕輕站起來，拿來一條毯子給他蓋上。然後她走過廚房，去到公寓的另一頭，爬上樓梯到自己的床上去。

她脫掉拖鞋，仰躺在床上，卻突然間睡意全消。她的貓在她手肘邊出現，瞪著她看。她聽著街上的吵鬧聲，這種夜間特有的聲音現在無時或已。有少年在露宿者身上尿尿的聲音，有那個住在垃圾袋裡的女人的聲音（這女人把垃圾袋當衣服穿，晚上睡垃圾袋，到哪裡都拖著一個大塑膠袋，大塑膠袋裡又放著無數塑膠袋）。布麗塔聽見她自言自語的聲音，這聲音經由河風吹送，像是陣陣靜電的摩擦聲。

沒多久，白天那幾小時汽車旅程的畫面便在她腦海裡重新播放。真奇怪，她明明是靜靜地躺在一個小角落，卻感受得到車輪的滾動，感受得到空氣疾馳過車篷所產生的振動。她的皮膚裡搏動著感官記憶。那隻貓爬過她的手，帶來一種陰柔的毛皮摩擦感。她聽到了汽車警報器接二連三的響起，讓她的不安寧更添一樁。一切都是密碼，都帶有隱藏的意義。哪一個危機才是我真正應該害怕的？她感覺自己也有需要一種隱藏的意義，才能安度每一個平常天。她伸手把貓抓過來，放在胸部上。她相信自己的身體已經走下坡，所以才會失去自信，變得戀家。它想要有一個避難所，以抵抗世間的固定法則，抵抗那股虎視眈眈的力量。它想要被愛，被撫摸。所有的性愛都是一種渴望的形式，即便它發生時仍是如此。因為它可以抵抗時間的輾壓。她一直忌諱跟醫生說出細節，怕他們會把她的身體翻過來翻過去，用各種駭人的術語一一指認出所有受損的零件。她躺了很長的時間，眼睛闔上，想要設法模模糊糊地進入夢鄉。然後她揉了揉那貓的毛皮，感到自己的童年就在其中。這一觸就讓一切變得完整，變得完好如初，把失落的老房子、田野和夏日時光納入了她的手掌河流中。

她鑽進被子裡，臉轉向牆壁，要證明自己是認真想睡覺。她的思緒開始慢了下來，變成了忽明忽暗的有聲影片。然而，隨著時間的過去，她最終還是不得不承認自己是醒著。她掀開被子，臉朝上躺了一陣子，然後爬下樓梯，走到一扇窗前，看著從街上一個通氣孔冒出的水蒸氣。電話

㉑史考特這裡是借「文教徒」（Moonie）中的moon字把兩者相提並論。

在這時響起。就像地景藝術一樣，這些蒸氣柱子遍見於整座城市，白色而靜悄悄地佇立在空蕩蕩的街道上。她聽見答錄機啓動的聲音，便等著來電者說話。是一個男人的聲音，一個完全熟悉的聲音，這聲音愈來愈大，充滿整個高挑的房間。但起初她認不出來他是誰，不太弄得懂他說那些話該怎麼理解。她猜想對方是個多年不見的熟人，許多年沒見又非常熟悉。那聲音像是把她包裹住，奇怪地無比接近。

「妳走的時候沒說再見。但這不是我打電話的原因。我已經完全醒過來，需要找個人聊聊，但這也不是我打電話的原因。妳知道我坐在這裡對一部答錄機說話有多怪嗎？我感覺自己像是部開著卻沒人在看的電視機。妳帶給了我一種新的孤寂感，布麗塔。喊妳名字的感覺真好。我知道妳在幾小時或幾天內不會聽到我的留言，這讓我更加孤寂。但我又想像妳總是能及時知道有人給妳留言，能夠從離家很遠的地方接通妳的裝置。回心一想，『接通裝置』這語句還真是暴力。如果我沒弄錯，做這種事需要一個密碼，而一個人只要在布魯塞爾輸入一個密碼，就可以炸掉馬德里一棟大樓。這就是通訊產業的祕密願望。此刻的我坐在藤椅裡，看著窗外。鳥已經醒來，我也是。一如往常，我起床後喉嚨焦乾，不過起碼沒有像其他黎明那麼焦乾。昨晚妳走了之後我就沒有再喝酒。我現在把話說得那麼慢，是因為沒人在聽，不會讓我感受到他們的期望或不耐煩或憤怒。另外，對一個不在場的朋友說話也讓我感到自己笨嘴笨舌。我希望我們是朋友，但這不是我打電話的原因。我老是看見我的書在走廊裡晃來晃去，軟趴趴地匍匐爬行著。想知道它的樣子，妳大可以想像一隻赤裸、駝背、性器官搖搖晃晃的生物。但它比這樣的生物還要糟糕，因為它頭頂上還長著一雙凸眼，嘴角處掛著一根淌水獸似的舌頭，兩隻腳佈滿恐怖的爪子。它千方百計要黏附在我身上，把我勒緊。它癡呆、歪嘴、水腫、淌口水且失禁。我把話說這麼慢是想盡可能描述得精確，畢竟它是我的書，我有責任把它描述精確。寂寥啊，這儲存在錄音帶裡的聲音。等妳聽到這個的時候，我將會不復記得自己說過什麼。到時候我的留言將是一則舊留言，被埋藏在許多的新留言之下。答錄機讓一切成為留言，縮窄了話語的範圍，摧毀了『家裡沒人』的詩歌。家已經是一個失敗的觀念。現在人們再也無所謂在家與不在家之分，有的只是拿起話筒或不拿起之分。好吧，我還是說真話吧：我並沒有感到自己笨嘴笨舌。以這種方式對妳說話我反而覺得輕鬆。但這不是我打電話的原因。我打這電話是要向妳形容日出的景致。一片浮動的微光延伸過所有山巒。部分的天空被雲遮蔽著，這讓那片光像是擁抱著大地，顯得靜悄、柔和而靜謐，更像是大地發出的光暈而不是來自天上。我猜這些會是妳想知道的事情。我猜妳是那種想知道這些事情多於任何其他事情的女人。雲堤很長，呈石板的灰色，非常勻細。除此以外它別無可說的。我讓窗子開著，以便可以呼吸感覺外面的空氣。我的宿醉沒有太厲害，所以空氣沒有指責我。空氣很清爽，完全像它該有的樣子。我坐在我的老藤椅，雙腳擱在一張板凳上，背對打字機。空氣冷冽清爽，聞起來完全像一個對著答錄機說話的男人會在春天清晨聞到的一樣。我相信，這些事情是像妳這樣的女人會想聽到的。它千方百計要黏附在我身上，把又濕又皺又長滿帽貝的皮膚勒進我的肌膚裡……」

答錄機把他的話切斷。

她意識到史考特此時就在她背後。他身體靠在她背上，熱情而睡意惺忪。他把她抱住，雙手向下滑，去到她牛仔褲上的皮帶扣環。她任自己把頭向後靠在他肩上，全神貫注於他的動靜，而他把她抱得更緊。她打了個呵欠，然後笑出聲來。他把手伸到她的毛線衣下面，解開她的腰帶，雙手在她的小腹上移動，感受到這身體對於每一下觸摸都保持高度警戒。他把她的羊毛衫拉高到肩膀，用臉摩挲她的背。她聚精會神去感受這摩挲，就像是豎起耳朵傾聽牆壁裡面發出的聲音。她猜想著他的下一步，等待著他的下一步，呼吸均勻而謹慎。她在他的雙手裡慢慢蠕動身體，感受到他的臉在她背上刮出沙沙聲響。

她知道他不打算說話，甚至不打算爬上樓梯。她樂於他保持沉默，樂於讓這個精瘦蒼白而老練的小伙子在呻吟一聲後爬上她的身體。

7

比爾在車陣中打開車門，踏入黃色金屬噴出的陣陣嗆人煙霧中。史考特在後面喊他：慢點，等等，小心。他在停定的計程車之間穿行，看見它們的駕駛就像是看電視的監獄囚犯，神情鬱悶。史考特大聲給他喊了一個會面時間和會面地點。比爾向後擺了擺手，站定在一條車流活躍的車道邊上，等到出現一個缺口便往人行道走去。

來去匆匆的人車、眼花撩亂的物事、貌似冠冕堂皇的大道、吵鬧的店面、人行道上一字排開的服飾攤販、計程車車門上倒映著的摩天大樓、商店櫥窗上的人頭身影——這一切讓比爾唯一感興趣的只是它們那種可以壅塞思考的能力。它們會鋪天蓋地向你迎面奔來，讓你來不及反應，讓你像是第一天去到賈拉拉巴德㉒。它們一一向你迎面奔來，隨即又一一消失在你背後。沒東西可

㉒阿富汗東部城市。

以教你對這一切該作何感想。這是他多年來第一次重新踏上紐約，但沒有街道或建築是他想要再見到的，也沒有任何縈繞心頭的記憶可以引起他的渴盼或甜蜜悔恨。

他按照門牌號碼找到了那棟大樓，去到大堂內一個橢圓形的櫃台。兩名保全人員坐在櫃台後面，面前放著一排電話、監視器和電腦螢幕。他報出姓名，然後等著那個女保全查對旋轉螢幕上的預約訪客名單。她問了他幾個問題，拿起電話，幾分鐘後，一個穿制服的男人便走了過來，要陪同比爾前往恰當的樓層。女保全交給那男人一片訪客證章，再由他貼到比爾的西裝翻領上。

電梯外另有一個檢查站，他們毫無滯礙便通過了，乘坐快速電梯往高樓層而去。電梯門打開時，打著光鮮領帶的查理·埃弗森已經守候在外頭。他兩手用力擰住比爾兩隻手臂的二頭肌，直視他的臉孔。兩個男人都不發一語。然後查理向警衛點點頭，帶著比爾穿過位於梯廳另一頭的一扇門。兩人一起走過一條兩邊陳列著書衣的長走廊，最後走進一個陽光充沛的大辦公室，裡面滿是盆栽和打磨光亮的平面。

「你的『布希密爾』威士忌都到哪兒去了？」比爾說，「要不喝一口蘇格蘭麥芽酒，一樣可以讓我心滿意足。」

「我戒了。」

「但你總會準備些什麼招待來訪的作家吧？」

「我只準備了礦泉水。」

比爾狠狠看了他一眼。然後他坐下來，解開鞋帶。他腳上的皮鞋又新又咬腳。

「比爾，我真不敢相信你就在我眼前。」

「對，我們很多年不見了。這一次碰面來得又突然又古怪。」

「你現在看起來像個作家了。你以前從來不像。要花那麼多年，真不簡單。你身上的西裝我應該認得嗎？」

「應該就是你的。」

「難不成就是那一晚露薏絲喝醉酒、吐在我身上那件？」

「你把它脫了下來。」

「我想把它直接扔了。」

「當時我說我需要一件西裝，露薏絲還是誰就叫我把這一件拿去穿吧。」

「反正不是我說的，我喜歡這西裝。」

「這種老式西裝很舒服。」

「合身嗎？」

「我大概把它穿破過四次。」

「她竟然把我的西裝給了你。」

「露薏絲一向大方得要命。」

「她過世了，你知道嗎？」

「別告訴我誰誰誰死了，查理。」

「你有海倫的消息嗎？」

「你是問我她死了沒有？我不知道。」

「我一向喜歡海倫。」

「你應該娶她的，」比爾說，「那樣我就可以省掉一卡車的麻煩。」

「她不是麻煩，麻煩的人是你。」

「反正我們之中總有一個是麻煩人物。」比爾說。

查理有一張寬臉，臉色紅潤，長著帆船俱樂部酒吧鏡牆上常可看到的風吹性皮膚炎。他留著稀疏的淡色短髮，穿的是量身訂做的西裝。他的領帶還是大學生愛打的那一種，顏色鮮豔，可以提醒別人，他仍然是編輯查理·埃弗森，從事的是出版業而不是軍火買賣。

「我們在一起那些年間所發生的事我迄今還歷歷在目。我不斷會記起新的片段。我甚至記得一九五五年以來我們所有談話的片片段段。」

「小心點，別一個不提防把它們寫下來。」

「我常常想，如果我可以一直活一直活，活到無聊透頂的八十中旬，大概還是不可能在我們連輿接席那些快樂回憶上頭再增添多少快樂。那些熱烈的談話，那些數不清的晚餐、共飲和爭論，真讓人回味無窮。我們常常半夜三點才走出一家酒吧，然後繼續站在街頭聊個不停，因為我們實在有太多好聊的了，而我們新一回的辯論也才剛剛開始。寫作、繪畫、女人、爵士樂、政治、歷史、棒球——太陽底下沒有什麼事不是我們的話題。我沒有一次捨得回家去，即使回到家也睡不著，因為我們談話的內容會繼續在我頭腦裡嗡嗡響。」

「當時和我們泡在一起的還有埃莉諾．包曼。」

「是啊。真是個妙不可言的女人。」

「她比我們兩個加起來還要聰明。」

「不幸的是她比我們兩個加起來還要瘋。」

「她的呼吸透著一種奇怪的氣味。」

「她寫過許多妙不可言的信給我，超過一百封。」

「它們聞起來是什麼氣味？」

「她給我寫信寫了好多年。」

查理打橫坐在辦公桌後頭，兩腿伸長，兩手抄在頸背後。

「接到你的電話讓我高興極了。」他說，「布麗塔．尼爾松回來後我打過電話給她，但她什麼都不肯透露，只說已經把我的口信轉達給你。然後過了好一陣子你才打來。」

「我在忙。」

「進展順利嗎？」

「我們不談這個。」

「你整整過了一個月才聯絡我。我一直認為我完全了解你幹嘛選擇與世隔絕。」

「你找我就是為了談這個？」

「你對作家在社會的位置有一種偏差的觀念。你認為作家屬於社會的最邊緣，幹的是一些危險的勾當。在中美洲，作家都會隨身帶著槍。他們是為勢所迫，但你卻認為作家都應該是這個樣子。你相信每個政府、每個掌權者都覺得作家是個威脅，會千方百計搜捕他們，除之而後快。」

「我幹的不是什麼危險勾當。」

「當然不是。但你卻照著這種觀念過活。」

「所以我的生活是一種模擬囉。」

「不盡然。你的想法沒有錯，你現在真的成了一個被搜捕的人。」

「原來如此。」

「還是言歸正傳吧。我找你來，是因為有個年輕人在貝魯特遭到綁架，成了人質。他是瑞士人，替聯合國工作，負責調查巴勒斯坦難民營的健康衛生狀況。他還是個詩人，在法語期刊發表過大概十五首短詩。我們對綁架他的是什麼組織一無所知。事實上，如果不是他被綁架，我們甚至不知道有這個組織存在。」

「你怎麼會捲入這樁事的？」

「我是一個捍衛言論自由社團的主席。社團成員主要是些學界和出版界人士，而且才剛成立。這也是整件事情最荒謬的部分。那個恐怖組織會抓那個人質，純粹是因為他剛好就在那裡，可以手到擒來。而且他顯然告訴過他們自己是個詩人。你知道他們綁架人質之後做的第一件事情是什麼嗎？是聯絡我們。有個住在雅典的傢伙打電話到我們位於倫敦的辦公室，說是有個作家被關在貝魯特一個空蕩蕩房間裡。又說如果我們願意配合他們的要求，人質就可以獲得釋放。」

「請我吃午飯吧，查理。我可是遠道而來。」

「等一下，先聽我講完。我跟雅典那傢伙斷斷續續通過幾星期的電話。有時是他打來，有時是我打去；有時他在家，有時他不在家。我們最後達成一項協議。我們要在倫敦舉行一個記者會，一個參加者經過嚴格篩選的小型記者會，時間就訂在後天。我會在記者會上公佈有個作家被綁架的消息，並說明綁架他的是什麼組織。然後我會宣佈，只要這記者會的報導一在貝魯特的電視上播出，人質就會馬上獲釋。」

「這件事怎麼聽怎麼不對勁。」

「乍聽起來是不合理，但其中卻包含著互利的成分。」

「你們的新組織可以見報，他們的新組織可以見報，那人質得以獲釋，記者也有事好報導，皆大歡喜。」

「就是這樣。透過這一次的成功，我們將可以讓許多人認識到，問題是可以透過想像力解決的，不是非要墨守某種成規不可。再說，這也是可以讓那個可憐人質恢復自由的唯一方法。光是這一點不就構成做這事的充分理由了嗎？我們有責任盡一切努力營救他。況且，能夠多知道綁架他的是什麼組織總有好處。」

「那整件事情又干我屁事？」

「如果我不是那天晚上碰上布麗塔，這事情就不會干你的事。但一聽到她說將要為你拍照，我便靈機一動。我想，既然你隱居多年之後還願意讓人拍照，那就說不定會願意多踏出一步。我想你也許會願意幫忙我們，讓世人知道我們是個什麼樣的社團，以及顯示一個作家願意為公共事務出力是多麼重要。坦白說，我是想要製造一場快樂的轟動。我想要你在倫敦的記者會現身，念五、六首那個人質寫過的詩。就那麼多。」

「找個瑞士作家吧。你找我做這事，不是會讓瑞士人有被排除在外的感覺嗎？」

「我要找哪個國家的作家做這事都找得到。但我想找的是比爾·格雷。聽著，我沒告訴任何人你今天會來。連我的祕書也不知道。因為如果消息走漏，想見你的人一定會在大樓外大排長龍。你的名字散發著一種魔力，而我希望借你的大名為記者會加持，讓人們在事件落幕後繼續把它當成話題。我想讓一個失蹤作家念出另一個失蹤作家的作品，讓一個知名小說家去為一個不知名詩人請命，讓一個英語作家去念法文詩。你看不出來這種平衡性有多麼恰到好處嗎？」

比爾沒有說話。

「這是一樁靈魂的事業，比爾。我想它是你該做的。走出你的書房一下，拋開你的縈念一下吧。我保證不會事先預告你出席的消息，保證不會讓記者採訪你。只許拍照，不准錄音。記者會只限五、六十個記者參加，而且只挑熟人。我想要製造一種漣漪效應。話會傳開去，後續報導會陸續出現，人們的好奇心會愈來愈濃。我希望我們這次的聯手出擊會有一個未來。你的法語還行嗎？」

比爾開始摸索香菸包。兩人都沒有說話，若有所思。比爾西裝翻領上那個亮晶晶的證章寫著：「只許以訪客身分逗留」。

然後查理輕嘆似地說：「我們以前老是凌晨三點站在十字路口辯論。」

「沒錯，查理。」

「有時你會惹得我很光火。你那些什麼狗屁見解。你的意見幾乎總是錯的，但我卻從沒能夠在爭論中贏過你半次。」

「我想既然我是訪客身分，應該是不能在這裡逗留太久。」

「你會有時記起那些往事嗎？它們常常會排山倒海似地湧上我的心頭。老天，我竟然可以再看到你！我真是快樂得無以復加，比爾。」

「我記得一切，而且幾乎無時或忘。」

「你有聽到莎拉的消息嗎？」

「我們是要按前後順序回顧我的前妻嗎？」

「你有聽到她什麼消息嗎？」

「她很好。她喜歡跟我保持某種程度的聯絡。我們每隔一段時間都會通一次電話，這對她意義重大。」

「其實我跟她不熟。你在我們之間起著某種隔離效應。」

「我只是想保護著她一點。她很年輕。」

「對，太年輕了，完全不可能知道嫁給你這種作家該做好什麼心理準備。」

「他們全都像我。」

「我自己一樣沒做好心理準備。我總是懷疑自己哪裡做得不夠，應該自責。」

「你該自責的是不該當我的編輯。這個作家牢騷多多。」

「這倒是事實。」

「你該自責的是不該跟我泡在一起。因為不管你說過或做過什麼，我都總有辦法移作我的荒涼用途。」

「這麼多年來，我聽過無數的作家向我大吐苦水。愈是成功的作家牢騷就愈多。這讓我忍不住懷疑，要當頂尖作家，除了需要具備夠大的原創性，還必須具備同等大小的抱怨本領。說說看，到底是怨氣和憤怒會催生出好作品，還是好作品會催生出怨氣和憤怒？」

「也許兩者皆是。」比爾說。

「他們每個人都抱怨寂寞，抱怨自己夜夜失眠，抱怨這裡痛那裡痛。他們哀嘆又哀嘆。寫小說的會跑去做訪談，做訪談的會跑去寫小說。他們總是缺錢花，總是嫌喝采聲不夠大。還有哪些，比爾？」

「需要日復一日跟這些不幸者打交道，你想必很辛苦。」

「不，沒什麼難的。我會帶他們到高級餐廳吃喝。我說：吃吧，吃吧，吃吧。我說：喝吧，喝吧，喝吧。我告訴他們，他們的作品在連鎖店賣得呱呱叫。我告訴他們，讀者蜂擁到商場去買他們的書。我會推薦他們點烤扁鯊配皺葉甘藍。我告訴他們，有人想要把他們的書拍成電視劇，有人想幫他們出有聲書，連白宮都希望有一本。義大利人愛死他們的書，德國人陷入了新一輪的心醉神迷。」

「那你自己呢，查理？你在這裡過得好嗎？」

「我還在適應這裡的新風格。」

「你來這裡上班多久了？」

「兩年。」

「老闆是誰？」

「你不會想要知道的。」

「你就三言兩語告訴我個梗概吧。」

「全是些名流鉅子。」

比爾彎腰去綁鞋帶。

「好吧，說說看還有哪些人死了而又是我應該知道的。」

「你真的想聽？」

「大概不想。」

「下一個死掉的會是你和我。」查理說。

「我是下一個，王八蛋。」

「我想要出版你那部新書，比爾。」

「我還沒寫完。」

「不管你跟你那個發霉吝嗇的老東家有什麼協議，我們都可以給你更好的條件。」

「已經剩沒幾頁了。」

「不管你還受到哪條合約條款的束縛，我們都有辦法幫你搞定。」

「我在打磨。那就是我正在做的事。」

「我想要那部小說，王八蛋。」

兩人都開始坐不住。查理屈伸了一下右小腿，面露苦笑。兩人同一時間站起來，伸展腰背。比爾望向窗外，看見一整片天空，點綴著一些橋段、船用起重機和飄過皇后區的工廠煙霧。

「你不是個隱士，不是個伐木工作家，不是個有印第安人靈視能力的怪胎。你是個被搜捕的人。你寫的不是政治小說，你的書無關歷史，但你卻仍然感到背後鬧烘烘。這就叫矛盾，比爾。」

「我想賣鞋子的人騙了我。」

「今晚打電話到我家告訴我你的決定。這是電話號碼。最遲明天打，打來這裡，最好是中午。我會坐晚班機到倫敦去。我真的認為那是你應該做的事。記住，有一個不知名的作家落在了一群殺手裡。」

那警衛在梯廳等著。比爾問了他男廁的位置。警衛用鑰匙打開門，站在烘手機旁邊，看著比爾從口袋裡摸索出那個混裝了幾種藥物的小錫罐。他從錫罐倒出預先切好的三種不同牌子的安非他命藥片，一種藍色、一種白色、一種粉紅色。他把它們放在舌頭上，但隨即發現水龍頭需要用手按住才會有水流出，便馬上把藥片從口中取出，以便叫那警衛幫他按住水龍頭。警衛照辦了。比爾把三小片藥片放回舌頭，雙手接了一掬水送到嘴巴，頭向後一仰，把藥吞下。警衛看著他，眼神就像是問他一切是否按計畫進行。比爾點點頭，然後兩人回到梯廳，一道搭乘電梯下到大堂。

比爾站在入口邊上，離橢圓形櫃台大約五十英尺遠，背後就是印有各樓層公司行號名字的名牌。他看得見史考特就在外頭等著，站在與內凹入口形成斜角的一面商店櫥窗的遠端，手裡提著一小包東西（八成是書），背對櫥窗。比爾向後退了一步，點起一根菸。他站著沉思，雙手抱胸，頭微微向左偏側。他的視線似乎是停在右手夾著那根香菸的前端。當他再次往外張望時，史考特已經離他更近，但正在看櫥窗裡的東西。比爾快步從旋轉門往外去，順手扯下翻領上的訪客證，一直走到人行道上，混進了正午時間的人潮裡。

第二部

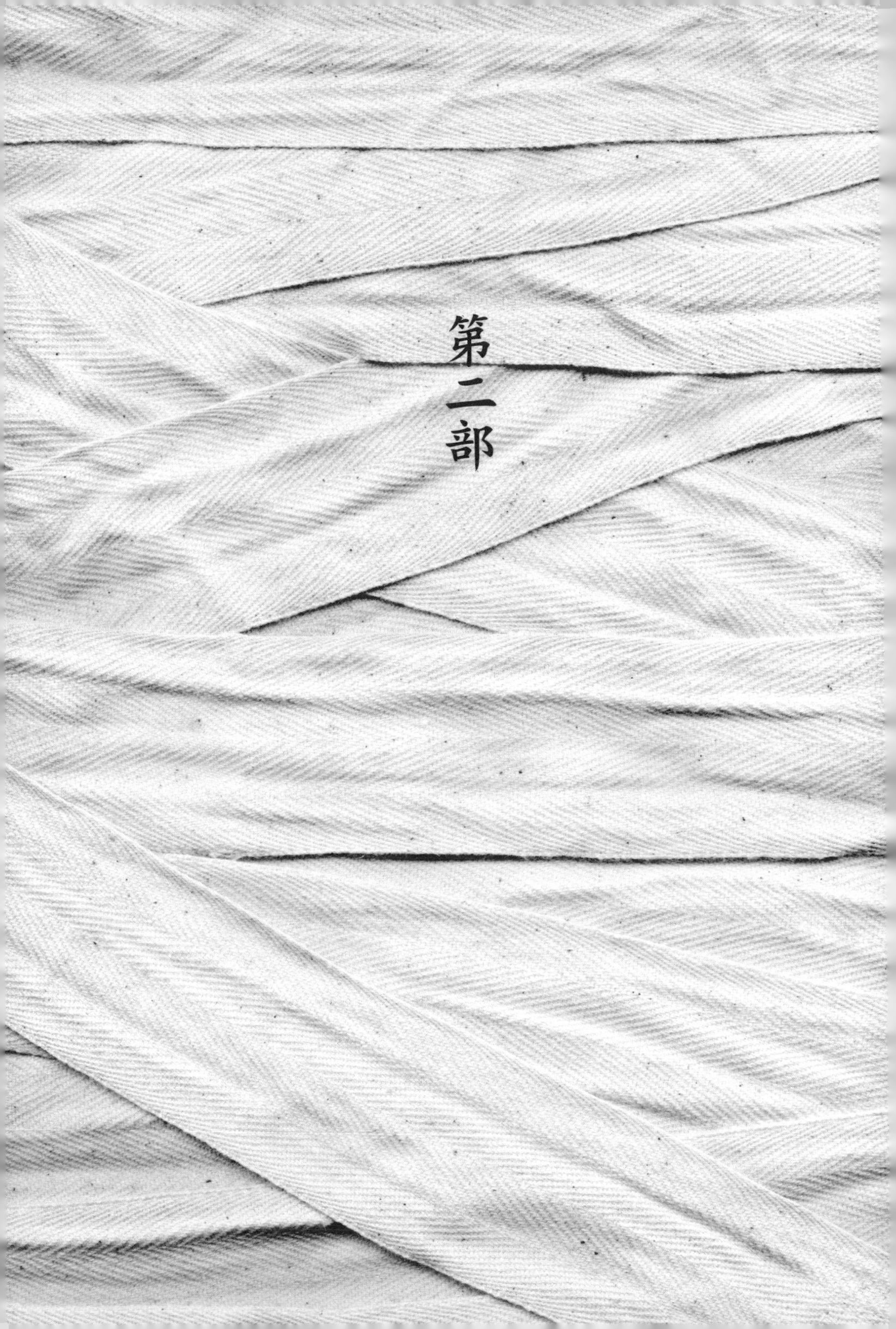

8

小伙子脫掉人質的頭套，要給他餵食。他自己也戴著頭套，那是由一塊粗布剪裁而成，眼睛位置開著兩個參差不齊的眼洞。

「時間」變得很古怪，最初的情景總是歷歷在目。它滲進了人質的發燒與譫妄中，滲進了「我是誰」這個問題中。當他往水槽吐出一口帶血的痰時，他看著這坨粉紅色的黏東西攜帶著「時間」一起抖顫著滑入到排水孔去。

人質不知道小伙子有什麼必要隱藏自己的面目，這讓他感到焦慮不安。

他是被推進一輛少了一扇門的汽車載到這裡來的。在途中哪個地方，他看見有一個沒穿襯衫的老翁卡在了帶刺鐵絲網路障裡。

他腦子裡那思慮周全的錄音帶㉓反覆播放著，提醒他要保持警覺，注意各項細節。它反覆在

㉓大概是指教導在貝魯特工作的西方人如果遇到綁架該如何自處的錄音帶。

他耳邊輕聲安撫：你比綁架你的人要聰明。

小伙子拔掉人質的頭套，把食物塞往他嘴巴。他直視著小伙子頭套上的眼洞。「時間」瀰漫在空氣和食物裡。一隻黑蟻在他腿上往上爬，步伐緩慢而全知，攜帶著「時間」的巨大性。

那老翁大概已經隱沒在夜色裡，昏昏沉沉地掛在鐵絲網上——他老邁、沒穿襯衫、鉤在刺鉤裡，但仍然活著。

人質等待著火箭砲發射的時刻，因為他要數算發射了幾枚火箭彈。雖然戴著頭套，但每逢聽到一枚火箭的發射聲，他都會看見一道閃光。

他還是第一次做這種事，也殷切想取得成功。他總是一面嘴嚼食物一面估算牆與牆之間的距離。先是估算每片牆的寬度，然後是牆上每塊磚的寬度，然後是磚間灰泥的寬度，然後是灰泥裡小裂紋的寬度。他要拿這個來作為自我測試，好向自己顯示自己多有能耐。

在被那輛少了一扇門的汽車載來這裡的途中，他看見一些滿佈彈孔的灰色宅子和橫過屋前的晾衣繩。

小伙子用一隻手拿食物餵他，動作總是太快，未等他嚼完前一口便把下一口推進他嘴巴裡。

他已經接受了自己被拘禁的事實，接受了手腕被一根裹塑膠的鐵絲繫在水管上的事實，接受頭上覆蓋著一個頭套的事實。

這人質滿腦子的計畫。只要有時間和教材，他就可以自學阿拉伯語，然後他會用阿拉伯語跟綁架者打招呼，讓他們刮目相看，願意與他進行一些簡單的交談。只要他們給他教材他就一定做得到。

小伙子有時會折磨他。把他打倒在地，再叫他站起來。把他打倒在地，再叫他站起來。小伙子還試過徒手從他口中拔出牙齒。這疼痛在小伙子離開後久久不去。這是他的時間結構的一部分，在這種結構裡，時間和疼痛變得不可分離。

人質還打算要讓有關當局刮目相看。他知道，他一旦獲釋，有關當局就會把他帶到一個祕密地點，用他在指導錄音帶聽過的同樣聲音問他各種問題。到時候，他會把記住的所有細節全部說出來。憑著這些資訊，有關當局將可迅速判定他被關的地點是哪裡而綁架他的又是哪個組織。

他憑著外面的槍砲聲得知現在是傍晚。在開始幾個星期，交戰聲都是從日落開始響起。先是機關槍的掃射聲，然後是此起彼落的汽車喇叭聲，就像是戰爭導致了交通壅塞。這裡的每件事都有它正常的一面，就像只是一些會例行發生的尋常討厭事。

小伙子曾經讓人質躺著並彎起雙腿，再用一根鋼筋打他腳底。這痛楚讓他難以入睡，也讓「時間」被拉長和深化，讓它變得有了意識，變得機巧而周流遍在。

他老記起那個沒穿襯衫、卡在鐵絲網裡的男人。他的記憶無法延伸到被綁架那個時刻的更早之前去。他的「時間」就是開始於那時刻。除此以外，他頂多能記得一些朦朧的影像、夏天的光影和在什麼地方一棟房子裡發生的緊實瞬間。

這裡沒有事件可言，沒有時間順序可言，每一天都是跟另一天混在一起。他看到他的發泡膠床墊邊放著一個碗和一根湯匙，但那小伙子繼續用手給他餵食。有時，小伙子會在餵食完之後，忘了給他戴回頭套，這讓人質焦慮不安。

每逢迫擊砲聲響起，房間裡就會遍佈粉塵——慢動作的粉塵，成千上萬互相碰撞的粉塵。

現在他很難想出來女人是什麼樣子，除非是拚死地想；但即使拚死地想他也只能看到一些不完整的形象。如果他們能派一個女人來讓他看看就好，一次就好，半秒鐘就好。

他聽到唯一有意義的聲音是來自樓上的ＶＣＲ播放聲。綁架他的人在看街頭戰鬥的錄影帶。他們想看看自己穿著磨舊卡其服的樣子，想看看自己的部隊是如何滿有街頭小聰明地向著街道另一頭的民兵開火。

螞蟻和小蜘蛛運輸著「時間」的巨大性和不滿足，而當他感到有東西爬在他手背的時候，他很想要跟牠說說話，解釋自己的處境。他想要告訴牠自己是誰，因為這個問題如今已經變得有點困惑。他被切斷於其他人之外，但只有其他人的聲音可以揭示他的存在；他愈來愈稀疏和蒼白，因為只有別人的目光可以還他以自己的身體。

小伙子有時餵食後會忘記給他套回頭套，有時甚至會忘記給他餵食。這樣，他的意義感便陷入了崩塌的邊緣，因為被餵食和挨揍是他所剩下唯一有意義可言的時段。

要是他們能派一個穿絲襪的女人來對他輕聲說出「絲襪」兩個字就好了。這將有助於他再活一星期。

然後他等到了他所等的東西：「格雷德」火箭彈在多管發射架發射時所發出的聲音和閃光，一次發射二十枚三十枚又或許是四十枚，在一次「綠線」兩邊的大對決中把薄暮的天色劃得白熾。

他想要有張紙和書寫工具，讓他可以寫出一段完整的話，可以在這個世界還維持個立足點。他拒絕做運動或數磚或想像出一些他可量可數的磚。他會在大清早砲火聲沉寂下來以後大聲對他父親說話。他告訴父親自己是誰，處於何種姿勢，如何被綁在一根水管上，身體哪裡痛，但又表示深信自己一定會得救，因為這是那捲指導錄音帶保證過的。

他設法想像一些穿網狀或帶狀衣服的女人，但頂多能想像出一些游移不定、殘缺不全的影像。

那種由火箭發射聲引發的腦皮層閃光有些什麼特別的，他在那閃光裡看到基督徒和穆斯林正在交戰，看到天空被照亮，看到整個城市奏起一首光與火的狂想曲，一直奏一直奏，直到清早。然後平民百姓會穿著內衣褲從沉悶的避難所走出來，打掃瓦礫和買麵包去。

沒有人來提醒他他是誰。無所謂的昨天、今天或明天。人質感覺到這世界最基本的規定都已經消失。他開始向那個小伙子認同，開始相信自己可能是那小伙子的一部分。

他設法回想那些老掉牙的色情故事，想像自己在一輛深夜飛過大洋的民航機上跟一個朦朦朧朧的女人做愛，或是在什麼出人意表的地點碰到一個穿緊身衣物的女人，胸前交叉著一些黑色帶子，等著他去解開。但他卻解不開，帶子繼續緊緊纏在女人身上，卡在一個思緒的中途。

沒有人來盤問他。

在被那輛少了一扇門的汽車載來這裡的途中，他看到有一些小孩在瓦礫堆中間玩耍，感到有一根槍管頂在他脖子上，而他反覆告訴自己：他們是用一輛少了一扇門的汽車把我綁走。

他繼續努力回想那些色情故事，想像某個雨天自己在一棟空樓房的一道樓梯上跟一個模模糊糊的女人做愛。愈是陳腐、愈老掉牙的想像就愈好，因為以他現在的狀況，最不需要的就是原創性。他想要想像那小伙子同樣會想像的少年性幻想，要把它們一直吮吸到中年，再帶到墓裡。因為它們才是最可靠的。

餵他吃的食物一律是外賣，裝在一個袋子裡，袋子上頭寫著些阿拉伯文，商標是三隻排成一排的紅色小雞。

不，我不恨那小伙子。他不是我的孤單恐怖處境的始作俑者。但我其實是恨著他的，不是嗎？我恨他嗎，還是不恨？

沒多久，他就停止了自言自語，也不再對父親說話，因為他知道那是他一種自救的方法，也知道沒有方法救得了他。他不再發出聲音。他認了命，陷入麻木。

他想起那個卡在帶刺鐵絲網裡的男人，看見這沒穿襯衫的老翁在被戰火點染得璀璨的黎明裡變成了霓虹燈的顏色。

他知道，起初，在很多城市有很多人把他的名字掛在嘴邊。他知道他們大舉出動，包括了情報網絡，包括了祕密外交管道，包括了技術專家，包括了軍事人員。然後，到頭來他卻跌撞進一種新文化之中，而這新文化的名字叫全球反恐體系。他們給了他一個第二自我，給了他一種不死性，把他變成了尚—克勞德．朱利安的靈魂。他成了處理網格中的數位馬賽克，成了微縮底片裡的一個鬼影。他們把有關他的所有資料全收集在一塊，儲存進海星形狀的人造衛星，再發射到月球的軌道上。他看見自己飄浮在太空遠處，越過自己的死亡，再運行回來。他知道所有人現在都已經忘記了他的身體。他失落在電波波段中，變成只是電腦空間裡的另一個編碼，只是一樁不值得花時間破解的罪行的記憶。

現在誰還記得他？

現在除了那小伙子以外沒有人記得他。先是他的政府丟棄了他，然後是他的雇主，然後是他的家人。現在，連那批綁架他和把他關在地牢裡的人也忘記了有這麼回事。他還真說不上來誰對他的遺忘要更讓他忿忿不平。

＊

比爾坐在一戶小公寓裡，樓下就是一家自助洗衣店，地點位於哈佛廣場以東大約一英里。他穿著睡衣，睡衣上套著毛線衣，最外面是一件老舊的厚絨布長袍。

他女兒莉斯正在煮晚餐，一面做菜一面透過傳菜口跟他說話。傳菜口的台子上堆著一些雜誌和劇本。

「以我的薪水根本不可能存一毛錢，所以想都沒想過要搬。但可以做自己喜歡的工作還是讓我覺得幸運。」

「所以妳從不把小不幸放在心上。」

「但會準備好隨時迎接大不幸。」

「像上一次我來的時候那樣？」

「對。」

「妳氣色比上次好多了，女兒。」

「當時我陷入了危機。上一次我看到你在這裡找回你的睡衣。你總是漏東漏西，老爸。」

「我是向妳學的。」

他赤著腳，正在看報。

「真是的，要來也不通知一聲。我知道的話可以到機場接你。」

「我是臨時起意的，而且以為妳還在上班。」

「我們都是星期一休假。」

「我打賭妳的工作表現很好。」

「告訴**他們**去。我馬上就要三十了，卻還是拿不掉職銜上的『助理』二字。」

「我不想給妳添太多麻煩，所以明天就會走。」

「沙發歸你睡，想睡多久都可以。多待一陣子吧，我希望你留久一點。」

「妳知道我這個人的。」

「我們會在陣亡戰士紀念日到亞特蘭大演出。到時我就可以告訴媽媽她們，傳說中的父親難得又來看了我一次。」

「妳何必破壞她們度週末的心情呢。」

「你不要問問我她們的近況嗎？」

「我懶得知道。」

「我替她們謝謝你。」

「我跟那兩個女人已經就不相聞問的價值取得共識。我們都是以超感官感覺的方式溝通，換言之是完全以無言的方式溝通。」

他把一版報紙擱下，開始看另一版。

「但她們有興趣知道你的近況。」她說。

「我的近況？不就是幹我的老本行。怎麼可能會有人對這個感興趣？」

「你還是個熱門話題，當然對媽媽是例外。她不想聽到任何跟你有關的消息。」

「我何嘗想聽到她的消息，莉斯。」

「但我們總是會談到你。我們就像小狗一樣，老是喜歡啃同一條沾滿口水的小地毯。」

「妳就說我酗酒的老毛病已經完全受到控制好了。」

「那你的不近人情有受到控制嗎？」

「聽著，如果妳真的覺得我那麼難相處，那何必還要鳥我？」

「我不知道。也許是出於膽怯。我怕如果我們始終失和，我老了之後會滿懷懊悔。另外也可能是因為我以後不會有小孩，不用擔心我會受你影響。我不用害怕有誰會像你冷待雪拉和傑夫那樣受到我的冷待。」

她從傳菜口探出頭，面帶靦腆的微笑。

「**我們**不認為你的行為舉止跟寫作有任何關係。**我們**相信傳說中的父親只是用寫作作為解釋一切的遁辭。這是**我們**的分析結果，爹地。**我們**認為寫作對你來說從來不是負擔和苦惱，你只是拿它當方便好用的拐杖和方便好用的藉口，讓自己的一切缺失都可以說得過去。」

「舞台經理到底是幹嘛的？」

莉斯的微笑變得更大，看他的眼神就像他剛說的這句話也許可以作為父愛的證明。

「我負責提醒演員，他們演死戲時該倒在哪個位置。」

蓋兒這時從臥室走出來，往貯物間拿了一件夾克。

「是我的出現把妳趕走的嗎？」比爾說，「留下來當個調解人吧。一場舊約聖經裡的沙暴正向我迎頭吹來。」

「我今晚跟催眠師有約。這是我拿掉幾磅肉的最後希望。」

「我叫她試著節食。」莉斯說。

「她說這話就像那是常識似的。我何嘗沒節食過，最久的一次持續了大概八天，但體重照樣增加。自此之後我再也沒有罪惡感。」

「向我老爸討教吧，作家最懂得自律。」

「我曉得。我嫉妒作家。他們能日復一日伏案。我不可能做到。」

「行軍蟻一樣會自律，」比爾說，「別問我作家是怎樣做到的。」

蓋兒走了之後，父女兩人坐下來吃晚餐。他猜女兒在這樁女女關係中扮演的是資深的一方，即扮演作主和負責療傷止痛的一方。他設法讓自己對此感到動容。他斟了葡萄酒。酒是他下計程車之後買的，當時他在這一帶東逛西逛，想找到眼熟的街道和眼熟的房子，因為他壓根兒忘了女兒住哪條街，皮夾裡也找不到她的地址或電話號碼。後來，他看到一個公共電話，便打電話到查號台查問。僥天之幸，他女兒不只登記了電話，還在家裡。

「我一直在想，我上一次是不是還有什麼漏在了這裡。」

「蓋兒都把你忘了帶走的長袍拿來穿。」

「好像還有別的。催眠術說不定可以讓我想起來。」

「你上次還把裝旅行支票和護照的夾套漏在這裡。你應該裝出很驚訝的樣子的，爹地。」

「我一直納悶它們死到哪去了。」

「你知道它們在哪裡。你不就是為了這個來的嗎？」

「我是來看妳的，孩子。」

「我曉得。」

「老天，我竟然無法讓妳感動。」

「沒關係。我不會花時間去猜測老爸的動機。」

「只會花時間數算他的失責。」

「這難免的囉。」

「事實上，連妳出生的時候我都沒在旁邊。妳有聽說嗎？」

「我是直到最近才知道。」

「當時我在『約都』㉔。」

「那是什麼地方？」

「一個讓作家可以找到點他媽的寧靜的園區。事實上，這話就是該機構的格言，銘刻在園區入口的中楣上。為了顯得古典，園方還把『他媽的』中的『媽』字寫成『馬』㉕字。」

他從餐盤抬起頭看看她有沒有在笑。她看來在琢磨他的話是什麼意思。飯後，他幫她收拾碗盤，然後打電話給人在紐約的查理・埃弗森。

「你的人史考特在你離開不久出現。當時我在會議室開餐會。他在大堂顯然引起了一場爭吵。他堅持要到我們的辦公室來。警衛最後打電話上來，請我跟他說話。他想知道你在哪裡。我當然無法告訴他，因為我自己也不知道。」

「你仍然不知道。」

「沒錯，比爾。」

「你沒跟他提倫敦那碼子事吧？」

「我不會跟任何人提倫敦的事。但他不是個好打發的傢伙，我最後不得不下樓當面跟他談。我說服保安請那個陪伴訪客的警衛過來，然後那警衛拍胸口保證，他親自陪著你上下樓，而你也

㉔ 約都（Yaddo）：位於紐約州Saratoga Springs的一座豪華莊園，原是私人宅邸，主人身故後捐出，供有潛力的藝術家度假閒居，培養創作靈感。

㉕ 原文是說：「為了顯得古典，園方還把fucking中的u拼成v。」拉丁字母本來沒有u，是後來才從v分化出來。

沒有在搭電梯中途死掉。最後這句話真是個好提醒，讓你我都知道應該好好保重。」

他們又談了倫敦的安排。

然後比爾說：「他一定會再打電話給你，會不斷地打。千萬別透露一個字。」

「比爾，二十五年來我沒對任何人透露過你任何事。我一直信守承諾。」

蓋兒回來後，三個人打了一會兒蘭米牌㉖。後來兩個女的想要睡覺，比爾便給她們表演紙牌戲法，設法把她們留住一陣子。葡萄酒已經喝光。他閱讀了一小時，然後把被褥鋪在沙發上，一面鋪一面回想起這沙發有多麼難睡。之後，他找來一本便條本和一支鉛筆，記下他想對小說所做的一些修改。

*

史考特從浴室出來，手上的牙刷沾著牙膏。他望向坐在床上看電視的凱倫。他瞪著她看，等著她望向他。她常常會整個人沉浸在螢幕的塵光裡，細細打量那些災難事件的生還者和遠處田野裡孤單升起的機身煙霧。她甚至可以比那些受訪的生還者還早半秒說出他們準備要說的話，比出他們準備比出的手勢，讓人覺得她不只是身在報導現場，還親歷過煙霧裡發生的恐怖事件。

他一直瞪著她看，最後她終於轉頭望向他。

「他現在到底在哪裡？」她問。

「我會推敲出來的。他已經很久沒有搶先我一步。王八蛋。」

「但他能去哪裡？」

「某個只對他有深意的地方。但如果那地方對他有深意，我就遲早可以推敲出來。」

「但你又怎麼曉得他不是生了病或受了傷？」

「我到那棟大樓查問過。我跟裡面的保安發生了一些推擠。那地方戒備森嚴，保安層級猶如戰時狀態。但我最後還是問了出來，確定比爾有走出大門。」

「那我猜他是跟布麗塔在一起。」

史考特的牙刷舉在胸前。

「他沒有跟布麗塔在一起。為什麼他應該跟布麗塔在一起？」

「因為他在紐約沒有其他可以待的地方。」

「但我們不知道他是不是還在紐約。我們甚至不知道他去紐約幹嘛。他告訴我他只是要去見見查理・埃弗森，而埃弗森則告訴我他們談到了他的新書。他有聯絡過布麗塔的話，我一定會知

㉖ Rummikub，或譯為拉密牌、魔力橋，一種數字牌遊戲。

道。電話帳單第二天就寄來了，他有打過電話給她的話上面不會沒有記錄。」

「也許是她打給他的。」

「不，他有什麼深沉的計畫。我感覺得到他心事重重。」

「他是想要再次從他的小說逃開。」

「那小說已經寫完了。」

「對他來說還沒有。」

「他出遠門從不會不告訴我要去哪裡。不，這一次他有更深沉的計畫。」

他回到浴室去刷牙。出來後，他又瞪著她看，直到她意識到他的瞪視為止。

「我們有需要開列一些計畫清單。」他說。

「但他人不在這裡。」

「那就更有理由做這事。我們正好趁他不在的時候給他的工作間來個大整頓。」

「他不喜歡我們進去。」

「他只是不喜歡我進去。」史考特說，「我相信，他竭誠歡迎妳進去——要嘛是在晚上，要嘛是在我外出要買洋蔥回來燉肉的下午。」

「或是在你外出要買小黃瓜回來拌沙拉的下午。」

「那工作間有需要好好打掃一遍和重新組織。這樣，他回來後就會有種煥然一新的感覺。」

「他一兩天內肯定會打電話回來，到時我們問問他意見再說。」

「他不會打電話的。」

「我有信心他會打。」

「如果他還有什麼需要打電話給我們，現在就不會不在這裡，不會離我們而去。」

他爬上床，把睡衣領子翻了起來。

「我們先給他機會打電話吧，」她說，「我要求的只是這個。」

「他有某種深沉而可怕的計畫，而這計畫裡沒有我們的角色。」

「他愛我們，史考特。」

她看著放在床前的電視。畫面中有個穿著亮閃閃緊身衣的女人坐在健身腳踏車上，一面踩腳踏車一面對著鏡頭說話。另一個拇指大小的女人出現在螢幕角落，用手語複述著第一個女人的獨白。凱倫細細打量兩個女人，眼睛在螢幕上掃來掃去。她是個薄邊界的類型㉗。別人說的一切她都會聽進耳裡，都會相信，不管那是有關痛苦、狂喜、狗食、六翼天使，還是那個從天而降的蒙福嬰兒。史考特瞪著她，等著她望向他。她身上帶有未來的病毒——語出比爾・格雷。

㉗「薄邊界」是心理學用語，主要是指容易受別人感染影響的人格。

9

過馬路之前，比爾提醒自己記得讀路面上的標示。設計這種標示的人真是有腦得要命，合該受到其他城市立法效尤。這些白漆所漆的長形字體告訴你，若是想活下去的話應該望向哪個方向㉘。

他對倫敦不感興趣。他以前就來過這裡。他從計程車上看了特拉法加廣場㉙一眼，喚起了三秒鐘的回憶、氛圍與重疊。雖然多了些施工圍籬和塑膠帆布，這地方一點都沒變，還是個像夢境的所在，帶有任何著名景點都會有的雙重性：既讓人覺得遙遠而不可親近，又讓人感到無比熟悉，就像一輩子都在左右。行人穿越道上的標示是他唯一會注意的事物。「看左」，「看右」。它們道出了人生最惱人的癥結所在。

他痛恨腳上的鞋子。他的肋骨今天舒服多了，但領口仍嫌略緊。

他想要回飯店睡一會兒。他沒照查理所交代的，入住位於梅費爾區那家飯店。他住的雖然是一家中等價位的中古飯店，但仍然對它的收費多所埋怨。

回到飯店房間後，他脫下襯衫，對著領口吹氣，要把黏在上面的棉線和頭髮吹掉，順便把淺汗吹乾。他借了莉斯的旅行袋子，裡面放著他的睡袍和睡衣，還有他在波士頓買來的襪子、內衣褲和盥洗用品。

他不知道自己是不是真想做這件事。他有一種不好的預感，有一種如鯁在喉的感覺。他對這種感覺並不陌生，寫作的時候常會碰到。只要一有這種如鯁在喉之感，他就知道前面有個難以駕馭的角色或難以寫好的生命在等著他。

他打電話到查理落腳的飯店。

「你在哪裡，比爾？」

「我從這裡的窗戶可以看見一家醫院。」

「你覺得這樣比較安心嗎？」

「我挑飯店的原則是附近要有必要的服務設施。」

㉘ 英國的行人穿越道前方都漆有「看左」或「看右」的字樣，以提醒過馬路的人車子會是從右而來還是從左而來。世界有些國家（如美國）採取的是不同於英國的行車方向，而英國是個外國遊客眾多的地方，故有需要做此提醒。

㉙ 英國倫敦西敏寺的著名廣場。

「我說過叫你來柴斯特菲爾德飯店住的。」

「它的名字和我的預算結構有所牴觸。它聽起來是鋪著華麗天鵝絨地毯的。」

「買單的人不是你，是我們。」

「我以為只有機票是算在你們頭上。」

「住宿也包括在內，這是不用說的，還包括各種必要開銷。你要我幫你查查還有沒有空房間嗎？」

「我在這裡已經安頓下來了。」

「你住那飯店叫什麼名字？」

「給我一分鐘時間回憶。我想先知道今晚的記者會是不是已經安排妥當。」

「要改地點。我們本來安排好一個有夠理想的場地。透過一位人脈好的同事的幫忙，我們借到了聖保羅大教堂的圖書室。那裡有我希望有的那種莊嚴氣氛：橡木傢俱、石頭雕刻和幾千部書。可是圖書館方面在今天中午開始接到電話。匿名電話。」

「恐嚇電話？」

「炸彈恐嚇電話。我們原想不加理會，但圖書館長問我是不是可以另覓地點。目前我們已經找到一處安全地點，還佈置了警力。但我還是覺得心痛，比爾。拱形天花板和木頭地板全都沒了。」

「會打恐嚇電話的人不會真放炸彈。真正的恐怖分子都是等炸彈爆炸之後才打電話。」

「我曉得，」查理說，「但不怕一萬，只怕萬一。另外，我們還是採取了各種必要的預防措施。我們刪減了與會記者的人數，而且計畫到最後一分鐘才向任何人透露記者會的舉行地點。我們會先把所有人集合在一個地點，再用租來的巴士把他們載到真正的開會地點。」

「記得文學是怎麼說的嗎，查理？對酒當歌，大限來時任它來。」

「你七點前到柴斯特菲爾德來，先花點時間讀讀你要在記者會念的詩，然後我們一起出發。記者會之後我們再去吃宵夜，就你我兩個人。我想談談你的新書。」

知道飯店有人買單，比爾現在對念詩的事變得比較坦然。他把一張餐牌放在茶几上，從西裝口袋掏出藥罐子，把裡面的東西全倒在餐牌上：一共是四顆沒切開的藥片。他的其餘補給全放在家裡臥室一個五斗櫃裡，包括了鎮靜劑、抗憂鬱藥、安眠藥、心臟藥、利尿劑、抗生素、肌肉鬆弛劑。現在，放在他面前的是三種不同牌子的止痛藥和一顆專治慢性皮膚癢的粉紅色皮質類固醇。只有這四種藥可吃讓他感到可憐兮兮，但他本來就不知道自己會去波士頓和倫敦。彎腰切著那些藥片時，他感到有一股靜謐把他包裹起來。他喜歡這種像士兵準備裝備的感覺，這種工作的嚴謹性有助於他假裝知道自己在幹些什麼。

他後悔沒把服用說明書帶在身邊，無法得知自己該注意些什麼、這些藥會有什麼副作用或起什麼樣的交互作用。但他出門前本來就不知道自己要飛過一個大洋。

他聚精會神地把每顆藥片切成幾段，用的是他那把老舊斑駁的鹿角柄折疊刀。這刀子在三個機場都沒有被海關人員發現。

*

計程車轉了個彎，開進了薩瑟克大橋㉚。比爾把那些詩歌放在大腿上，偶爾會把其中一頁拿到臉前，喃喃讀個幾句。一陣輕柔的暖雨讓河水影影綽綽，波光粼粼。

「我想跟你談談那個傢伙。」查理說。

「誰？」

「住在雅典的那個，整件事情就是由他發起的。我想讓你對他有個概念。」

「他是黎巴嫩人嗎？」

「對。他是個政治學家。他說他只是個中間人，對貝魯特那個組織所知不多。他聲稱那個組織很樂於釋放人質。」

「他們是基本教義派的一個新分支嗎？」

「是共產黨的一個新分支。」

「我們應該驚訝嗎？」比爾說。

「黎巴嫩本來就有一個共產黨。就我所知，他們和敘利亞是盟友。巴解組織內部一直有一批人有著馬克思主義傾向，他們到了黎巴嫩以後重又活躍起來㉛。」

「所以說沒什麼是值得我們驚訝的囉？」

「照理說是沒有。」

「好，那有值得驚訝的事情時再勞煩你告訴我。」

兩個便衣警探在離聖救主碼頭不遠的一條空蕩蕩街道上等著他們。這一區正在進行都更，但建築物大多還沒有拆掉，主要是些附有起重機和進料台的紅磚建築。他們向著一座老貨倉走去。這貨倉原是租給一家衛浴設備供應商，直到最近才清空。警方已經在裡面檢查過，留下了一部可以使用的電話。

四個人一起走進貨倉。他們檢查了那個用來開記者會的開放空間。講台、一排排折疊椅和一些輔助燈具已經佈置就緒。然後他們一起走入大辦公室，查理打了電話，通知他的同事可以讓巴士開過來了。比爾東張西望找廁所。電話在查理掛斷後幾秒鐘響起。一個探員接電話，而在場所

㉚ Southwark Bridge，或譯為南華克大橋，連接倫敦舊市區與南華克新興區，具百年悠久歷史。

㉛ 黎巴嫩自一九七五年起爆發歷時十五年的激烈內戰，戰鬥雙方主要是基督徒和穆斯林，但敘利亞、伊朗、以色列、巴勒斯坦解放組織和一些西方國家亦趁機介入，形成極端錯綜複雜的派系衝突。

有人全聽得到電話另一頭的緊急叫喊聲：「炸彈！炸彈！炸彈！」說話人帶有口音，讓他說的話聽來就像「砰隆！砰隆！砰隆！」這讓比爾覺得微微滑稽。他正在尿急，但不認為有到街上去尿的必要。

這通電話讓兩個警探十分惱怒，至少是讓其中一個惱怒，因為另一個只是盯著辦公室另一頭一個放滿說明手冊的書架。比爾找到廁所，是最後一個離開貨倉的人。其中一個警探守在貨倉大門，另一個則走向停在大約五十碼開外的警車，要把事情通知總部。

「我真希望我了解他們用意何在。」查理說。

他和比爾走過馬路，站在對街等待炸彈小組前來搜查貨倉。

「他們的用意是擺佈你，想要讓你知道他們有辦法逼你離開大樓，走到街上。他們以為會有一百個人倉皇跑下消防梯。我說過了，查理，有些人會放炸彈，有些人則光會打電話。」

然後他們談到別的話題。雨停了。查理穿過馬路，跟那個守在貨倉大門的警員談了幾句，然後聳聳肩往回走，回到比爾旁邊。他談了自己正在做的一部書，談了他六年前最後一次離婚：當日天高氣爽，萬里無雲，第五大道上旗海飄揚，有一個女明星從一輛計程車翩然下車。比爾伸手到口袋掏手帕。一聲轟然巨響把他震得轉了半圈，但他雙腳沒有離地，也沒有被抛向牆壁。他感到這爆炸聲就像是從他的雙臂和胸膛發出。他搖晃了一下，然後馬上蹲下，以一根前臂擋在額頭前面，以防炸飛的窗戶玻璃向他襲來。查理說了句「媽的」或是「趴下」㉜，然後轉身背向衝擊波，兩個手肘緊緊抵在牆壁上，雙手抱住後腦勺。這個漂亮姿勢讓比爾印象深刻，而比爾這時也意識到爆炸已經全部結束，不會再有更嗆的，所以就慢慢站起來，望向貨倉，與此同時伸出手碰碰查理的手臂，以確定他還活著，也還能動。對街的那個警探蹲得低低的，正在摸索腰帶上的無線電對講機。馬路上滿佈玻璃碎片，雪片般亮晶晶。另一個警探在警車裡待了一下子，向總部報告了這事，然後下車走向搭檔。大片塵埃懸浮在貨倉的二樓。四個人走到馬路中央會合，玻璃碎片在腳下嘎嘎響。查理用手掃了一掃西裝的翻領。

炸彈專家率先來到，然後是記者會的巴士，然後是一些記者和更多警察。比爾一直待在那輛沒標示警徽的警車後座，查理則是忙著跟不同人等商量事情。

大約一小時後，兩人在柴斯特菲爾德飯店一間有玻璃拱頂的餐廳裡吃著比目魚。

「這表示記者會得延期一天了，但最多不會超過兩天。」查理說。「你真應該搬來這裡住的，那樣的話，我們一安排妥當，你便可以立刻配合。」

「爆炸時你還真鎮定，懂得採取那樣的保護姿勢。」

「事實上那是航空公司建議乘客採取的自保姿勢，不同的只是墜機時你不會是站著。本來我

㉜「媽的」（goddamn）和「趴下」（go down）音近。

還應該低著頭，雙手抱住頸背，但我做不來。我覺得自己是坐在一架直向下俯衝的飛機上。」

「你的人馬會找到另一個開會地點嗎？」

「非找到不可。箭已經在弦上，不能現在叫停。真沒法子我們就找個偏僻的湖開記者會，讓十五個與會者分坐在五艘划艇裡。」

「有人猜到是誰幹的嗎？」

「我明天要去見一個反恐專家。要一起來嗎？」

「不用麻煩了。」

「你準備住哪裡？」

「我會保持聯絡，查理。」

「再想想，划艇不是個好主意。蒙巴頓㉝不就是在划艇上被幹掉的嗎？」

「是遊艇。」

「反正都是艇。」

比爾意識到餐廳另一頭有個客人一直看著他。玄的是，他光憑對方的好奇表情便可以獲得相當多的資訊。他知道對方曉得他是何許人，知道彼此素未謀面，知道對方拿不定主意是不是要過來找他攀談。比爾甚至知道對方是什麼身分，哪怕他說不上來自己是憑何得知。他始終沒有正眼望向那個男人。每件事物都有一個形狀、一種宿命和一道資訊流。

「我想跟你談談你那部小說。」查理說。
「還沒好。等好了我們再來談。」
「現在你不用談，聽我談就好。等書好了我們再一起談。」
「我們前不久才差點死掉，要談不如談那事情。」
「我知道要怎樣推你的書。這一行沒人比我更了解你。我知道你需要什麼。」
「我需要什麼？」
「你需要一家有傳統的大出版社。這也是他們會雇用我的原因。我在這些人的眼中代表著些什麼。我代表的是書本。我想建立一份紮實、負責而深思的書單，再藉他們強大的行銷管道把書銷出去。我們擁有巨大的資源。既然你花了那麼多年寫一部書，難道不想看到它一飛沖天？」
「你的性生活如何，查理？」
「我可以把你的書以驚人數字鋪出去。」
「有女朋友嗎？」
「我的前列腺有些毛病。醫生給我的輸精管做了繞道手術。」

㉝蒙巴頓勳爵是英國皇親和高階官員，一九七九年在遊艇上被愛爾蘭共和軍裝設的炸彈炸死。

「他們把它繞到哪去啦？」

「我不知道。但東西不會在正常地方出來。」

「所以說你還是有性生活？」

「還熱中得很。」

「但不會射精？」

「沒有東西會跑出來。」

「你知道是怎麼回事嗎？」

「我沒問。它們應該是跑到裡面去了。」

「這是個精彩故事，查理。最難得的是它只有寥寥數語。」

他們研究甜點餐牌。

「你的書幾時會好？」

「我正在修改標點符號。」

「標點符號這玩意很有意思。觀察一個作家怎樣使用逗號是我的一大樂趣。」

「你認為我們頂多再兩天就可以離開這裡？」比爾問。

「我們是這樣希望。我們希望炸彈是極致，不會再有下文。畢竟他們已經做出了宣示，哪怕我們不知道他們要宣示些什麼。」

「我想我有需要買件襯衫。」

「那就買吧。但讓我幫你在這裡找個房間吧。在目前的情況下，我認為我們應該讓彼此可以在最短的時間內找到對方。」

「待會喝咖啡的時候我會再考慮考慮。」

「我們的書都是用無酸紙印刷。」

「我倒是寧可我的書在我掛掉的同一天爛掉。為什麼應該讓它們比我長命呢？就是因為它們我才會天不假年。」

那個人這時已經站在旁邊，等著他們結束交談。比爾把視線斜到一邊，等待查理察覺那個人就站在旁邊。桌子容得下三個人，所以查理就吩咐侍者去拿一把椅子來，又利用這個空檔介紹那人給比爾認識。他叫喬治・哈達德，查理把他稱作貝魯特那個組織的發言人。聽到這個，那人揮了揮雙手，比出一個表示「沒這回事」的手勢。他顯然不認為自己擔當得起這個頭銜。

「我是你的忠實仰慕者，」他對比爾說，「所以，聽到埃弗森先生說你會出席記者會，我既是驚訝又深深感到高興。你的現身一定會引起公眾極大的注目。」

這個人鬍子剃得乾淨，是個高個子，四十來歲，前額頭髮稀疏。他有一雙讓他顯得憂愁的濕潤眼睛，土灰色的西裝則讓他顯得有點笨重。另外他還戴著一個像是向小孩子借來的塑膠手錶。

「你和他們有什麼關聯？」

「你是說貝魯特方面？容我首先指出，雖然我對他們的手段不是毫無保留地贊同，卻對他們的宗旨寄予高度同情。該組織是一個政治運動的分支。嚴格來說，這政治運動還不成其為一個運動，在現階段只是一股潛流。它的目的是向世人表明，黎巴嫩的每一件武器不是只能屬於穆斯林、基督徒或錫安主義者三者之一所有。」

「我們以名字相稱就好。」查理說。

咖啡送來之後，比爾突然感到右手一陣刺痛，像是被針尖刺到。他望向痛處，看到了一點銀光。

查理問：「有誰可能會想要我們的記者會開不成？」

「我說不準，有可能是街頭戰爭的延伸。也有可能是某個組織從原則上反對釋放任何人質，哪怕人質不是他們自己綁架的。他們顯然知道，那個人質會不會獲釋，全看事情有沒有登上媒體。沒有後者就不會有前者。這是貝魯特從西方學來的許多教訓之一。貝魯特雖然悲慘，但至少還能夠呼吸，反觀倫敦才是真正的瓦礫堆㉞。我在這裡念過書也教過書，每次回來這裡，我都會把它的損傷看得更加清楚。」

「據你研判，我們要做什麼樣的安排才能確保記者會安全無虞？」查理問道。

「很難，現在大概已經不可能有絕對的安全。警方一定會建議你們取消記者會。我不認為放炸彈的人下一次會先打警告電話。你們知道我認為如果再有下一次的話，情形將會是如何？」說著，他探身向前。「那將會是在一個擠滿人的房間裡發生大爆炸。」

比爾從手上拔出一粒玻璃屑。另外兩個人看著他手上的碎屑。這時他恍然明白了那痛感為什麼會讓他覺得似曾相識。那是一個暑假時的傷口，是一個玩耍時的傷口，是半世紀前的一個燙傷、膝蓋擦傷和扎傷，是一個被蜜蜂刺出來的傷口，是滑壘時屁股碰著的一顆懸鉤子，是幹架時得到的一個黑眼圈。

「但那個關在地牢裡的人怎麼辦？別忘了他是無辜的。」

「他當然是無辜的，但這正是他們綁架他的理由。這是一個簡單而有效的觀念：對無辜的人施暴。他們愈是冷血，世人就會愈看到他們的憤怒。比爾，在所有人之中，最能理解這種憤怒的人不就是作家嗎？而在所有作家之中，不又是小說家最能理解這種憤怒嗎？因為小說家不是可以從自己的靈魂感受到恐怖分子的思想感情嗎？綜觀歷史，最能讓小說家感到有親緣性的人就是生活在暗處的暴力者。以你來說好了，比爾，你會同情哪一邊？是同情殖民警察、佔領者、富有的地主、腐敗的政府、黷武的國家，還是同情恐怖分子？我不想拋棄『恐怖分子』這字眼，哪怕它可以有一百種不同的意義。因為它是唯一真誠的字眼。」

㉞愛爾蘭共和軍在一九七〇和八〇年代曾對倫敦發動過許多起汽車炸彈攻擊。

比爾的餐巾在他面前的桌面皺攏著。另外兩個人看著他把玻璃屑放在餐巾的一條溝縫裡。它像一粒沙子那樣閃閃發光，彷彿是來自他童年時代那個微綠色的沼澤，是來自他有過的各種瘀傷和割傷。他感到非常疲倦。他聽著查理與另一個人的談話。他感受到旅行的重負，感覺自己冷漠而恍恍惚惚。他身處的是一個與自己無關的地點，睡的是一個自己不認得的房間。

喬治正在說：「起初的一連串恐嚇電話並不打緊，因為它們只是一些恐嚇。後來的炸彈爆炸也不打緊，因為它沒有引起傷亡。它對你和比爾來說只帶來心理創傷，除此以外只是尋常小事。幾年前，德國一個新納粹組織設計了一句口號：『愈糟愈好』。這也是西方媒體的座右銘。想要他們注意你，最好的方法是抱著個炸彈把自己炸死，否則你只是個沒有觀眾的受害者。」

第二天早上，比爾在飯店附近一家小酒館吃早餐。他點了一品脫的淡啤酒去配他的火腿煎蛋。他會好意思在早上七點叫酒喝，是因為附近肉品市場的晚班工人剛下班，也在喝酒吃飯。他隔壁桌坐著一些聖巴多羅買醫院的醫生，全都身穿白袍。他望向自己手上的割傷。看來沒有大礙，但知道附近就有醫生可以隨時求教或求救總是讓人寬心。如果你有什麼割傷擦傷的話，那到一家以聖徒命名的老醫院求診準沒錯。他們還沒忘記怎樣治療典型的十字軍傷口。

他拿出筆記本，把早餐收據和前一晚計程車車資證明夾在裡面。炸彈爆炸的轟然巨響仍然迴響在他的皮膚底下。

稍後，他按照約定去到柴斯特菲爾德飯店的大門跟查理會合。兩人在懶洋洋暖融融的陽光下散步於梅菲爾區。查理穿著一件運動夾克和一條灰色的法蘭絨運動褲，腳上是一雙藍白兩色的鞍脊鞋。

「我跟一個叫馬丁森還是馬丁代爾的上校談過——我真應該把名字寫下來的。他是那種技術專家至上主義者之一，把機靈奉為宗教，就像是相信一個人只要夠機靈就不會著涼或收到停車費單或死掉。」

「他是穿制服的嗎？」比爾問道。

「他太機靈了，不會穿制服。他說我們今天不可能辦一個記者會。他們不夠時間去安排一個安全的場地。他說我們的朋友喬治是個惹人好奇的學界人士。法國警方突擊搜索一個製造炸彈的巢穴時找到一本地址簿，上面有他的名字。他也和一些知名的恐怖分子領袖合照過。」

「每個殺人組織總有一個發言人。」

「你機靈得幾乎不下於那個上校。事實上他還談到你。他說你應該坐飛機回家去。他會為你安排。」

「他怎麼知道我在這裡，或知道我何以在這裡，或知道我是何許人？」

「他是在我們接到第一輪恐嚇電話之後知道的。」查理說。

「我還以為沒人知道我來了倫敦。但你卻把這事告訴了喬治，而現在連那個長著濃密八字鬍的上校也知道了。」

「我不得不告訴警方有哪些人受邀參加記者會。因為那些恐嚇電話，警方需要這份名單。至於喬治，我是前天才告訴他的，我想這樣或許會有幫助。」

「那上校為什麼認為我應該回家？」

「他說有情報顯示，你也許會陷入危險。他暗示說，你比那個人質對綁架他的組織會有價值得多。那個人質太沒沒無聞了。」

比爾笑了起來。

「整件事情是那麼難以置信，以致我幾乎要不相信了。」

「但我們當然會相信。我們不得不相信。那並不違反任何邏輯法則或自然法則。它只在最淺薄的意義下是難以置信的。只有淺薄的人才會堅持不信。你和我要有見識得多。我們知道真實是怎樣創造出來的：只要一個人坐在房間裡想出一種思想，不管這思想是什麼，總可以散播到世界上去。思想與行為兩者現在再沒有道德或空間上的區隔可言。」

「可憐的王八蛋，你說話愈來愈像我了。」

兩人默默走了一陣，然後查理談到了今天天氣有多好。他們小心翼翼選擇話題。他們需要一個可以讓前面那個話題冷卻下來的空間。

然後比爾說道：「恐怖分子計畫怎樣讓我入彀？」

「我不清楚，那上校在這方面語焉不詳。他只說過他們也許會想辦法引你東行。」

「我們不能怪他不知道，對不對？」

「當然不能怪他。他說那炸藥是『塞姆汀H』35，分量控制得恰到好處。放炸藥的人想要炸掉整棟建築的話一樣辦得到。」

「那上校說出炸藥名稱時想必很得意。」

「那玩意是從捷克斯洛伐克進口的。」

「你以前有聽過嗎？」

「沒有，沒聽過。」

「你看我們多不機靈。」

「你打算住在哪裡，比爾？我們真的有必要知道。」

「那上校肯定知道。你只管安排記者會去。我是為了念詩來這裡的，也準備貫徹始終。」

「沒有人喜歡向威脅就範，問題是……」

「我會回我的飯店去，明天中午再打電話給你。去找個新的場地，把我們此行的目的給完成吧。」

35 Semtex H，一種捷克製強力多用途炸藥。

「我想我們應該一起吃晚餐，就你我兩個。讓我們來談些完全不同的話題。」

「我好奇那會是什麼話題。」

「我想要那本書，王八蛋。」

*

人們聚集在一個不規則的白色空間裡，隔著銀色的雞尾酒交談，頭頂上的天花板位於幾層樓以上的高度，上頭裝設著水管、灑水器和探照燈。牆壁上懸掛著當代俄國畫家的作品，主要是些用色大膽的大型油畫，都是些超國界的作品，雄心勃勃而有話要說。

布麗塔沿著展覽室的邊緣移動，酒杯舉得高高。她感受到許多目光在射來射去，知道每個人都是一面吃點心，一面把別人的臉、屁股和真絲裙子看在眼裡。她感受到每個身體都是不由自主地斜斜移動著，要向展覽廳內一位知名人物靠近。她感受到每個人都是對著一個人說話而聽著另一個人說話，每個人都心不在焉，把主要心思用在咀嚼這短短一小時的輝煌。展覽室裡看來有幾個引起注意力的焦點，有幾組主要的談話在進行著，但每一個人又都把部分注意力保留給方格玻璃窗的窗外。他們某個意義下都是為街外的人而來這個所在的。他們完全知道自己對那些走路或開車或擠在巴士上路過這裡的人來說代表著何種意義。他們自感是懸浮在這個世界的上方。他們不過是些參觀者，卻感到自己高高在上而不可侵犯，以身上發出的光抵抗著低垂的夜幕。每個人的臉上都蝕刻著某種寧靜感，散發著某種永恆的氣息，就像他們從今晚起會繼續在這裡待上一千晚，沒有體重又不會流汗，繼續讓外面路過的人產生一點點肅然起敬。

她花了好一陣子才去到那幅吸引她的油畫前面。那是一幅畫在畫布上的絲印畫，長寬大約是五英尺乘六英尺。畫題是《戈比一世》㊱，畫著蘇聯領導人戈巴契夫的半身像（雙肩各被切去一部分），背景是一片拜占庭金色和一些富表現力的斑駁條痕。畫中的戈巴契夫皮膚紅潤（像是擦了電視台的化妝品）、一圈金髮，嘴唇塗著紅色口紅，眼瞼塗著青藍色眼影。他的西裝和領帶都是深黑色。布麗塔懷疑，這幅畫其實比一般所以為的還要沃荷風，因為它既包含了諧擬、致敬、評論和抄襲，又超出於這些元素之上。在這美術館方圓幾英里之內住著不下六千個沃荷專家，凡是有關沃荷作品能說的話都被他們說過，能被爭論的問題都被他們爭論過，但布麗塔懷疑，只有眼前這幅畫才是沃荷最大幅度的代言者，因為它道出了藝術家的可解體性和公眾人物的得意洋洋，道出了影像是如何可以彼此融合（這一幅融合了戈巴契夫和瑪麗蓮．夢露），道出了光環是可以被竊佔的（金色的瑪麗蓮．夢露和死白色的沃荷）。除此以外，它也許還至少透露著六件其

㊱戈比是西德人對戈巴契夫的暱稱。

他事情。不管怎樣，這幅畫一點也不風趣。她花了好一番工夫才穿過人群，想要仔細看看這幅風趣的作品，卻發現它一點都不風趣。這也許是因為戈巴契夫身上那套西裝就像是殯葬人員所穿。再來也許是因為他臉上的厚厚脂粉和塗在頭髮上的檸檬黃色就像是出自禮儀師手筆，這種死人妝在沃荷為瑪麗蓮．夢露和其他死去名人所畫的作品裡屢見不鮮。布麗塔多年前為沃荷拍過照片，而其中一張此時就懸掛在幾條街外的麥迪遜大道一個展覽會的會場。那裡有沃荷的各種圖像，有畫在畫布上的、有畫在美耐板上的、有繡在天鵝絨上；有用金屬顏料畫的沃荷、有用絲印墨畫的沃荷、有用鉛筆畫的沃荷、有用聚合體塑的沃荷、有用金箔貼成的沃荷；有木頭的沃荷、有金屬的沃荷、有乙烯基塑膠的沃荷、有滌綸棉的沃荷、有烤漆銅的沃荷；有印在明信片上的沃荷，有印在紙袋上的沃荷、有照片馬賽克的沃荷、有多重曝光的沃荷、有轉染法的沃荷、有拍立得的沃荷。有顯示沃荷槍傷疤痕的照片，有顯示沃荷的「工廠」的照片，還有一張顯示他擺著遊客的拍照姿勢，站在天安門大廣場毛澤東大照片下方。他對布麗塔說過：「我之所以為我，祕密在於我總是只以半個人現身人前。」但這一次，在這家美術館裡，他卻整個人現身了，透過顏料的「存有大連環」[37]的再加工，透過一雙磨光過的俄國人眼睛，打量著參觀的群眾。

布麗塔聽到有人喊她的名字。她轉過身，看到一個年輕女子用嘴形說了個無聲的「嗨」字。

「我從妳的答錄機留言知道妳今晚七或八點也許會在這裡。」

「我是要讓一位約了我吃晚餐的朋友知道我在哪裡。」

「記得我嗎？」

「凱倫，對不對？」

「妳知道我為什麼來紐約嗎？」

「我恐怕要問妳才會知道。」

「我是來找比爾的。」她說。

*

他敞在床上睜大眼睛，四周一片幽黑。他身體左側的腸子發出呻吟。他意識到喉嚨裡積聚了一大把痰，但他不想下床，便一骨碌把黏糊糊的痰吞到肚子裡去。這就是他人生的肌理。如果有誰可以如實寫出他的傳記，那這部傳記必然會是一部記載脹氣、心律不整、磨牙、頭昏昏和呼吸不順的編年史，裡面還必然會細細描述比爾是怎樣離開桌子走到浴室去吐痰，或是以同樣詳細的筆觸描寫他是待在哪裡和把痰吞進肚子。書中也將會有一些放大的照片，讓讀者看到他的痰包

㊲「存有大連環」是中世紀一個神學觀念，認為世間的一切都互相關聯，自上帝以降，從天使到人類到動物到植物到石頭，都有著一種高低層級的連鎖關係。

含哪些內容：凝結成橢圓體的細胞、水、有機黏液、礦物鹽和多斑點的菸鹼。這些都是他自己的選擇，是他的白晝與黑夜。孤獨的生活讓他有記住這些瞬間的傾向，換成是別人，早在擁擠的街道或房間把它們忘得一乾二淨。他深深生活在這些無比零碎的暫停瞬間裡。它們死巴著他不放。他是一家坐著的工廠，專生產屁和嗝。這就是他的謀生之道：坐著和咳嗽，吐痰和放屁。他看見自己瞪著落在打字機上的頭髮。他欠身在橢圓形藥片的上方，聽著刀子切割的沙沙聲。在無眠之夜，他會把克里夫蘭印第安人隊在一九三八年的打擊順序背誦一遍。他看見他們在壘包上各就各位，身穿老舊的制服，手上戴著被曬白的棒球手套，滿臉信心十足的樣子。那些棒球員是他的晚禱，是他對上帝的虔敬祈求，是他永恆不變的禱詞。他會走過走廊去吐痰或尿尿。他會站在窗前夢遊。這就是他看到的自己。凡是不能細究這些面向的傳記家都無由曲盡比爾真實人生的全貌。

他的書（散發著微微的嬰兒口水味）就站在門外。他聽見它肅穆地呻吟著，聲音如同他肚子裡的脹氣聲一樣凝重。

第二天早上有人敲門。當時比爾坐在一把椅子上，除鞋襪以外穿戴整齊，正在剪腳趾甲。來客是喬治・哈達德。比爾對此只微感驚訝。他回到椅子，繼續剪他的腳趾甲。喬治站在一個沒傢俱的角落，雙手合抱胸前。

「我覺得我們應該私下談談。昨晚因為埃弗森先生在場，我有點未能暢所欲言。而且那時才剛發生過炸彈爆炸，不是進行建設性對話的好時機。再說倫敦也不是一個適合深談的地方。它是西方世界最新一個語言坑。」

「我們要談些什麼？」

「那個年輕人現在不可能有救了。我甚至不是說他不可能會獲得釋放。他的生命危在旦夕，除非我們另謀辦法，而這個辦法必須是沒有組織性壓力和沒有警方介入的。」

「你不是說過他的自由有賴於媒體？我們有可能不靠媒體把他救出來嗎？」

「倫敦已經失敗了。這裡每個人都帶著自己的一本劇本。沒有人談論觀念。我想我們必須刪減這次行動的規模。」

「炸彈已經起了這種效果。」

「我是說徹底的刪減，刪減到只剩你和我的程度。讓我們彼此互信，到別的地方另起爐灶。我現在住在雅典，在希美學院主持一門討論課。雖然不敢保證成功，但我想我非常有可能安排你跟一個人會面，而這個人名副其實有權打開地牢的門，把人質給放出來。」

比爾沒說話。片刻之後，喬治在一張靠窗的椅子坐下。

「昨天晚上我其實還有一件事情想問你。」

「什麼事？」

「你有使用文字處理器嗎？」

比爾右腳向左手彎著，正在用弧形的剪刀刃修剪大腳趾上那片向內長彎了的厚硬腳趾甲。聽了喬治的問題，他停下來片刻，搖了搖頭。

「我問你這個，是因為我發現自己少不了文字處理器。它可以移動任何單字，移動一整段，甚至把一百頁給移來移去，還可以即時改正錯字。在為課堂準備講義時，我發現文字處理器可以幫我組織思緒，方便我修改內容。對像你這樣喜歡修改和潤色的作家，文字處理器一定會大派用場。」

比爾搖頭表示他用不著。

「當然，我也問過自己，在目前的環境下，他到雅典去會有什麼好處呢？對了，比爾，你會怎樣稱呼目前的環境？」

「晦暗不明。」

「我問過自己，他有什麼理由要答應呢？他會得到什麼好處呢？」

「你的答案是什麼？」

「一無好處。沒有最起碼的保障，有的只是風險。任何旁觀者都會指出，此舉有可能會讓你的人身安全受到威脅。」

「我得去買件襯衫。」比爾說。

「雅典是個適宜深談的地方。它的交通雖然混亂，但這混亂底下卻有些什麼成分可以讓人更理性和更平靜地交談，從而消除歧見。我這麼說並不表示我認為你我之間在觀念的層次上存在重大分歧。事實恰好相反。但我們需要來一場對話，比爾。一場沒有腳鐐枷鎖的對話。在雅典，沒有人會給我們設定指導方針或發出最後通牒。我家有一個視野廣闊的陽台。」

比爾跟附近醫院的醫生一起吃了早餐。正午前他把行李打包好，走到房門時回頭望了一望，以確定沒有什麼漏了帶。在大堂辦好退房手續後，他走了兩條街去到一個計程車招呼站。「看左」。「看右」。他想像查理站在鏡子前面打著一條鮮豔領帶，等待電話響起的樣子。一輛計程車從街角轉出，朝他迎面開來，黑色的車身抹拭得極為光亮。他上了車，搖下車窗，向椅背一挨。這是他這段時間以來第一次想著那個人質。

10

在邁向五月尾的這當兒，史考特還在開列各種清單，以提醒自己有什麼事需要做，然後一一執行，一個項目執行完畢換下一個項目，一間房間整理完畢換下一間房間。當然，有哪些清單需要開列這本身就足以構成一份清單，而一份清單裡的某個項目有時也可能衍生出一張全新的清單。他知道，只要一個不小心，他就會落入清單的迷魂陣而忽略了真正需要做的事情。清單所代表的秩序井然箇中自有樂趣。開列清單，每完成一件工作後刪去清單上一個項目：這種事可以帶給人一種滿足感，讓人覺得自己正在創造一個新天新地。

他知道凱倫去了哪裡，卻始終沒收到狗娘養比爾的隻言片語。

他在房子裡到處巡視，看有什麼需要整理補強的。他決心要把所有月結單、收據、郵件和各種紙頭給重新歸檔一遍。這些清單和工作的意義在這裡：當你把清單上的項目一一完成，把一張張清單揉成一團扔掉，到最後一張清單都不剩之後，你就可以向自己證明你能夠一個人生活。

此刻，他坐在工作間的書桌前面，進行清掃打字機的工作。他往打字鍵吹氣，又用一條濕抹布抹去沾在毛毯腕墊上的灰塵和髮絲。他打開書桌右邊的抽屜，心裡想著他清單中的下一個大項目：他計畫把所有讀者來函重新編排一次。抽屜裡放著兩個舊手錶、一些郵票、橡皮圈、橡皮擦和外國錢幣。

比爾不是那種開列清單型的小說家。他不喜歡讓一句句子延伸太長，認為這會讓句子失去分量和鋒利。他也對命名事物和列舉事物毫不感興趣，不認為強行穿透物與物或字與字的關係有絲毫樂趣可言。他喜歡的是會呼吸的句子，搏動著清新的豐茂。

史考特站起來望向牆上的圖表，它們是比爾那部長篇小說的藍圖。過去八年多以來，他從未把這些圖表看得如此仔細。這些大大張起了褐斑的紙上面佈滿各種神祕塗鴉。就連把紙張黏在牆壁上的膠帶都已經因為久經日曬而微微鬆弛。各種箭頭、草書、象形文字和那些把迥異成分連接在一起的線條，全都引人好奇。其中帶著點原始和勇敢的味道。至少這是史考特的感覺，他細細打量每一張紙張。它們設法把不同的主題和不同的角色連接在一起，著了魔似地想要讓一切發生交會和保持穩定。真是一部吃盡了苦頭的小說。多年前比爾在半醉但頭腦還清醒時潦草地在圖表上寫下過一句話：「小說假如不能吸收我們的驚恐就了無意義。」

查理．埃弗森沒有回電。他要嘛是不知道比爾的去向，要嘛是知道卻不願告訴史考特。但史考特不認為有人知道比爾的去向，因為不讓任何人知道他去了哪裡正是比爾這一次失蹤的本質。

比爾這一次是在模擬死亡。

他再次坐下，臉湊到打字機前面，對著一個一個打字鍵用力吹氣。

比爾會找人來給他拍照，不是為了要從隱匿復出，而是為了隱匿得更深，是為了修改自己隱遁的條款。他讓自己曝光，目的是製造一場危機，讓他更有理由強化自己的隱藏。多年來一直有各種關於比爾的謠言：有說他死了，有說他住在加拿大的馬尼托巴湖，有說他已經改名換姓，有說他已經封筆，永不再創作。這些都是世界最古老的謠言，與其說是有關於比爾本人，不如說是為了滿足人們創造傳奇故事的需要。不過這一次卻輪到比爾自己來設計自己的死亡與再生。這讓史考特想起一些著名領袖是如何透過消失然後搬演一齣彌賽亞式的復出戲碼來奪取更大的權力。毛澤東當然就是其中的佼佼者。報紙刊登過他已死的謠言許多次，或是說他死了，或是說他病了，或是說他老得無法再推動一次革命。前不久史考特才看過一幅毛澤東橫渡長江的照片，那時的毛澤東已經七十二歲高齡，而且退隱了很久，卻突然現身在公眾面前，還游了九英里的泳。照片中，毛澤東老耄的頭突出於江面上，快速前進，又像神又像漫畫人物。

他拉開書桌右邊的抽屜，找到更多外國錢幣、一些燕尾夾和幾張過期的駕駛執照。他知道凱倫在哪裡：表情茫然地走在曼哈頓，往一棟棟大樓的接待處打聽。他下一件大工程是重新整理讀者來函，設法把它們按日期順序和寄出地點編排——先是一個國家一個國家分類，再一個州一個州分類。

他把臉湊向打字鍵，用力吹氣。

他抬起打字機前端，用濕抹布抹在墊板上，抹去灰塵和髮絲。

毛澤東用照片來宣示自己的復出和證明自己的精力，用它們來重啟革命。反觀比爾的照片卻是一則死亡啟事。他的映像還沒有登出，他便已經不見了。這是他想要獲得完全消失的關鍵性步驟。他想要從所有人面前消失，包括那些他多年來愛著和信賴的人。他將會以自己的方式復出，住在某個更遙遠的地方，採取這種或那種的偽裝。史考特猜想那些照片也許會讓比爾看起來更老——不是比照片更老，而是比原來更老。他因為拍了那些照片而變得更老。那些照片將是一種轉化的手段。它們將會顯示出他怎樣看待世界，並給予他一個離開的出發點。凡是印有我們肖像的照片都讓我們有兩個選擇：選擇航向它還是遠離它。

他拉開中間一格抽屜，找到一把細長的黑色刷子，一些郵票、橡皮圈和舊的鉛便士，還有一瓶修正液。

比爾應該會重拾那小說的寫作工作。它是他復出的重點。他到時大概會擁有煥然一新的精力，會把小說給大砍大刪，把它開膛破肚，把它從星期一改寫到星期天。他會變成新造的人，會握有重建的祕密力量。史考特想像著比爾弓著背坐在桌子前重新耕耘他的老園地的樣子。

他抬起打字機的外殼，用那把黑色刷子清理臂桿。

他把臉湊向打字鍵，用力吹氣。

凱倫因為比爾的消失而頓失生活重心。她變得心不在焉而失魂落魄。史考特想念她，理由超過他能說得出來的各種理由。他半恨著她，又盼望她回來。她是個充滿愛心的人，對什麼都感到驚奇，會讓人在夢中夢見她是妹妹，卻又不會在醒來時因為發現她睡在身旁而覺得羞愧或矛盾。每逢聽到地板發出吱嘎聲，她都會認為是武裝人員來襲。她總是處於無以名之的高度警戒狀態。她常常對他說：如果別人知道我腦子裡想些什麼，一定會把我永遠隔絕於社會。聽到這個，他會回答說：我們早已把自己永久隔絕於社會。老舊的黑色打字鍵因歷經多年的焦慮敲擊而骯髒無比。他用濕抹布把打字鍵一個一個地擦拭。這種小小的修復工作讓他感受到某種快樂，感受到一種因堅持而產生的尊嚴。

埃弗森在他的摩天城堡裡守口如瓶。毛澤東在他的河流裡如魚得水。前一晚，史考特在電視看了一個遊客在中國農村拍的短片。影片中，一個中國的基督教派在河邊集會，準備要集體升天，只見一些青年男女走入河裡，手高舉著，然後被水捲走，很多人都被沖到下游去。影片搖搖晃晃，取鏡專斷，處處流露出它是一個業餘攝影者的即興之作。但電視台刻意用慢鏡頭播放，有時會停格下來，又會給浮在水面上的人頭畫上圓圈。影片連播了兩次，只見一行主要是穿白色衣服的人列隊走向河邊，三三兩兩走入水中，頭沉沒後雙手猶高舉著。只可惜凱倫沒看到這影片，這些畫面是我們可愛的凱倫的最愛。她目前心不在焉而失魂落魄。史考特重新望向牆上的圖表。他計畫把讀者來信按寄出地點重新分類，也考慮按讀者提到的哪一部小說來分類，問題是，很多來信都同時提到兩部小說，也有些一部都沒提，只談些哲學問題或是提到自己有寫作的願望，或談其他有的沒的。比爾正在逃離他的照片。整件烏事是他一手策劃，一如他給自己幻想出各種印象主義式病痛，再用藥物去控制它們。

他把臉湊向打字鍵，用力吹氣。

他拉開右手邊下面一格抽屜。那是一個深抽屜，專供存放檔案夾。他找到幾本舊護照、舊的銀行存摺和比爾女兒莉斯寄來的明信片。

當然，少了史考特，比爾的復出就會是不完整的。所以，到了時機成熟，比爾一定會跟他聯絡。也許透過一通電話，也許是透過一封言簡意賅的信。屆時，史考特將幫他處理房子和傢俱事宜，把該辦的各種法律手續辦妥，接著是花很多天時間把手稿和書籍裝箱，寄去給比爾。之後，等各種最後的小事都處理好之後，他就會開上一趟長途夜車去與比爾會合，展開他們的新生活。

檔案抽屜裡有一小捆比爾姊姊的來信。史考特本來就知道比爾有一個姊姊，知道他們姊弟兩人曾在中西部和大平原的不同地點住過。她最後一封來信是寫於十一年前，所以說不定她已經作古。他找到比爾的退伍令和一些保單，還有一份標題作「出生記錄已歸檔通知書」的文件，上面指出當事人的出生記錄已經歸了檔，被保存在愛荷華州德梅因市的註冊署內。信件近底部蓋著一個商務廳的印璽。通知書上的出生日期與比爾的出生日期一樣（史考特在比爾填寫的文件表格上看過許多次），小孩的名字是威拉德·斯坎二世。

他把臉湊向打字鍵，用力吹氣。

他把打字機和桌上其他東西搬到電暖器的散熱罩上頭，用濕抹布把桌面給抹了一遍。

他把那張退伍令更仔細看了一遍，看見退伍者的名字和通知書上的一模一樣。

比爾不是個自傳性作家，所以，你不可能從他的小說找到線索，得知他的生命是受到哪些影響力的形塑。他的體液或骨髓（換言之是他靈魂的喊叫）也許會隨機地散落在書頁各處，但你不可能找到隻言片語涉及他是在哪裡出生、哪裡長大，或他父親是個怎樣的人。

史考特把打字機搬回書桌上。

那名字[38]聽起來像是銀行搶匪。或像一九三〇年代那種頭髮中分的剽悍次中量級拳擊手。又說不定是個每幹兩票買賣之間會用打拳擊掩飾身分的銀行搶匪。

他讀了一些信件。他讀了莉斯寄來的明信片。他翻看貼在過期護照上的大頭照和蓋在老舊內頁裡的地名印章。他讀了比爾姊姊克萊兒寫來的其他信件，一面讀一面把椅子移到窗前，因為天色已開始昏暗。信件裡談的都是些關於天氣、小孩和小病痛的家常事，分行信紙上的藍墨跡已經淡化。

這屋子裡太多紙張文件了。

然後他打開燈，開始開列清單，直到晚餐時間方才下樓去。

*

她找那個住在離布麗塔半條街遠、以垃圾袋為家的女人談過話。這女人對捆捆紮紮很有一套。想要活下去就表示你必須把你佔據的空間縮窄，以免招來不利的注意；也表示你必須把所有家當捆起來紮起來，藏在不同的塑膠袋裡，再把這些塑膠袋藏在別的塑膠袋裡，好讓你看來只有一塑膠袋的家當。那個女人本身也是藏在塑膠袋的某處，與她的所有家當包在一起。凱倫問她都是吃些什麼，問她有沒有吃過熱食，問她有沒有什麼需要幫忙，總之都是問些實際問題。那女人從垃圾袋口探出頭望她，露出兩隻黑眼睛和一張煤灰臉，幾乎毫無反應。那些煤灰顯然已沉澱在臉孔深處，成為她的人格肌理的一部分。

你很難找到一種讓不幸窮人聽得懂的語言。只要你一個字說不對，他們便會馬上兩眼茫然。

她看見一個男人一面穿過地鐵車廂，嘴裡一面反覆說著：「我身體側邊有個洞。」他甚至沒有開口乞討或抖動塑膠杯子，只是不斷從一個車廂走到另一個車廂，不斷說著上述的話。他的步履很穩定，顯示出哪怕一個人身體千瘡百孔，久而久之一樣可以適應地鐵列車的韻律。她試著讀懂列車上用西班牙文書寫的緊急逃生指示。她懷疑一定是這城市的許多隧道和地洞在作祟，不然不會有那麼多人自以為是耶穌。

㊳指比爾爸爸的名字。比爾原名威拉德．斯坎二世，由此可知他爸爸名叫威拉德．斯坎。

在住宅區，她看到一些把領帶當成頭飾戴的中學生。他們把領帶圈拉大，套在額上，讓領結固定在右耳上方，讓領帶舌垂在肩前。他們又用書包彼此射擊，換言之是把掛在肩上的書包假裝成烏茲衝鋒槍揮擺，嘴唇發出嗖嗖聲。只有天主教學校的學生會在放學回家的路上還穿校服。她記起自己曾經與一些修女同乘一輛旅行車，又曾在一場美式足球賽走在她們中間。她們穿的是黑白兩色，她穿的是五顏六色。

她有時會碰到自來水總管破裂或蒸氣輸送管爆炸的事情，這時，石綿就會亂飛，泥巴會從坍陷的路面噴濺出來，而站在四周圍觀的路人會說：「這裡簡直就是貝魯特，簡直就是貝魯特。」

在閣樓裡，她打量一張拍於難民營的照片。整張照片都是擠在一起的小孩，大部分小孩都揮舞著雙手，看得見淡色的手掌。他們全都看著同一個方向，都是些剃光頭、黑皮膚的小孩，揮著手要吸引人注意，加起來一共有幾百人。不過你很容易便會感覺到，這幾百個你推我擠的小孩四周其實還站著幾千個小孩。她注意到，在照片的右上角，有個表情憂心忡忡的男人被夾在那幾百個互相推擠又揮著手的小孩中間。他頭戴針織帽，一隻手放在額頭前面，看樣子是想擋住閃光燈的燈光。所有小孩都是望著鏡頭的方向，唯有他是斜對著鏡頭，望著照片邊緣之外。他不像是個政府官員或領袖。他是群眾的一部分，卻茫然失措，被卡在那張塞滿揮手小孩的相紙之中。相片中看不見半點地面或天空或地平線，而她懷疑，所有面對鏡頭蹙眉的小孩是在揮手要東西吃。他們是在向相機後頭一輛輛載滿食物的貨車揮手嗎，還是說他們只是向著相機揮手，以為相機代表著有食物可吃？他們看見有人拿著個相機走來，便以為可以討到東西吃。至於那個神情茫然的男人，他的心思既不在食物上也不在相機上，而是想著自己要怎樣才能脫困，不致被踩扁。

布麗塔說：「我不介意妳在這裡住一陣子，但妳我都知道，我遲早都得趕妳走，而那一天不會為時太久。我告訴過妳了，這附近不會找到比爾。」

「我不是要在街上逐張臉找比爾。我只是想利用這段時間離開史考特一陣子。我打算在腦子裡找比爾，想想他可能會去了哪裡。」

「妳和史考特是怎麼啦？」

「我在許多方面都是真的愛著史考特。唉，這話有夠彆扭的，妳就當我沒說過吧。我真的愛著他，只是我們不會再像從前那樣聊個不停。事實上，我們沒有勇氣再跟彼此說話。我們心照不宣地同意讓這情況惡化下去，看看會發生什麼事情。換言之我們是任由情況發膿潰爛。比爾的房子裡只剩我們兩個，而他又整天找事情給自己做，忙個沒完。我們以前都是聊個不停。」

布麗塔要出遠門給作家拍照，便把鑰匙和一些錢留給了凱倫。她教了凱倫怎樣餵貓，怎樣開關門鎖和保全系統，又留了幾個可以在不同日期找到她的電話號碼（包括舊金山、東京和漢城㊴

㊴二〇〇五年後漢城中譯名改為首爾。本書於一九九一年出版。

的號碼）。

她走在街上時會感到一種警告氛圍，意識到自己正在發光，路上的人車也在發光。這光先是像一道電光那樣通過她手臂，然後一陣痛楚會隨之而來，周流遍在，彷彿是從神經元流出，深入得足以讓皮膚龜裂。有幾十秒鐘時間（大概是半分鐘），她什麼都看不見，或是只看到一片熾烈模糊的白光。她頭腦暈眩地佇立著，等待街道重新出現，讓她可以再次走在上面，讓她可以回到平常所看到的各種事物和平面和附在它們上面的文字。

她叫了一輛計程車回公寓。她開始坐計程車去這去那。駕駛這些黃色計程車的都是一些名字稀奇古怪的司機，有來自海地，有來自伊朗，有來自斯里蘭卡，有來自葉門。他們的名字是那麼的奇特，讓她不禁懷疑司機證上的姓和名是不是印反了。凱倫會跟他們搭訕。這城市的人臉太多了，讓她暈頭轉向，所以有必要想辦法把不同的臉給區分開來。一個司機說他是葉門人，她便設法想像葉門是個怎樣的地方。她也遇過錫克教徒和埃及人。她透過分隔柵或把嘴巴湊到付款口問這些司機各種問題，問他們家裡的情況，問他們有哪些宗教儀式要守，問他們禱告時臉是不是朝向東方。

她在商店購物袋、牛奶板條箱和大廈外牆的海報上看到一些失蹤小孩的照片，又聽說有些女人會把小嬰兒送人或放在垃圾桶裡。她從計程車看到這公園。她看到這地球最標準化的生活，看到上班族在玻璃帷幕大樓下面穿過馬路，看到人們坐在巴士上，深信自己一定會到得了目的地。

她看見有些人睡在地下道或斜坡道上，臉隱藏在被鋪下面，髒兮兮的腳露在外頭，全部家當綁成一捆，繫在膝蓋上。

「新力」，「米塔」，「麒麟」，「麥格諾」，「米多里」。

她看見一些滿臉煤灰的人推著購物車，裡面放滿捆紮著的東西，走在路上，像是永不停歇的朝聖者，不過，他們大概愈走便會愈開始思索接下來十分鐘該怎麼打發，把耶路撒冷忘到九霄雲外。

她開始會在腦海看到路人突然倒下的畫面。有時，一個路人好端端走著，她卻會看見他突然頭或身體哪裡被砍掉，倒在地上，再恍恍惚惚地爬起來。有時，看到一個路人跨出人行道時，她腦海裡會出現那人被車撞上和倒臥血泊的畫面。

她去到了這個公園。這是一個你去了之後會常常停下腳步來的地方。這裡是一座帳篷城市，到處都是用紙皮箱或貨櫃拼湊出來的小屋，覆蓋著藍色塑膠布，讓她想到兩個字：披屋。這裡像是難民營，或是鄉郊小鎮的破落邊緣地帶。她看見貝形演奏台㊵上放著許多被鋪，一些身體蠢動著，然後，一個靜止的被鋪突然發生擾動，坐起來一個男人，跪著，咳出一口血。她走路的姿勢

㊵ 公園裡的露天演奏場地，後方有一半拱頂形的結構，充當增音板。

硬邦邦，就像是嘲笑自己的好奇心或隱藏自己的震驚。一些血絲懸掛在那男人的嘴巴上。公園長凳上也是睡滿了人，兒童池塘的欄杆上晾曬著一些被褥。紙皮屋外頭放著些木炭爐子和刮鬍鬚用的鏡子，空油桶裡生起的火冒著煙。眼前的景象像是另一個世界，卻鮮明有力，由一些團團轉但有血肉和有呼吸的影像構成，嗡嗡響著各種變體的英語——被生吞活剝過的英語。演奏台上的人個個衣衫襤褸，有些人的裝備略勝於其他人，但所有人的家當全都是捆起來的，放在牛奶板條箱或購物車裡。她看見一個男人坐在一把垮掉的扶手椅，旁邊是他睡覺用的大紙皮箱，樣子幾乎像個在自家平房外頭納涼的寓公。這個人用日常聲音自言自語，聽得出來多少受過點教育，有過一些財產和家人。看到凱倫，他馬上改為對她說話，就好像他一直都是在跟她說話。她現在站立的地點離貝形演奏台有一段距離，而從這個位置，她可以看到演奏台上有更多蠢動的身體。她這才意識到，縱深很深的整個演奏台其實全佈滿被鋪，到處都有人在走動，形成一道道像是慢慢展開的漣漪。當然也有些人是完全躺著不動的，他們藏在被鋪裡，心跳著，看不見臉又無名無姓。

她必須把腳步放得很慢才能壓抑住自己的震撼。她為了餵貓而回家去，但又馬上返回公園，坐上一輛牙買加人開的計程車，說是要去湯普金斯廣場公園。整個公園大概佔地十幾英畝，到處都是鴿子，但沒有一隻是飛起來的，而當她假裝要踢幾隻鴿子嚇嚇牠們時，牠們頂多是急忙跑開，沒有一隻表現出驚恐或振翅欲飛的樣子。人們三三兩兩，迎接向晚。不遠處發生了一起紛爭：一男一女推著一個老人的背要把他趕走，老人回手要揮開他們的手，卻一下子失去平衡，身體向後轉，狠狠摔了一跤。整件事情很快就被其他聲音事件淹沒。這裡發生的事情都是轉瞬即逝，難以留住。一輛迷你警車開過，像是從孟買卡通裡面跑出來。

夜幕來臨時，她正在跟一個小伙子聊天。對方是個高個子，身上的運動衫印著一排排的可口可樂圖案。他在公園的這個角落賣大麻，反覆念著有草賣啊有草賣，聲音先高後低，最後像是小貓的咪咪叫。路過的人都喊他歐馬。他有一張長臉、一個下斜的額頭和淺下巴，頭髮編成緊密的髮辮，以蜘蛛網形狀緊緊貼在頭皮上，每根髮辮的距離就像地圖一樣精準。

這個墮落的人繼續蹲著，想要從後口袋掏出什麼來。然後一個穿破外套和長筒球鞋的老白人經過，兩人交談了起來。

歐馬說：「有時你會碰到一個ＥＤＰ，然後就來了一些帶著電槍和可照瞎人手電筒的警察。」

「還有一應俱全的各種小配備。」

「他們有一種可以放出五萬伏特電力的槍，但玄的是，他們有時只會讓那傢伙慢下來。他們再電他，他卻還是可以再爬起來。這就是腎上腺素的威力。」

「什麼是ＥＤＰ？」

「『情緒失控者』。這種人嗑了甲基安非他命和古柯鹼就會所向無敵。是腎上腺素和體溫帶來的雙重效果。這絕對可以稱為high到最高點。」

貝形演奏台上繼續有人起床有人睡去，繼續有人坐著乾瞪眼，繼續有人在拉睡袋的拉鍊，繼續有人在抽菸。一種時高時低的嗡嗡聲不絕於耳，人們不斷互相應和著，讓凱倫聯想到正式的祈禱。一種聲音會引來另一種聲音，一下打呼聲會引來一下咒罵聲。一間斜著藍色塑膠布的披屋上頭插著一支所餘無幾的美國國旗。一男一女坐在一把海灘遮陽傘下面。一個女人在給一顆橙削皮。一個沒穿襯衫的男人臉朝下睡在一張長凳上，頭髮顏色和肩背的形狀都像極了比爾。

她聽到歐馬念著：**十美元一包啊十美元一包……**

有個人爬出一個盒子，搖搖晃晃地站了起來，然後跟在她屁股後面，用模糊不清的聲音向她乞討。這還是她到這公園之後第一次意識到別人是看得見她的，意識到這裡的絕望氣氛並沒有能讓她變得隱形。這不是個公共公園，而是個攸關生死的地帶，每樣事物都會被利用到最大程度。她意識到她先前看到過的人其實都**看得見**她。這一驚非同小可。她給了那男人一美元。他停下來，細細端詳那錢，表情看來憤恨不平，開始喃喃自語。

她聽到圍籬另一邊傳來一個女人的清脆講話聲：「多麼美好的春天晚上啊。」凱倫聽了又是一驚，因為講話的人愉快而有生氣，寥寥幾個字便道出她與四周的一切有多麼天差地別。

她思忖，要是先前那個男的拿了一美元之後不走開的話怎麼辦？她思忖，要是給他再多的錢他都不走開的話怎麼辦？

歐馬告訴她：「一旦開始露宿街頭，你念茲在茲的就只有街頭。知道我的意思嗎？這些人沒有其他的事情好想好談，唯一會想會談的就是自己所住的那個小糞坑。他們的屎坑愈小，它們在他們生命裡佔的比例就愈大。知道我的意思嗎？如果你住的是一棟那種狗屁大房子，你一個月頂多會想到它兩次，前後加起來不超過十秒鐘。但如果你住的是一個糞坑，它就會整天佔住你的心思。如果你的糞坑只剩一半，你就會加倍努力去讓它可堪居住。我不是在瞎掰，這是我的觀察心得。」

她試著想像那些蜷縮在披屋和帳篷裡的身體，看到的是一些不知是男是女的身體，穿著濕透衣服的，或是睡在硬紙板上，或是睡在從哪裡拖回來、積著長年污漬的舊床墊上。

她東張西望想要找到歐馬，但他已經走了。

所有七零八碎的家當全都捆起來和包起來，放在一個角落；把一件物件隱藏在另一件物件裡，把所有物件隱藏在單一物件裡，形成一個縱貫一生的無限可拆裝系統。她從東向西穿過公園，聽著許多入夢者所發出的喃喃自語聲。

第二天早上，她開始尋找可以兌換押金的空瓶子和空罐子，或是在公共垃圾桶裡和人行道上搜尋，或是在餐廳後巷的一包包垃圾內翻找。玻璃瓶、火柴盒、凹掉的鞋子——凡是可以再利用的東西她一概不放過。她把這些東西帶到公園，放在披屋的入口（如果她確定屋裡沒人的話就會直接推到屋內）。她還會溜進臭氣熏人的後巷，解開垃圾袋的結，倒出垃圾，帶走垃圾袋。她看不出來做這種事和在萬豪飯店的大堂賣美國石竹有多大差別。她會端詳垃圾桶，在拆卸工地的廢物堆轉悠，拿走石膏板、釘子和三夾板。不過她主要目標還是空瓶子和空罐子，換言之是可以換成錢的東西。

有個男人抬起自己手上的斷臂給她看，向她討了幾毛零錢。她找來一些壞掉的雨傘和一些瘀掉但還能吃的水果。她把水果洗過後拿到公園去。她把找到的一切帶到公園。她把這些東西放進那些拼湊屋裡。她看著人們把公園長凳變成有牆壁和有瓦屋頂的家。有個人對著公園養護處的牆壁大聲嘔吐，路過的一個公園管理人員連看都懶得看他一眼。這種事太家常便飯了。她看著貝形演奏台上的露宿者掙扎著從被鋪坐起來，彎著腰猛吸幾口大氣，然後抬起頭，茫然看著弧形路燈和懸掛在這片藍色營地上方的天空。

只有得到彌賽亞加持的人可以得救。

11

比爾站在一家賣宗教用品的商店門外。裡面放著許多大獎章似的聖像，每個聖像的頭後面都附著一個發光圓盤。他們把獵物全放在這裡了，他想。他們給許多聖徒命名，把他們放在商店櫥窗裡，毫不吝惜地給他們加上光環、十字架、盾或劍。這裡的教士同樣讓人印象深刻得要命。他到處都看得到他們，每個都是戴著圓帽子、蓄著濃鬍子，身上一襲飄逸長袍。他們每個都身體結實，就連較老的看起來也是一副健健康康的模樣。比爾心想，這些人某個意義下是不會死的，每個人都會被民族記憶記住，是承載著信仰和迷信的大黑船。

回到飯店房間之後，他開始思索那個人質的處境。他設法想像身處極端的孤獨是什麼樣的感受。他把尚—克勞德的詩重讀了許多遍，但仍然覺得這個瑞士人面目模糊。他設法想像他的臉、頭髮和眼珠顏色，然後他看到了那個地牢的顏色，看到了牆上的褪色油漆。他想像裡面放著哪些物件：一個用來裝食物的碗，以及一根從思想、知覺、回憶、感受、意志與想像建構出來的調羹。

然後他跑去找喬治・哈達德。

「你想喝點什麼，比爾？」

「少量輕輕倒入一個小杯子裡的本地白蘭地。」

「你找我想談什麼？」

「『塞姆汀H』。」

「我對炸藥的事一無所知。」

「但你認識對這事有所知的人。」

「我只是個獨行俠，只是代表某些觀念發言的發言人。人質放與不放的問題牽涉到複雜的派系角力。別以為我知道什麼重要的事情。我其實所知很少。」

「但你與那些知道得很多的人過從甚密。」

「英國的情治單位會這樣認為。」

「他們之中有人認為他們應該多保護一點那些尚未被綁架的作家。」

喬治抬起了頭。他今天穿著一件起皺的襯衫，領口打開，袖子捲起，看得見穿在下面的內衣。比爾看著他在房間走了一圈，再回到自己的威士忌和蘇打水旁邊。

「你所說的這個僅止於討論階段。」他最後說，「他們討論過要在貝魯特釋放一個作家，在倫敦抓另一個。這一定會馬上轟動世界。但他們又想到，英國警方的效率很高，一定會查到人質被藏在哪裡，並馬上採取行動。所以這個計畫的風險太大了——對綁架者和你來說都是如此。」

「別愁眉苦臉嘛。」

「你的人身安全被他們視為重中之重。所以，即便把你綁架，他們也會在幾天之內便放人。我承認這計畫是被討論過的，但僅止於討論，而且很快就被否決掉了。」

「接著那炸彈就爆炸了。這件事情我愈想就愈好懂。我本來不認為真會有炸彈。然而，就在炸彈爆炸的一剎那，我意識到這件事完全合乎邏輯。整件事情從一開始就讓我有不好的預感，覺得不只是要找我念一些詩為一個作家同僚請命那麼簡單。我一直有各種預感。例如，在倫敦的時候，我還沒有經過介紹便知道你是誰。當我從手上拔出玻璃屑時，我又覺得它已經跟了我一輩子。」

「事前沒有人知道你會在那棟建築的附近。」

「別愁眉苦臉嘛。」

「我的處境很尷尬，」喬治說，「你知道的，我希望事情可以在倫敦圓滿落幕。開一個記者會，讓你在會上讀出一篇支持該政治運動的宣言，然後大家握手，人質獲得釋放——這就是我的如意算盤。當然，前提是我要能說服得了你相信那政治運動值得支持。」

「但這不是你最頭痛的事，對不對？」

「的確不是。」

「你受到來自貝魯特的壓力。他們不想事情就這麼了結。」

「他們說不定最終還是會回心轉意，接受我的想法。我建議過該組織的領袖到雅典來，跟你碰面，然後兩人一起對媒體發表講話。我會有這種想法，是因為我覺得你和他之間有著某種精神上的血緣關係。兩個人都是地下人物，而且某個意義下分量相當。」

這時大門發出聲響，走進來喬治的太太和妙齡女兒。比爾半站起來，讓喬治介紹他們三個人彼此認識，然後是點頭和靦腆的微笑，接著兩個女的就往走廊去了。

「他自稱阿布．拉希德。我由衷相信你一定會被他深深吸引。」

「見過他的人都會被他深深吸引嗎？」

「我仍然相信他極願意來這裡見你。」

「那在他來之前呢？」

「我們可以利用這段時間好好談談。」

「進行一場對話？」

「正是。」喬治說。

「我一直相信，小說家和恐怖分子進行的是一場零和遊戲。」

「有意思。怎麼說？」

「恐怖分子的贏就是小說家的輸。他們愈是能影響大眾的意識，我們作為思想感情形塑者的力量就會愈加衰頹。他們愈是危險便表示我們愈不危險。」

「恐怖分子愈是恐怖，我們便愈不會感受到藝術作品的衝擊力。」

「我認為這種成反比的關係是那麼整齊規律，以致甚至是可以丈量的。」

「非常有意思的想法。」

「你真的這樣認為？」

「完全讓人目眩神迷。」

「貝克特41是最後一個有能力形塑人們所思所見的作家。自他以後，重要的作品都變成是由飛機爆炸和大樓坍塌所構成。這是新的悲劇敘事。」

「我知道你看到他們殺人傷人一定很不自在，因為坦白說，我深信你內心深處把他們視為我們這個時代唯一能有的英雄。」

「才不是。」

「怎樣會不是呢？你不是會佩服他們自願住在暗處和自願赴死的精神嗎？他們恨著的許多

41 英國劇作家，諾貝爾文學獎得主，著有《等待果陀》等。

東西也是你恨著的。你會佩服他們的自律和狡猾，佩服他們的生活有條不紊。在一個一切都朦朦朧朧和一切都過剩的社會裡，恐怖活動是唯一輪廓鮮明的行為。我們的一切都太多：太多的消費品，太多的資訊，多得夠用一萬輩子。可以稱之為一種惰性的歇斯底里。在這樣的社會裡，歷史是可能的嗎？還會有嚴肅的人嗎？哪樣的人才會被我們視為是嚴肅的？只有那些願意為信仰而殺人和為信仰而死的人。除此以外的其他一切都會被吸收掉。藝術家會被吸收掉，街上的瘋子也會被吸收掉，經過加工處理而被整併到體制裡。只要給他一美元或把他放到電視廣告裡便辦得到。只有恐怖分子是站在這一切之外的。西方文化想不出來要怎樣同化他們，會在看見他們殺死無辜者時感到茫然困惑。但那正好是一種可以引起矚目的語言，一種西方唯一聽得懂的語言。他們決定了我們用什麼眼光看他們。他們在無窮無盡和急流奔湧的媒體影像裡稱王稱霸。比爾，我在倫敦的時候便說過，最能理解恐怖分子祕密內心世界的人莫過於小說家，你們了解那種因為沒沒無聞和受忽視所萌生的憤怒。你們小說家都是半個恐怖分子，大部分都是。」

他覺得這番輪調很有說服力，愉快地微笑起來，無視於比爾的擺手和搖頭。

「才不是這樣。把恐怖分子形容為孤獨的亡命徒純粹是個神話。他們都是有組織的，背後有著一些獨裁政府的支持。他們相當於微型的絕對獨裁國家，受到一個歷史悠久又狂亂的願景驅策，以為大破才有大立，相信完全的破壞可以帶來完全的秩序。」

「恐怖是一股開始於一間小房間裡一小撮人的力量。他們是不是自律極嚴呢？他們的意志力是不是無疵可尋呢？當然是。我想你必須選邊站，不能老是用安全的論證安慰自己。以那些被踐踏和被壓迫的人來說好了，這些人不是渴望著秩序嗎？誰能把秩序帶給他們呢？想想看毛主席的例子吧，秩序和不斷革命是並行不悖的。」

「想想看那五千萬的紅衛兵吧。」

「他們其實只是些小孩，比爾。我說的事情是關於信仰的。要取得光明難免有時會需要愚蠢，有時會需要殘忍。今天到處都有背著來福槍的年輕孩子。年輕人具有一種完全成形的殘忍和牛脾氣。我在倫敦的時候便說過，愈冷血的行為就愈可引人注目。」

「一種立場愈難辯護你便愈是巧舌如簧。這也是一種牛脾氣。」

他們又喝了一杯，面對面坐著。吵鬧的街上反覆有摩托車飛馳而過。

「你為之發言的是一個毛派的小派系嗎？」

「我為之發言的是一個觀念。那是一個願景，在這個願景裡，黎巴嫩沒有敘利亞人、巴勒斯坦人和以色列人，也沒有伊朗志願軍，沒有宗教戰爭。我們需要的是一個超越所有苦難歷史之上的模式。某種巨大而凌駕一切的東西。我們需要的是一個絕對的領導人。這是最關鍵的，比爾。凡是掙扎著要重新站起來的社會，都需要一種絕對的政體和一個絕對的權威。」

「即便我可以看出一個絕對權威有什麼用處，我的寫作經驗都讓我對這種玩意兒敬而遠之。我的寫作經驗告訴我，獨裁是行不通的，絕對的獨裁只會讓一部作品毀掉。有無數次，我筆下的角色都強力抗拒我全面控制他們的企圖。我需要內在的異議者，需要自我爭辯。每當我以為自己是小說裡那個世界的掌控者，它就會分崩離析。」

他搖熄一根火柴，拿在手裡。

「你知道我為什麼信仰小說嗎？因為它是一聲民主的吶喊。任何人都可以寫出一部偉大的小說，幾乎街上每一個門外漢都做得到。我相信這個，喬治。一樣可以坐下來，找到自己的聲音。你一定以為我說的是天方夜譚，否則嘴巴不會張得大大的。小說。每一部小說都不同於另一部小說，每一個聲音都不同於另一個聲音。好小說總包含曖昧、矛盾、低語、暗示，而這些都是你想要摧毀的。」

說到這裡，他相當意外地發現自己竟然生氣了起來。

「當一個小說家江郎才盡，他就會以合乎民主的方式死去。因為人人都會看得出來他所寫的垃圾合該扔到糞坑裡。」

*

他的藥吃光了，全消化和吸收掉了。他決定不要再依賴藥物，甚至懶得到附近的藥房看看是否買得到他一直在用的藥。雖然跟查理的聯合大企業切斷了聯絡，但他心想飯店房租和餐費說不定還是可以報帳。他做著的畢竟是有益人類福祉的事情。

在這地方，他得要爬坡才能喝到酒。

他會多看路上碰到的每個教士一眼，又在一家古老的小教堂裡待了半分鐘。這教堂非常小，楔在一棟現代大樓的柱子之間，涼爽陰暗，點著蠟燭，是個可以讓人躲避時間隆隆聲的一人避難所。

他常常迷路。每次走出飯店房間他總會迷路，因為他總是往左走，而電梯總是在右邊。有一次，他忘了自己身在哪個城市，然後看到有四個禮兵值完勤要返回營房，在人行道上向他迎面而來，身穿刺繡束腰外衣，肩上扛著上了刺刀的來福槍。他憑這個得知自己不是在威斯康辛州的密爾瓦基。

他爬了一個坡去到一間小酒館，用手指指了指另三桌客人桌上各一種菜，以這種方法點了他想要的東西。這不是因為侍者不懂英語。他要嘛是忘了侍者懂英語，要嘛是不想說話。也許他喜歡用手指指東西這個動作。這種動作可以強化人的孤獨感，推進自己的道德強度。他已近於想要取消一切相干和不相干事情的邊緣，近於想要取消一切必要和非必要的邊緣，所以何不從語言取消起？

但他想要設法描寫那個人質的處境。這是他唯一可以深入思索一個主題的方法。自從離家以來，這是他第一次想念他的打字機。它是方便的記憶工具，也有助於耐性的思考。打字機可以讓他擺脫自己笨拙雙手的羈絆，讓他更容易找到恰當的字眼，讓他建構出一下子就進入角色世界的句子。但現在他不得不將就於鉛筆和便條本，慢慢建立思想鏈索，讓文字帶領他進入那個關著人質的地牢。

找出你和他之間的輻合之處。

重讀他的詩。

在文字中看見他的臉和手。

他睡的發泡膠床墊上有一片污漬，散發出睡了一輩子的臭味。空氣死沉沉，瀰漫著粒子，這是因為，每當砲擊進入白熱化，牆壁上的灰泥便會震飛。他品嘗這空氣，感覺到粒子沉澱到他的眼睛和耳朵裡。他們忘了把他扣在水管上的手腕鬆開，這讓他無法到馬桶去小便。他腎臟裡的疼痛是與「時間」綁在一起的，會跟著「時間」一起抽痛，會道出「時間」是如何努力著要愈走愈慢。餵他吃飯的人奉命不得跟他講話。

是誰負責餵他吃東西的？那個人會是穿什麼樣的衣服？

人質看得見自己在世人眼中的憔悴形象，並知道自己因所受的苦讓每個人覺得羞慚而獲頒低階聖徒的地位。

簡練些吧，比爾。

*

喬治扭動曲柄轉開木頭百葉窗。光線和噪音一下子湧進了客廳，而比爾給自己倒了另一杯酒。他意識到，自從沒吃藥之後，他身上的各種症狀已全部消失。

「我還是想說服你買一部。它可以即時改正錯字，讓文本變得輕盈和有可鍛性。它不會拘限或抑制你的文思。所以說，如果你真是需要把你那部小說一改再改的話，一部文字處理器可以妙用無窮。」

「你說那個人到底來是不來？」

「我一直在盡全力促成這件事。」

「他不想來這裡的話我也可以到他那裡去。對我來說沒差。」

「相信我，這有差。」

「你知道把一個作家關在地窖裡意味著什麼？意味著一個創造詞語和句子的心靈被摧毀。」

「我得提醒你，文字的神聖可分成很多種。珍貴的詩句往往是在無視四周環境的情況下寫成的。窮人、年輕人都是一些白紙，你想在他們上面寫什麼都可以──這是毛主席說過的。他寫了又寫。他變成了書寫在群眾上的中國歷史。他的話語變得不朽，受到整個民族的研究、複述、背誦。」

「那叫念咒。人們念的只是公式和口號。」

「在毛主席的中國，人人走路時都會帶著一本書，而且不是為了娛樂或打發時間才帶著它。

那是什麼書？毛語錄。記載著毛主席話語的小紅書。這書是人民的聖經，人們到哪去都會帶著。他們會引用它、揮舞它，無時無刻不展示它。毫無疑問的是，人民在做愛時也會人手一本。」

「這樣的性生活很爛，爛透了。」

「當然是爛透了，但我驚訝於你會是這種陳腐反應。我們會背誦那些可以作為鬥爭指導方針的作品。把一本書的內容背下來，我們就不用擔心它會變形褪色。它會變得神聖而不可碰觸。小孩會記得父母說過的故事的每個細節。他們想要把同一個故事一聽再聽，而且是一字不易的，只要你改掉一個字，他們就會不高興。每個文化想要存續，也需要這樣的不易敘事。在中國，這不易的敘事就是毛主席的敘事。人民牢記它和引用它，以一再確認他們革命的原初宗旨。這樣，毛主席的經驗就不會受到外來力量所污染。它變成了幾億人口的活的記憶。崇拜毛主席等於崇拜毛語錄。它是一個對團結一致的呼籲，是在召喚穿一樣衣服的群眾想一樣的思想。你看不出來箇中的美嗎？你和我不是都知道，寫作時重複某些單詞或句子是可以產生力量感和美感的嗎？你看書都會走到房間去看，但中國人民卻會走出房間。他們變成了揮舞書本的群眾。毛主席說過：『我們的神不外就是中國的人民群眾。』而你怕的正是這個：怕歷史會落入群眾的手中。」

「我不是大願景家，喬治。我只是個句子師傅，做的事和甜甜圈師傅無甚分別，只是手腳較慢。所以別跟我談什麼歷史了。」

「毛主席是個詩人，在一些重要的方面是個依賴於群眾的無產階級人士，但同時又是一個絕對領袖。你說你是句子師傅比爾，但我卻不難想像你就是住在中國，穿著寬大的棉衣棉褲，以單車代步，睡在一間小房間。你完全有成為一個毛派的潛質，比爾，而且比我還勝任愉快。我細細讀過你的小說，又跟你長談過許多小時，所以看得出來你輕易就可以跟穿藍白兩色棉衣的群眾融為一體。你本來可以寫出那個文化賴以看到自己的作品，本來可以看出一個絕對權威的必要性。因為那是一個走出軟弱和混亂的方法。我盼著看到的就是老鼠窩似的貝魯特可以透過一個絕對權威獲得重生。」

這時，喬治的太太捧著一個托盤走進來，帶來了咖啡和甜點。

「但有一個問題是你不能不問的：那將要死多少人？有多少人死於文化大革命？有多少人死於大躍進？他們把殺死的人藏在哪裡？最後這個問題當然是另一個問題，但仍然值得追問。那被殺死的幾百萬人去了哪裡？」

「大屠殺這種事總是會不斷發生，差只差在什麼時間、什麼地點。大屠殺是一股會不斷自我確認的力量，而領袖不過是這股力量的代理人。」

「封閉國家的好處是便於把死人給藏起來。你預測得到你的願景若是無法實現便會死很多人，所以你就弄出一個封閉國家來。然後你殺死一大堆人，然後你把大屠殺的事實和屍體給隱藏起來。發明封閉國家的用意就在於此。但封閉國家是發軔於單一人質的，不是嗎？綁架人質是封閉國家的微型形式，是集體恐怖的第一次初步彩排。」

「要咖啡嗎？」

比爾抬起頭，想要謝謝喬治的太太，但她已經走了。他們聽到遠處傳來一連串隨風傳送的小爆炸聲。喬治站起來，仔細聆聽。接著又是四下小爆炸聲。他到陽台去了一下子，回來後告訴比爾，那是小型的連環爆炸，是本地一個左翼群體所為。他們專挑沒坐人的外交官和外國商人座車下手，喜歡一次炸掉十到十二輛轎車。

他坐下，湊近臉看著比爾。

「吃點什麼吧。」

「過一下再說。看來很好吃。」

「為什麼你還在這裡呢？家裡不是還有工作等著你做嗎？你不懷念你的工作嗎？」

「我們不談這個。」

「喝咖啡吧。『松下』有一種最新型號的文字處理器，我敢打包票，它可以讓你獲得完全的解放。有了它，你就用不著對付一堆人工沉積物。你會變得自由自在，可以恣意把文字扔來扔去。」

比爾笑了一下。

「聽著。我打算去一趟貝魯特，完成你所謂的精神上的認親。你怎麼看？我會去找拉希德談談。我有可能說服得了他釋放人質嗎？他又會希望我做出什麼樣的回報？」

「他會希望你取代人質的位置。」

「利用我來引起最大的注目，然後等到最有利的時機再把我釋放？」

「利用你來引起最大的注目，然後在大概十分鐘之後把你殺掉，再為你的屍體拍照，等到最有利的時機拿出來利用。」

「他不認為我本人比我的照片更有價值嗎？」

「敘利亞人老是掃蕩貝魯特南部的郊區，尋找任何被綁架的人質。所以人質必須不斷轉移。坦白說，我不認為拉希德會願意花費這種精神。」

「但如果我現在就坐飛機回美國的話？」

「他們會殺掉那人質。」

「然後再給**他的**屍體拍照？」

「聊勝於無。」

＊

布麗塔坐在飛機上看著電影，聽著耳機裡鬧嚷嚷的爵士樂。那電影很個人風格，微微讓人心煩。畫面半明半暗，偶爾會因為出現亂流而花掉，聲音無法調大調小。她想到，飛機上的電影對每個人的意義都不一樣，會浮動著各人對地面上的小記憶。她面前放著一本雜誌、一杯飲料和一些花生。她手在給雜誌翻頁，卻沒心思看內容。坐在走道另一邊的男人正在講電話，他的說話聲和貝斯旋律線和鼓聲一起滲入她的心思，而這心思想著的是在下方如畫卷般展開的美國大地。

她想到，她連凱倫姓什麼都不知道，卻讓她住在自己的公寓，照顧自己的貓。

她想到，不知怎麼搞的，最近不管自己有什麼思想感受，都會一下子被偵測到，被別人以一幅畫、一張照片、一種髮型或一句流行語的形式表現出來。她會在一些明信片或廣告看板上看到自己內心世界最幽微的細節。她也老是在報章雜誌看到她約好拍照的作家的名字，而這些人本來都是沒沒無聞之輩，這讓她懷疑自己是不是有什麼傳染力，可以把接觸過的東西傳染給世界。在東京的時候，她從一本藝術雜誌看到一幅題為《摩天大樓III》的油畫，畫中畫的是世界貿易中心，而角度正好就是從她家窗戶所看到的角度，情緒也一樣灰暗。畫中的兩棟大樓沒有窗戶，像兩塊乳膠的黑色停屍桌面那樣，銷蝕著剩下的空間。

那講電話的男人正在說：「你那邊的明天一點見。」

真巧，布麗塔也是約了一個雜誌總編明天一點會面。這個總編一直催著要見她，而她懷疑他是不是聽說了她手上有一些特別的照片。她本來是可以把這些照片好好利用的，但比爾在那次拍照的最後階段所流露的表情卻讓她心煩意亂。他眼睛裡閃耀著一種可怕的光亮。她從未看過一個男人會這麼全面地滑進自己人生早期的痛苦裡。她猜想，有些人的人生就是會不斷往內下墜，下墜回到最早的困惑去。這大概就是工作間門後面的各種荒涼的原點。

空服員把她的空杯子收走。

她想到，自己對史考特懷有罪疚感。那是一次錯置的性愛，因為整個過程下來，她都是那個從窗子俯視一個作家劈柴的出浴女人。繾綣的肉身之間是可以有各種奇怪的影像的。她為史考特感到難過，想過要打電話給他。她查看過紐約州北部的地圖，努力回想自己看到過哪些地標，最後又打電話查詢了幾個郡的查號台。但沒有一個叫史考特．馬蒂洛的人登記在案，比爾．格雷更是徹底的不存在。至於凱倫，則因不知道姓氏，無從查起。

螢幕上那張臉屬於一個與她同住一棟樓的演員所有。他欠她一百五十美元和三瓶葡萄酒，而現在，看著他半明半暗的臉，聽著爵士樂在耳朵裡聒噪，她第一次意識到錢和酒不會要得回來。

她想到了漢城的那個作家，他因為顛覆罪、縱火罪和參加共產黨而入獄，還剩九年刑期。她要求給他拍照，但主管官員卻不允許，惹得她勃然大怒，罵他們是王八蛋。這種反應當然是大錯特錯，是她的藝術家自負心態在作祟，但她真的認為能不能把那個作家的臉拍入底片事關重大，真的很希望看到他的肖像浮現在離他牢房七千英里一個暗室的紅寶石色光線裡。

她竟然把自己的家、作品、葡萄酒和貓交託給一個幽靈似的女孩看管。

和她坐同一排靠窗座位的那個小孩拉起了遮陽板。她不想看雜誌，因為她怕會看到與自己生活有關的事情。她被綁在座位上，離地面五英里高，卻覺得自己就身在下面的世界裡，而且無所不在。

*

他跨出人行道走了大約七步之後便聽到汽車喇叭聲，連忙退後一步和轉過臉，看到對向車道來了一輛照後鏡上掛著一串忘憂珠㊷的汽車，然後，他便被那輛按喇叭的車子給撞上。他踉蹌了幾步，雙手亂揮，然後便狠狠摔倒，最先著地的是左肩和側臉。他設法馬上站起來。有些人走過來幫忙，他四周開始聚集了一小群人。刺耳的汽車喇叭聲此起彼落。他跪了起來，覺得自己一副蠢相，便舉起一隻手表示自己沒事。有誰托住他腋下，把他扶了起來。他頷首致謝。他拍拍衣服上的灰塵，感到左手像是火燒一般，卻不肯馬上檢查傷勢。他繃著臉向周圍的人微笑，看著他們散去。然後他轉過身，回到人行道上，找了個地方坐下來。人來人往，太陽猛烈。他閉起眼睛，仰臉面對太陽。車流已經恢復順暢，但在遠處，駕駛人仍猛按喇叭，揚起一道嗚咽聲，讓中午的驚悚徘徊不去。太陽是他臉上的慈悲。

他為描寫那個地牢所寫的那些句子讓他有一種不安全感。它們裝載著一個停頓，一個他慢慢開始覺得眼熟的焦慮空間。任何寫得正確的句子都會帶著一種危險，讓人感覺自己可能會來不及把它們寫到紙頁上。他想起自己忘了刮鬍子，也忘了把衣服放入送洗袋讓飯店女工拿去送洗（要不就是有把衣服放入送洗袋卻忘了填送洗單）。回飯店之後，他看到送洗袋裡放著衣服，卻不知道它們是已經洗過還是沒洗過。他把它們拿起來，對著光看，看見這裡或那裡有血跡，便把它們放回袋子，等女工來處理。他在擦損的手上塗上殺菌霜，又泡了個溫水澡舒緩零散分佈於身上各處的疼痛。即便他先前有記得刮鬍子，大概也只刮了半邊臉。一道新月形血斑從他的左眼延伸到下顎，色澤鮮明得像是活物，讓人印象深刻。他一面抽菸一面寫東西，心想自己也許永遠不會寫得準確，但又有一種似曾相識的感覺，有一種陷入危險的感覺，感到某條語言法則或自然法則正在召喚他，某種易碎的張力在呼喚著他，是他所可以步步追溯出來的。這種張力在他那部小說的無涯沙漠裡早被淹沒。

他學會了怎樣念「邁塔克瑟」這個字，知道了重音是在最後一個音節，而這種希臘白蘭地的澀味對他來說也開始變得可理解。

在倫敦，他吃早餐時會有醫生坐在近旁，但在這裡，他能找到的只有在菜市場裡買蘋果的教士。他去了位於布拉卡區的一家教堂參觀，注意到某個穿盔甲的聖徒像下面掛著一些金屬圖像。這些東西主要是畫著一些身體器官和身體部位，但也有畫著裸體嬰兒和福斯汽車的，畫著房子、

㊷希臘特色產品，材質多為人造瑪瑙、人造琥珀、美石或玻璃，據說可帶來幸福希望。

牛和驢子的。他猜這些都是些祈願畫。如果你耳朵發炎或心臟有毛病，想向神明求助，便可買一幅畫著耳朵或心臟的圖畫，再放在專治這種疾病的聖徒旁邊。這原則適用於千百種可能降臨你親人的疾病和降臨你財產的災難，也非常明智，可以讓你的祈求顯得專門和有活力，也催生出一種民主的聖徒制度。各個聖徒各有專司的病痛，從出天花到被動物咬傷都不愁找不到專科聖徒。但比爾想買的是一幅畫著整個人的祈願畫，想要買來之後放在一個專醫整個人（身、心、靈）的聖徒旁邊。他感到身體陣陣疼痛（他自己會稱之為劇痛），卻懷疑有治一整個人的聖徒或商店有賣他想要的那種畫像。

喬治說：「我們應該去看醫生的。」

「我沒怎樣。」

「但看看你的臉。讓我打電話給醫生吧。」

「它正在自己痊癒，一天比一天好。」

「你有那駕駛的名字嗎？」

「我沒跟他要。」

「他撞到你呢，比爾。」

「不是他的錯。」

「你應該報警的。我幫你找個警局的人談談如何？」

「給我杯酒吧，喬治。」

他們一直談到了黃昏。然後他們坐到陽台去，看著路燈點起，看著上千輛汽車競相馳向蕩漾著紅色輪船的峽灣，馳向憂愁的尋常薄暮。喬治女兒也來到陽台上，垂頭喪氣地扶著欄杆，顯得鬱鬱寡歡。

「我擔心你，比爾。」

「幫我一個忙：別為我擔心。」

「你幹嘛讓自己捲入這事情呢？」

「這是你出的主意。」

「但你明明是無任樂意的樣子。」

「這倒是事實。」

「讓我找個醫生給你看看臉上的傷吧。茉莉，幫我把抄有電話號碼的那本小本子拿過來。」

「天晚了。我明天早上會去看醫生。」

「一言為定。」喬治說。

「一言為定。」

「但你別想去到貝魯特才看醫生。因為戰況激烈，那裡的機場已經關閉。我先前跟拉希德聯絡過。他本打算先坐船到賽普勒斯，再從賽普勒斯坐飛機來這裡。但現在海上也變得非常不安全，所以我不認為他會過來。這樣的發展真是讓人失望透頂。我本來盼著可以跟你攜手解決這件事情。」

「尚—克勞德將會怎樣？」

「他是誰？」

「那個人質。」

「別告訴我名字。」

「你不是本來就知道？」

「我讓自己忘了。我要把它永遠忘掉。」

那女孩心情鬱結地站在父親背後，替他輕輕按摩肩膀。

「他們會怎樣殺他？」

「回家去吧，比爾。回到你的工作去吧。我喜歡跟你聊天，但你已經再沒理由留在這裡。考慮我說過的話，買部文字處理器吧。用鍵盤寫作可以讓你修改起來不費吹灰之力。那是你需要得不得了的。」

回飯店之後，他想設法睡一覺。一句話反覆在他腦海裡響起。它所具有的神祕力量源自於它原是一些曾經一起生活和彼此互愛的人的口頭禪——他們是生活得那麼緊密，以致會記得彼此臉上的每一顆疣，記得彼此每一綹額前亂髮。所以，那句話並不是一個聲音而是許多聲音，主要是為了好玩而說，但又具有實際功能，因為它可以讓他們提醒彼此，即使生活已經分崩離析，但話語還是會始終如一。

下單之前先量過你的頭㊸。

這句話道盡了一切。讓它更符合他目前的狀況和顯得更好玩的，是外人不會明白它是什麼意思。事實上，這話也完全沒有什麼深意是需要明白的。

他第二天早上六點便已經退了房，步履蹣跚地走在街上。他每走十步便回望一次，看有沒有計程車可搭。他褲管的膝蓋部位因為被擦傷的手摸過，所以染有血跡。他從紐約起便是穿著這條褲子，因為他沒帶別的褲子。他身上穿的還是查理的老西裝，手上提著莉斯的旅行袋，裡面放著他在紐約買來而迄今未用過的刮鬍刀。他的皮鞋是買刮鬍刀前一天買的，如今終於合腳了。

他走進了一個住宅區，完全迷失了方向。一個只穿內衣的男人拖著三袋垃圾穿越馬路。一棵尤加利樹吸滿了光，枝幹冒著火似的，就像是上帝的顯現。先前那男人把三袋垃圾留在街角，重新穿過馬路。比爾跟他點點頭，繼續往前走，聽到一輛垃圾車正從斜坡開上來。

他一再回頭看有沒有計程車。

㊸小說後文還會交代這句話的出處，但在目前的上下文，它指的大概是「做一件事情以前先評估自己的能力」。

12

她帶著許多聲音走過紐約。她找公園裡的人談話，告訴他們，有一個住在遠方的異人擁有改變歷史的力量。紙皮箱構成的房子網絡變得愈發複雜了。晚上天氣溫暖，把人們從四面八方吸引到公園來。他們都帶有煤灰的肌理。一個女人把她的全部家當分裝在許多個塑膠袋裡，束在一起，用一根夠粗的細繩拖在背後。凱倫看到公園裡的鴿子和松鼠都變得有點老鼠的調調。牠們會直接走進帳篷裡找食物。所有鴿子都是在地上走，而松鼠會蹲著，伺伏著，一等到有人把紙袋放在公園長凳旁邊就會出擊。真正的老鼠會隨夜幕的降臨而出現，靜悄悄而滑溜溜。

人們從各自的簡陋住處走出來，聚集在多灰塵的廣場裡，喊一句什麼或一個名字，再朝某些中心點走去，跟更多的人聚集在一起。

歐馬蹲著叫賣他的大麻。他陪過凱倫把空玻璃瓶拿去商店兌換押金兩三次。有一次，他們一起到一家藝廊參觀，看到一件大型裝置藝術蜿蜒在一面牆壁上。她數了數它一共有幾片金屬、粗麻布和玻璃。每片玻璃上都塗了一小團顏料。除此以外，裝置上還掛著一塊歷經風吹雨打的木頭、一些手電筒電池和希臘明信片。有一片粗麻布上黏著一根裝滿食物的湯匙。凱倫想要摸摸它，而理由無他，只因為她覺得它獨一無二。於是她伸出手，碰了碰湯匙，然後轉身看看有沒有人在睨她。出於另一個一時興起的念頭，她又把湯匙輕輕托了一托。那湯匙隨著一聲魔鬼氈的撕開聲而掉落。她嚇呆了，沒想到湯匙不是黏死的。她望向歐馬，有點暴牙的嘴巴閉得緊緊，眼睛圓睜而凝重。歐馬裝出誇張的驚恐表情，又假裝不知如何是好地大動作來回踱步。她手裡拿著湯匙，呆若木雞地愣在那裡。她不知道自己什麼時候有這麼惶恐過。這東西是從一件藝術品裡直接掉下來的，是一根真真實實的湯匙，湯匙裡的食物也是真真實實。歐馬走向大門，舉手投足像個出殯行列的長號手。凱倫不認為湯匙黏得回去粗麻布上頭，但四周又沒有平面可以讓她安置它。展覽室裡空空蕩蕩，除藝術品以外就只有牆壁和地板。她決定隨歐馬走出大門，又把湯匙高高拿著，心想這樣的話準會有誰看見，跑來過問，到時她就可以喃喃說句道歉的話，把湯匙歸還。但從頭到尾都沒有人過問。她一下子就到了街上，手上還拿著那根盛著食物的湯匙。這只讓她的惶恐有增無已。歐馬對她擠眉弄眼了一下，然後便獨自走開，行經一些穿著黑色和服的人體模型後，消失在遠處。

有時，一些著名餐廳外頭會因為煤氣總管破裂而冒著火球，圍觀的人反覆說著：「貝魯特，這裡簡直就像是貝魯特。」

公園附近有個乞丐，老是念著：「施捨一點零錢吧，依然愛你們㊹。」每次她走過他身邊，都是聽到一樣的疊句。人來人往。依然愛你們。人來人往。依然愛你們。施捨一點零錢吧。人來人往。依然愛你們。她把一些空瓶子和汽水罐放在那些披屋的入口，又拿另一些空瓶子去換押金，買來食物，送給公園裡的露宿者，告訴他們遠方住著一個異人。歐馬到廉價公寓送貨時帶過她一起去，而他跟客人說話時總是一堆切口，她從來都聽不懂。這些廉價公寓的公共走廊鋪著瓷磚，家家戶戶的門上都是一把又一把的鎖。好一個鎖的文化。走廊牆上漆著一隻指示方向的手形圖案，但你跟著它走的話大概哪裡也到不了。

在閣樓公寓裡，她翻看了很多本相簿，驚異於這世界竟有那麼多的苦難。饑荒、火災、暴亂、戰爭。這些是不停歇的主題，而她也無法停下來不看那些照片。她望向照片，閱讀標題，再望向照片：戴頭套的叛亂分子、被處決的人犯、頭上頂著一袋袋馬鈴薯的囚犯。她端詳一些挨餓非洲人的四肢。飢餓無處不在。一張照片裡，一些女人帶著赤身的小孩走在沙塵暴中，長袍翻來翻去。她閱讀標題，再望向照片。沒有標題，這些照片就是赤裸的，孤懸在一個空洞的空間裡。有些晚上，她一回到公寓便會直接去翻看這些照片。她看到發瘋似圍在巨大聖人照片下面團團轉的群眾，看到從失火廉價公寓墜樓的小孩。她有時會把同一張照片連看七個晚上，每晚看七次，每次都重讀標題。標題可以幫她定位那些照片。她需要標題來填補空間。如果沒有這些小小鉛字，她將會被那些照片給淹沒。

她跟以色列人和孟加拉人搭訕。她碰過一個司機長著一雙金睛火眼，半轉過頭跟她聊天，以快得嚇死人的速度把車開往市中心。她腦海裡出現了一幅畫面：那計程車墜入一個深壑，車身冒著靜止的火焰。她會跟每個計程車司機搭訕，從付款孔問他們各種問題。

人來人往。依然愛你們。人來人往。依然愛你們。

有一種方言是眼睛的方言。她喜歡讀公園附近的各種店招和塗鴉文字：波蘭酒吧的波蘭文，土耳其浴室的土耳其文，商店櫥窗裡的希伯來文，俄文大字標題上的俄文。她看到的每樣事物都帶點方言的味道：廚房裡的浴缸、老舊的「沃特曼」爐子、酒行裡包防彈塑膠的酒櫃。她反覆看到一個字眼：Sendero Luminoso。它或出現在半拆毀的牆上，或出現在上了木板的店面前，或出現在棄置廉價公寓的煤渣磚窗戶上。這個詞讓人感覺好美。

「我現在心情不太好。」歐馬說。

「我沒要你做什麼，只是要你回答一個問題。」

「我說過了，別來煩我，好嗎？」

「我只是問了你一個簡單問題。你回答知或不知就可以。」

44 意思是「給不給我都依然愛你們」。

「我連打炮的時間都沒有，妳卻老是圍著我團團轉。何況我連妳的名字也不知道。」

「我卻知道你是幾歲。公園裡的人告訴我的。」

「喂，我正在做生意。我無論如何都得保護我的地盤。明白我的意思嗎？我是六歲或六十歲都沒有分別。」

「好吧，就當你是很成熟、很閱歷豐富好了。其實我也是這樣覺得。」

「『光明之路』。Sendero Luminoso是西班牙文，意思是『光明之路』㊺。」

「那是一個宗教組織嗎？」

「是游擊隊之類。他們要讓別人感受到他們的存在。」

「他們在哪裡？」

「隨便哪裡。」

露宿者的身體蠢動在貝形演奏台上，失蹤小孩的照片貼在裝牛奶的板條箱上。她想起那個寫著「聾小孩」的警示標語，又登時看到一條安靜無聲的鄉村道路。這裡簡直就是貝魯特。她找公園裡的一些熟人談話，告訴他們，只要按著一個有大能的人的教誨生活，生命就會變得完全。在地鐵列車裡，她試著讀懂西班牙文寫的緊急逃生指示，哪怕英語說明就在旁邊。她知道，真正遇到緊急事故時，她應該讀英語說明，不過，就目前，她想要測試腦子裡的各種聲音。

不管是在地鐵列車裡、街上還是晚間的公園角落，「接觸」都有可能會帶來危險。不需要說話或碰觸，兩個陌生人的四目相接便足以構成「接觸」。她學會怎樣改變自己的走路姿勢和坐姿，怎樣隱藏自己的瞥視。她把自己隱藏在深處。她低著頭走路，避免進入四目相接的三不管地帶。這樣，別人就不會知道她是個人而他自己也是個人，從而獲得殺她的權利。她在腦海裡想像人們在街上互相追殺的樣子。

她喜歡帶著小電視爬上樓梯，去到布麗塔的床，坐在低矮的天花板下面，在一片漆黑中看著無聲的電視畫面。

她看到一個陽光普照的大廣場，有一百萬人聚集其中，許多寫著中文字的橫幅高高地揮舞著。人們靜靜坐著，雙手疊在膝蓋上。背景遠處是一幅毛澤東的畫像。

然後下起雨來。一百萬個中國人開始在雨中齊步行走。

她看見有些人（穿著雨衣或撐傘）騎著單車，打一些被焚毀的汽車旁邊經過。她看見一些燒焦的軍用卡車，旁邊站著些圍觀者，他們與卡車的距離近得讓人心驚。遠處是一些樹木和弧形路燈柱。

然後畫面上出現了一群老人，他們姿勢僵硬，身穿毛裝。

㊺「光明之路」為祕魯一個極左的毛派反政府游擊隊組織。

她看見士兵摸黑慢跑著穿過街道，一排又一排，連綿不斷，每個人手上拿著鎮暴槍械。他們一排又一排，慢跑著穿過街道，一排又一排，連綿不斷，讓她覺得自己快被催眠。群眾在黑暗中被擊潰，分成多股向四面八方散退，留下一個讓人困惑的巨大空間。

然後是穿毛裝的高幹的畫面。

士兵慢跑穿過街道，進入那個曾經陽光普照的巨大廣場。部隊以近乎慵懶的步調慢跑著，然後舉起小小把的槍枝，然後群眾就被擊潰了，四散奔逃。

然後畫面上出現了日間掛在大廣場上的毛主席大畫像，只見畫中人的臉被人噴了漆，一片狼藉。

部隊繼續以劃一節奏和慵懶步調慢跑著，一排接一排，像是沒有盡頭。凱倫希望他們繼續跑下去，因為她喜歡看他們慢跑的樣子，喜歡看他們的舊式鋼盔和玩具似的槍枝。

畫面上出現了一具在街上悶燒的屍體。

有些屍體黏在倒下的單車上，火焰在黑暗中直竄。有些屍體還坐在單車座位上。有另一些騎單車的人在旁邊觀看，有些戴著口罩。你名副其實可以說眼前的情景是屍積如山，而許多屍體仍然坐在單車座位上。

那個詞是哪個詞？是「驅散」嗎？群眾被慢跑進入巨大廣場的部隊所驅散。

一批群眾取代了另一批群眾。

這是歷史的金科玉律：誰能佔領廣場和佔領得最久便是贏家。衣著五顏六色的群眾被衣著一模一樣的群眾給趕走了。

畫面這時以近鏡頭照向毛澤東的畫像。這畫像是全新的，乾乾淨淨而沒有噴漆的。她看見毛澤東嘴巴下方長著顆大疣，便努力回想她掛在家裡臥室那幅安迪所畫的鉛筆畫是不是也有這顆疣。毛澤東，她喜歡這名字。真玄，原來一幅畫即便沒有畫完整，仍然……仍然什麼？

她聽到街上有輛汽車的警報器被觸動，嗚聲大作。

她切換頻道，再次看見一百萬中國人坐在陽光普照大廣場裡的畫面。她希望可以再看看部隊慢跑的畫面。她看見那輛死掉的單車，看到一個士兵的屍體懸掛在一根工字梁上，看見一排穿著毛裝的年老高幹。

為什麼那些高幹都穿著毛裝而廣場裡的人都穿襯衫？這意味著些什麼？

衣著五顏六色的群眾被驅散了。

畫面又出現了那幅代表著中國的大畫像。這時她已相當肯定，安迪鉛筆畫裡的毛澤東沒有任何疣。

那些以慵懶步調慢跑著進入大廣場的部隊有著些什麼神祕的魅力。她不斷切換頻道，想要再看看那些部隊慢跑的樣子。

畫面顯示出死掉的腳踏車。

陽光普照的廣場再次出現。真玄，原來一幅畫即便沒有畫完整，仍然能夠讓畫中人活靈活現。

稍後，她去到街上，得知方才發生了什麼事：有一輛計程車打滑撞上一輛停在路邊的汽車，這撞擊又觸動了另一輛汽車的警報器。人們站在四周吃東西和圍觀。鈉氣燈把車禍現場照得白熾，凱倫只覺得頭昏昏，眼前的情景與北京那個大廣場還有閣樓公寓裡那個放電視的空間彷彿重疊在一起。她探頭往那輛撞毀的計程車望去，尋找頭下腳上的屍體和濺滿各處的血跡。

人來人往。施捨一點零錢吧。人來人往。依然愛你們。施捨一點零錢吧。人來人往。依然愛你們。

她尾隨一個看來像比爾的人走了一段路，但經過進一步檢視之下，她發現那個人沒有半點作家氣質。

她對那根從藝廊拿回來的湯匙呵護備至。她挪走一個架子上一些書，把湯匙放在上面，好讓湯匙既不會被太陽照到又一目了然。她為湯匙裡的食物憂心忡忡，怕它會被溫暖空氣軟化，或者是因為乾掉脆化而碎裂。這種毀損是她不能忍受的，因為對她來說，湯匙和那團食物是一體的。

她很真誠地對著一間拼湊小屋裡的一對男女說話。這一男一女滿臉煤灰，坐在一張床墊上。凱倫跪在小屋的入口，手指尖抵著地面，肩膀上披著那個充當入口門簾的塑膠袋。

我們的工作是為「再臨」做準備。

到時世人會變為一家人。
我們是那個遠方異人的屬靈兒女。
我們受到我們真父親所保護。
我們是他的完全兒女。
只要願意完全順服在他跟前，我們一切疑慮便會消失。

歐馬．內利的實際年齡是十四歲。兩人一起走過那家烏克蘭僑民教堂的正面，一起走過那家專門製造愛滋病的飯店。她不知道他住在哪裡，也不知道他有沒有父母或手足（她以前都以為「手足」這個字是中產階級的白人專用）。他們走過那件靠一個支點保持平衡的黑色立體雕塑。有十個人睡在雕塑下方，旁邊放著他們的購物袋和購物車，有些人旁邊放著長拐杖，有些人的手腳打著石膏。歐馬本來是要幫她到一個拆卸工地搬一塊石膏板到公園去，然而，走過一條兩面都是工廠的街道時，卻有兩個男人迎面而來。他們戴著小一號的軟呢帽，身穿猛男T恤。她感覺得到歐馬與他們發生了眼神的接觸，感受得到對方的眼神就像刀鋒。但他們接下來只是跟歐馬說話，說的淨是一些她聽不懂的切口。然後歐馬頭都沒有回就跟那兩個人走了。那我的石膏板怎麼辦？

她看到許多街頭露宿者都有一輛購物車。這些購物車是怎麼流到街頭來的？她哪裡都看得到這種玩意兒，被人推著、拖著、居住著、爭奪著，有沒輪子的，有凹掉的，有只能斜著走的，裡面總是放滿各種七零八碎（如果細細點算就會發現各種廢物無所不包）。她去找了那個以垃圾袋為家的女人，表示她自己也許可以幫她弄到一輛購物車。那女人從垃圾袋裡頭跟她說話，聲音像大烏鴉的歌聲。凱倫早已知道，她幾乎聽不懂任何一個街頭流浪者所說的話，這些人的說話方式都是她從未聽過的。她迄今的人生都是只以一種方式聆聽，而她現在有需要學習另一種聆聽的方式。露宿者的語言完全是另一種語言，那是一種購物車的語言、塑膠袋的語言、煤灰的語言。聽那女人說話時，凱倫必須十分專心才能聽出若干端倪，因為她說出的話就像是從喉嚨裡抽出的一串結在一起的手帕，有待聆聽的人把結解開、把手帕攤開。

那女人似乎是說：「他們有巴士可坐有輪椅可蹲，斜坡道就留給我們這些街上人睡吧。我希望有巴士可以蹲。」

她似乎是說：「我希望我的盲狗可以被允許看電影。」

但她的話也有可能完全是別的意思。

公園裡到處都是一小群一小群的人，他們或是來自泥屋或是來自錫頂小屋，或是來自四處蔓延的帳篷，來到這個多灰塵的廣場之後，就會往某些中心點走去，沿途不時呼喊一個名字，讓更多人加入他們的行列。他們有些在跑，有些穿著有血漬的襯衫，一面走一面說句什麼或喊出一個名字，幾百萬人在同一個白堊色天空底下嗡嗡響。

當凱倫把一盤熱食帶給那個女人時，她說：「讓我進入振動吧。」（又或是「讓我消滅吧。」）接過食物便馬上縮回垃圾袋裡。

布麗塔回家後，吃了凱倫精心預備的一頓飯菜。她已把這地方打掃過一遍，又把自己為數不多的東西收好在手提袋裡。現在手提袋就放在大門邊，以表示只要主人一聲令下，她馬上便會離開。

這一切讓布麗塔刮目相看。她時差症候嚴重卻談興大發，像是中心精力被抽乾後邊緣精力反而靜不下來。她顯得漂亮和骨頭中空，怎麼看都像是剛在刺眼的熱帶經歷了一場孤獨之旅。

「妳想要泡澡還是淋浴？」凱倫問她。

「我有時間的話都是泡澡，那是我唯一會樂在當下的時光。」

「我幫妳放洗澡水。」

「除了泡澡和為作家拍照，我通常只會在想著日後的事才會覺得快樂，通常是想大約五年後的事。」

「我以前從未說過『我幫妳放洗澡水』這句話，聽起來好怪。」

「比爾現在怎樣了？有誰知道這個大蠢才在哪裡嗎？」

「毫無消息，有消息的話史考特一定會通知我。」

「男人都有失蹤的傾向。妳怎麼看？不過我猜妳有時也會讓自己失蹤一下。我可沒法子憑空消失。我必須先做出預告，好讓那些王八蛋知道我為什麼消失和要怎樣才能找到我。」

「妳的前夫是失蹤人口嗎?」

「他去了外國出差,自此沒有回來過。」

「什麼時候的事?」

「十八年前。」

「那不是跟那個什麼神話很像?㊻」

「可不是。他經歷了一系列冒險,神乎其技到克服所有挑戰,回來時帶著一份百萬美元的零件合約。」

「妳想洗澡的時候告訴我。」

「妳丈夫是失蹤了嗎?」布麗塔問。

「他被派去了英國傳教。我不知道他現在在哪裡。」

「所以你們是在教會裡認識然後結婚的?」

「教會有一個叫『配婚』的儀式。它是在婚禮的前一天舉行。教會會為你指定配偶。」

「我有沒有聽錯?」

「為了避免亂點鴛鴦譜,有些教友會在身上別上牌子,標明自己的特殊狀況。有些牌子寫著『不孕』,有些寫著『也許是同志』。」

「這種事本來就是亂點鴛鴦譜。如果要我把我的所有特殊情況標示出來,那就非得全身刺青才辨得到。」

「那妳會需要吃些強力鎮靜劑。」

「誰為你們配對？」

「文牧師。」

「妳對這種事有什麼感覺？」

「我覺得棒呆了。我在叫到我名字的時候站起來。我去到那個舞廳似的場地的最前面。教主站在舞台的另一頭，我們中間隔著許多人。然後他指向在座的其中一個男人。」

「然後妳望向那男人，覺得他就是真命天子？」

「我真的相信他還沒完全站起來我便愛上他了。當時我想，他是個韓國人耶，這有多棒，因為許多韓國人都是參加了教會很長時間，這讓我們的婚姻有一個更深固的根基。我也喜歡他那頭滑順的黑髮。」

「我丈夫幾乎全禿。」

「但妳知道我事後得知什麼嗎？我得知，在配婚的前一天，教主曾經看了所有人的照片，透

㊻指古希臘人有關尤利西斯歷險的傳說。

過照片把他們配對起來。所以我想，真棒，我有個傻瓜相機丈夫。」

「妳知道妳能脫離他們有多麼幸運嗎？」

「我不喜歡聽到這種話。」

「妳真是幸運得要命。」

「那裡有更多老實人。」凱倫說。

「那裡有更多蠢才。好吧，我天性就是多話。我喜歡跟男人說話。我有很多韻事，但我大概無法跟任何一個男人生活五年以上。妳有想念史考特嗎？」

「我想念史考特，但也想念金中朴，他是我的永恆丈夫。他穿一套寶藍色西裝，打一條栗色領帶。所有新郎都是這樣打扮。所有新娘一律是穿八三九二號的『單純式樣』婚紗，但領口要比平常高兩英寸。」

「回史考特身邊去吧。你們是同一族的，我是說你們三個。你們的生活方式在許多方面都古怪而引人發愁，但我又算老幾，有什麼資格說什麼事情古怪。不管怎樣，你們都需要彼此需要得不得了。我不想看到比爾孤孤單單一個人生活在別的地方。」

「妳怎麼知道他孤單？」

「他當然孤單。他一直想要讓自己孤單到可以忘記如何生活的程度。但他現在不想這樣了。他想把所有孤單歸還原處。我當然知道他孤單，因為我認識這個男人已經一百年。」

「我幫妳去放洗澡水。」凱倫說。

*

史考特在整理讀者來函。他把所有信全集中到閣樓來，斜斜排放在書桌、其他桌子、檔案櫃和書架頂上。他正依照國別把信件歸類。一旦歸類好，他就會把每個國家的來信按年月前後順序編排，這樣的話，他想要找到一封（比方說）一九七二年從比利時寄來的信就會輕鬆容易。其實並沒有任何實際理由會讓他有需要找出這封信或某封特定來信。這工作的重點是要讓所有讀者來函變得井井有條，讓這房子顯得更頭頭是道。一等其他國家的讀者來函整理好，他就會著手整理美國的讀者來函。他會把它們分為一州一州。大部分讀者來函都讓比爾覺得不自在。它們會刺穿他的孤獨，讓他覺得自己有需要對寄信人的靈魂負責。對於他的這種想法，史考特當然是大大取笑了一番。比爾只會讀那些從窮鄉僻壤寄出的信件，他會看著它們的郵戳和回郵地址，沉吟好一會兒。他樂於相信，只有住在偏遠小鎮小村的高中生或士兵或鋼琴老師可以體會他作品的精粹。

那個晚上，史考特重讀了比爾姊姊的來信。然後他在工作間裡細細尋找，看看有沒有什麼東西可以告訴他比爾人在哪裡，或告訴他比爾會不會打電話回來。有兩個抽屜放滿比爾的各種藥物，數量比史考特本來知道的多更多。他細細打量那些藥名，覺得它們就像來自科幻小說。他尋找私人書信和文件。儲藏室上方有一口空皮箱、一把老舊小電扇和一些鞋子。他想要找到他留下的密封祕密指示，旋即又對自己這種想法和措詞失笑。但他還是認為他最終也許會找到些什麼。

威拉德・斯坎。一個次中量級拳擊手，專在熱騰騰的假日在一群戴草帽的觀眾面前打戶外拳擊賽。

史考特將不會向任何人透露比爾改名換姓的事情。他將會絕對保密。雖然已經開始有被遺棄的感覺，他還是樂於守口如瓶。多年以來，比爾一直信任那些能為他守口如瓶的人。所以，如果史考特能夠保守住姓名的祕密，將會讓他比從前任何時候都更與比爾親近。

他去到工作間，再次打量牆上的圖表。他讀了莉斯寄來的明信片。然後他列了一張清單，提醒自己整理完書信以後該做哪些事。

*

凱倫坐在計程車裡。她喜歡這種顛簸的黃色計程車，喜歡由身材修長的衣索比亞司機為她開車。他們都會給方向盤套上毛皮護套，在儀表板上貼些宗教畫像。她此時正望著時報廣場內一棟楔形大樓，看著它腰身上不斷迴轉的新聞跑馬燈。她隱約讀到有某個名人今天要舉行出殯，細節卻不甚了然，這是因為她的視線受計程車車窗的侷限，而跑馬燈上的訊息也一下子轉到了大樓的另一頭去。但她有一種心裡一沉的感覺，意識到這新聞有什麼非同小可之處。她等著那則頭條新聞迴轉回來，但還未等到，計程車便已重新開動。她在頭腦裡形成了一幅大批群眾向著一個廣場聚集的畫面。

一陣強烈風暴把這城市吹得七零八落。紙盒小屋遭受冰雹的無情敲打。她心想，都是些石頭大小的冰雹。要不是有塑膠布遮蓋，這些盒子小屋將會在它們居住者的頭上融解。

他們會用郵局的大帆布袋手推車裝垃圾或存放家當。

他們會自言自語，自說自話，邊說話邊點頭。他們都是一些深陷在獨白裡的孤單身影，會向自己比手畫腳，向自己點頭稱是。

彌賽亞就在這地上，他是個矮壯的男人，平素穿西裝，住在大韓民國。

她有時會光站著，盯著那根湯匙看。她告訴布麗塔，自己不打算把湯匙一起帶走。因為它現在已經有了一個很好的新環境，而且她擔心，如果再次移動這湯匙，它也許會出於什麼神祕的理由而受到內在損害。

她到處打聽都找不到歐馬，只有一次，她看見他跟一個西班牙女人坐在一道逃生梯上。凱倫費了好一番工夫才說服得了他下來跟她談談。他說他不會再回到公園那個角落去。他有別的計畫，現在正在著手籌備中。他說他搞大了一個住康尼島的女人的肚子，必須善後。聽到這個，凱倫覺得自己胸口像是開了一個大洞，有著深深的嫉妒和失落感。另外，有個男人謊稱歐馬偷了他的手槍，其實那不是什麼手槍，只是一根連著個手柄的金屬管。她聆聽著他說話，感受到那些鋪瓷磚的公共走廊和上了許多把鎖的門的沉重。他叫她忘了那個公園角落。他滿腦子的大計畫。有些計畫可以讓他很快得到現金。她聆聽他說話並懷念著他。他雖然看著她，但眼神飄忽不定，所以她知道他沒有真的看到她。這讓她有一種怪異的感覺：她知道自己以後將會常常想起他，但他卻將會忘記她，而且就在她站在他面前這當兒就正在忘記她。但這是他的人生，他的許多事情都是她永遠不可能理解的。

在地鐵車站最吵鬧的地方總聽得見音樂聲。賣藝的樂手或是站在樓梯底下，或是沿著走道零散分佈，有彈鍵盤的，有彈電吉他的，有拉小提琴的，也有敲腳踏鈸或吹薩克斯風的。傳福音的人則是在十字轉門前面忙碌著，信誓旦旦地做見證。還有些人坐在塵垢中，旁邊放個沙桶，等待銅板掉落。那些樂手都是用購物車來裝載他們雜七雜八的各種小配備，會在列車進站和廣播器通知乘客上車的最吵雜時刻繼續大吹大奏。

一個人待在閣樓公寓的時候，她再次感受到那種警告的氛圍。窗外那兩棟摩天大樓散發著向上的水銀色光芒。從窗前往回走的時候，她感到手臂上有電流通過。她也看到了一些鋸齒形狀的水銀光芒，並在同一時間回想起她在時代廣場看到的那則跑馬燈新聞。突然間，她想她知道了新聞裡宣佈要出殯的那個人是誰。她先前沒有看到名字，卻記得新聞訊息上說出殯行列一共有幾百萬哀哭流涕的哀悼者。她扶著牆壁走到沙發坐下，一動不動地坐了十五分鐘，這期間反覆看到跑馬燈上的文字不斷繞到大樓的另一頭去。但這一次她卻看得見大樓另一頭的跑馬燈寫著什麼。然後她痛苦起來，五內翻騰欲嘔。她失去了時間的意識，只看到一片閃爍而熾烈的光。「光明之路」。現在這光就在她體內，從痛苦的團塊中向外閃爍著。聽起來很美的「光明之路」。

她意識到布麗塔已經回來。現在沒事了。她反覆對自己說「現在沒事了」。

那個晚上她們坐在沙發看電視，邊看邊聊天。然後，她們看到了當天的頭條新聞。

何梅尼㊼死了。

何梅尼的屍體躺在一個玻璃箱子裡，放在一個高台之上，下面聚集著綿延數英里的群眾。鏡頭一直拉遠一直拉遠，卻始終無法把哀慟群眾的最邊緣收入畫面。整個螢幕都擠滿了人，無邊無際又不斷延伸得更遠。

那聲音說㊽：數不勝數的群眾。看著那一群又一群的哀悼者時，凱倫有辦法像倒帶似地看到他們先前從各自房子或棚屋走出來的樣子。她更往前倒帶，看見他們睡在各自的床上，待聽到呼喚晨禱的宣禮聲響之後紛紛爬起床，走出各自的房子，齊集到灰塵瀰漫的廣場，再列隊走出貧民

㊼伊朗教長和最高領袖，他把西方視為寇讎。

㊽這大概是凱倫自己腦子裡的聲音。

區。

那聲音說：涕泗縱橫的哀悼群眾。

街上也出現了許多哀悼的橫幅。大幅大幅的何梅尼像懸掛在一棟棟大樓的外牆上。群眾中有許多人在捶胸頓足，以手敲頭。

那聲音說：人群多得像匯流的河流。凱倫知道，畫面所看到的是何梅尼死後第二天的情景，是舉行出殯的情景。參加出殯的群眾估計超過三百萬，清一色穿著黑衣。所有街道和高速公路都擠滿這些穿黑衣的哀悼者。有些人跑了二十五英里路前去墳場，到達時因為體力不支和過度傷心而倒地，需要由別人拖著走。一輛公車的車頂因為負荷不了太多想站在上面看屍體的人，垮了下來。

那聲音說：許多哀悼者因為激烈悲痛而不住地搥打自己的頭。

屍體被包上一塊白色裹屍布，送進一輛有冷凍設備的廂型車，要運往墳場。但廂型車無法開過街道。警察對空鳴槍，想要驅散群眾，給靈車開道。

但群眾愈來愈多，哀哭聲震天，靈車不得不折返，改為用直升機把屍體運載到墳場。

然後是從空中鳥瞰墳址的畫面，只見墳址四面八方都圍滿群眾。凱倫覺得眼前所見是一千年前的畫面，是一些被圍困的古代大城市陷落時的情景。

直升機降落時，群眾衝破了障礙物，一擁而上。這些活人想要把死者搶回到他們中間。

凱倫雙手掩在嘴巴上。

活人群眾硬是要向墳址推進，而何梅尼的屍體被放在一個薄如蟬翼的箱子裡。凱倫發現自己去到了德黑蘭南面的貧民區，聽見人們在說：我們失去了父親。悲哀啊，真是悲哀的一天。

活人群眾撲向屍體，把它撞倒在地。

活人不肯接受他們父親已死的事實。他們想要讓他回到他們中間。他應該是他們之中最後一個死的人。應該死掉的不是他，而是他們。

那聲音說：發狂和念念有詞的哀悼者。

活人把自己搥打得滿臉是血。他們扯開裹屍布，想要把死者捲入他們的潮流裡，捲入他們的活浪裡，以此逆轉時間的軌跡，讓他死而復生。

凱倫雙手按在臉龐上。

活人們觸摸屍體，按壓這位教長的肌膚，想讓他的身體暖起來。他們身上的衣服都染有血跡，很多男人頭上的頭巾都泡滿了血。

凱倫感覺自己就在他們中間。她看到那個包在裹屍布裡的屍體四周圍滿蓄絡腮鬍的男人、穿黑衣服的哀悼者和革命衛隊，他們爭著要摸摸教長，爭著要搶奪一小片裹屍布。

她看見教長瘦白的腿暴露在日光之下。人人都在搶奪屍體和搥打自己的臉。

她深信死者的屍體應該受到備至的呵護，而看著這狂熱的場面，她相信自己隨時都可能昏過去。這種事是對「死者為大」的觀念的一種傷害。他細緻的雙手和雙腳都不公平地暴露在外。活人們抬著屍體遊行，有士兵開槍，有人頭流鮮血。

但他們只是想把教長帶回到他們中間去。

那聲音說：有八個人被踩死，數以千計的人受傷。

但現在這已變為一個屍體的故事，它講述活人是如何不願意讓出屍體。有些哀悼者因為太熱和太難過而昏倒。有些哀悼者跳到墓穴裡去。她看著他們從穴口一一躍下。他們不把自己的身體當一回事，而他們的身體也因為悲傷而瘸拐扭曲。他們想要佔滿墓穴，讓教長無法下葬。

當局動用了水砲，士兵也開槍，最終奪回了屍體。他們把屍體推進直升機裡。凱倫看見，放屍體的擔架有一小部分突出於打開的機門外，讓屍體的一部分亦暴露在外。

但活人們衝向直升機，要把它硬拉下來。

我們有可能相信，凱倫是唯一看到這場面的人而其他收看同一頻道的觀眾都是看著三個男人在一個攝影棚裡進行著冷靜的時事分析嗎？她用雙手按壓兩邊的太陽穴。她看見屍體有一小部分突出在機門外，地上灰塵不斷揚起，一大群穿黑衣的哀悼者攀住直升機的滑橇，要把它拉回地面上。

他們忘記了活人對死者應該有最起碼的尊重。

部隊把群眾逼退，直升機再一次爬升。活人們被螺旋槳颳起的風統統掃倒在地。他們坐在地上，以手搥胸和搥頭。

那聲音說：六小時後。然後凱倫看到墓址四周重新架設好嚴密的障礙物，主要是由一些貨櫃箱和雙層巴士所構成。用擴音器播出的警告響徹整個平原，而平原上全擠滿群眾，一直延伸至天邊遠處。

載著金屬棺材的直升機已經著陸，一支革命衛隊將要把棺材扛在肩上，抬到不遠處的墓地。但群眾這時再一次蜂擁而上，人人都是哭著和綁著染滿血的頭巾。他們爬過了障礙物，把墓址給整個佔據。

那聲音說：哀哭著和念念有詞的哀悼者。又說：他們讓自己跳進墓穴裡。

凱倫不能想像還有別人看到這一幕。如果別人也看到，就表示這事情不是真的。如果別人也看到，如果有幾百萬人也看到，那這些人一定會心有戚戚，感受到那些哀悼群眾的巨大傷痛，感受到一聲深深的歷史性長嘆。她轉過臉，看見布麗塔挨在沙發遠端的扶手，靜靜地抽菸。這女人說過她有需要別人為她相信上帝，然而，看到一整個國族為信仰而流血而陷入癲狂時，她卻無動於衷。如果其他人也看得見這些畫面，那為什麼什麼改變也沒有發生？本地的群眾在哪裡？為什麼我們仍然擁有姓名、地址和汽車鑰匙？

他們來了，就在畫面上，全都穿著黑衣服，黑壓壓的一群向著墳墓挺進。直升機隊低飛在平原上，以危險的角度斜飛過活人群眾的頭頂，把他們籠罩在塵埃與引擎噪音之中。有些人把自己打得昏迷不醒，群眾把他們軟趴趴的身體舉高，打一個個頭頂傳送到附近的空地等待甦醒。

悲哀啊，真是悲哀的一天。

直升機的降落地點到墓穴只有十米遠，但革命衛隊卻花了至少十分鐘才擠過洶湧人潮，把棺材送到墓址，放進土裡。這是一個講述活人群眾不肯讓出一個屍體的故事。

一等屍體埋好，軍方就用大大的混凝土塊把穴口密封。直升機向上升起，颳起陣陣風沙，把很多哀悼者吹倒。到了傍晚，革命衛隊用拖板車運來一個貨櫃箱，壓在墓址上方。活人群眾紛紛爬上貨櫃箱四周，把鮮花撒在箱頂上。貨櫃箱的金屬表面鑲著一些何梅尼的照片。

那聲音說：黑色包頭巾，白色絡腮鬍，熟悉的深眼眶眼睛。

蒙黑紗的女人，全身蒙在黑紗裡的女人，凱倫努力回想這種服裝的名字。方形披巾。這些穿著方形披巾的女人逐漸走近，走到貨櫃箱的最近前。許多的手在撫摸貨櫃箱上的照片，還想把貨櫃箱推倒。

她倒帶回到稍早之前，看見她們正沿著一些狹窄的街道往鏡頭的方向走過來。然後她更進一步，倒帶回到她們還在成長的階段，回到她們第一次戴上面紗，透過一片黑色蒙面物看世界的時候。她想像自己也是從頭到腳都穿上黑色，在燃燒的天空下面喊出一個名字。

活人們抬著標語，嘴巴反覆念著何梅尼的名字。何梅尼這個偶像摧毀者今天已經與上帝同在了。已經是入黑後的幾小時後，但在泛光燈的照明下，仍看得見活人們在以手搥胸，悲慟萬分。

*

一大早去到公園，她第一件事就是找那些已醒來的人說話。有幾個人在一張長凳上擠作一團，喝著紙杯裡的咖啡。一個女人把一張毯子掛在池塘圍籬上晾曬。

凱倫說：「再過不久我們便會變成一家人。因為預定的日子快要到了。因為完全的異象已經被看見。」

然後，她爬上貝形演奏台，在睡著人的睡袋、麻布袋和垃圾袋之間穿梭，跪下來給每一個已醒來的人說話。

她說：「要為那一天準備好。要準備好你們的心和靈。有一個為全人類制定的大計將要實現。」

她走過演奏台，尋找眼睛睜開的身體。

她說：「上帝的心是唯一的家園。火般們，當世界的完全孩子吧。」

她四周有粗重的沉睡聲，有從不可告人夢境發出的呻吟聲。她專挑那些醒著的人說話。她四周盡是咳嗽聲、擤鼻聲和規律得像鐘錶發條的呼吸聲。空氣中瀰漫著濃重的酸腐味，是由陳舊的被鋪味、汗味、尿味和衣服的髒味所混合而成。她在第一道陽光中用私密的語氣對每一個醒著的人說話。

她說：「因為現在只有單一個異象。有個異人從遠方來到我們中間。上帝每時每刻都更接近一些。」

那輛迷你警車開過了包覆藍色塑膠帆布的盒子屋；開過兩個穿兜帽運動衫和分享一根菸的男人；開過一個坐在破摺椅裡歪一邊打盹的女人；開過那個躺在地上的男人（他頭邊有些鴿子在走動，尋找他頭髮和衣服上的食物）；開過了整群知曉遊牧營地法規的人口（他們的東西都捆得緊密，袋子裡裝著袋子，起床時會慢慢移動身體，避免超出他們所分配到的生活空間之外）。

凱倫走下演奏台，尋找也許會願意聆聽她說話的人。教主的絕對聲音在她頭腦裡已經就定位。

13

關於渡輪的遭遇，有兩種不同說法。一種說，渡輪是在離黎巴嫩大約三十英里的海上遭砲艇攻擊，不得不折返拉納卡㊾；砲擊導致兩死、一失蹤、十五人受傷。但根據另一種說法，渡輪是在快到黎巴嫩港口朱尼耶的時候遭到陸基大砲或飛彈的攻擊，不得不折返拉納卡；攻擊導致一死、一失蹤、九人受傷。

比爾在港口看著渡輪進港。他算了算，白色的船身上一共有十八個彈孔。這船名叫「斯多噶哲人齊諾號」，可以搭載一千名乘客，但據說這一次出航時只有五十五個乘客。

另一個傳言是有關那些在黎巴嫩海域活動的砲艇是誰屬的問題。它們有可能是敘利亞人的，

㊾位於塞普勒斯。

但也有可能是以色列人或黎巴嫩人的。而如果它們是黎巴嫩人的砲艇，那麼，它們也許是隸屬於一支基督教的民兵：該民兵團的領袖誤以為渡輪是一艘伊朗貨船，要運送武器給他的一個對頭派系。

不過那渡輪也有可能是受到陸基的砲兵所攻擊，如果真是如此，攻擊就可能是由親敘利亞的什葉派黎巴嫩人所發動，或是由親伊朗的什葉派黎巴嫩人所發動，又或是由親以色列的基督教民兵發動。另一種傳言則說這事情是敘利亞軍隊所幹。

比爾看著乘客從船頭的出口下了船，再慢慢沿著凸堤走向一群等待著的人。時間是中午，天氣炎熱，而比爾心想，如果他早到一或兩天，現在說不定就會是垂頭喪氣地走在這些下船的乘客當中，又或是已經死了，又或是據報失蹤。傳言說受傷的乘客已被皇家空軍的直升機救起，載到島上的一個英軍基地接受治療。這段日子有幾千黎巴嫩人逃難來到賽普勒斯，而眼前的五十五個乘客卻反其道而行，又始料不及地折返（當然，如果傳言屬實，那下船的人數就不是五十五個而必須扣掉死去和失蹤的人）。

他沿著種著一長排棕櫚樹的海濱碼頭走過一家家咖啡廳和商店。他身體側邊的疼痛愈來愈顯著和固定了，從他腹部的右上方陣陣傳來。他對它已經愈來愈熟悉。有時，即便你是第一次被某種疼痛襲擊，一樣會覺得似曾相識。這是因為，疼痛是一種集體記憶，你會從有過這疼痛的人認識到它的存在。比爾感覺自己加入了過去，跟某種私密和可更新的疼痛建立起某種血緣關係。

他找了張桌子，點了杯白蘭地。行人步道上垂掛著燈飾，而比爾心想自己大概會樂於在這裡一直坐到日暮，等待涼爽的海風吹起和垂掛於棕櫚樹之間的五顏六色燈泡點起。然後他會再坐一會，也許是一直坐到清晨，邊坐邊喝著「邁塔克瑟」——這種有藥效的白蘭地歷史可回溯至十九世紀，聲望崇隆。然後他會在中午左右再回來這裡坐，等待渡輪再度開航的消息。

他並不真的認為自己最終會名列死者、傷者或失蹤者的名單。他本來就已經受傷和失蹤。至於死亡一節，他已不再認為自己真要死的話會是死於槍口或其他設計來殺人的武器之下。他過去常常想像這種事，想像自己被某個人槍殺。殺他的不是盜賊或獵鹿人，而是某個狂熱的讀者。他知道，他的深深隱匿自有某種強有力的邏輯，吸引某個孤單的年輕人把找到他和殺死他視為自己的使命。有些讀者會想要用攝影機偷拍他，有些讀者會想用槍瞄準他，而比爾看不出這兩種人有什麼分別。在比爾的想像裡，這個想殺他的年輕人個子細小，有一雙微微粉紅色的眼睛，家裡放著一些全身鏡子，然後他讀了比爾的小說，並受裡面的危險氛圍激發，想要幹一些危險勾當。史考特不是這種人，因為他雖然也是精神苦悶，卻不缺乏進取心和機智。不過，他何嘗不是在讀過比爾的小說和搜集過有關比爾的各種謠言後還是意猶未足，有一種非得把比爾找出來才能呼吸的感覺？比爾曾收到讀者寄來的一節手指，他猜那是食指，皮肉已經枯乾變褐，就像木乃伊的手指。比爾把這節手指保留了好一陣子，常常會望向它，納悶寄它的人用意何在。不過那已經是許多年以前的事了，如今，他在走出郵局的時候不會再懸著一顆心，擔心會有個瘦小的小伙子沿著對角線向他走過來，臉上掛著一個已經練習了幾星期的不懷好意微笑。

他很想回想起那女攝影師長得是什麼樣子，很想打電話到她家對她的答錄機說話。

他開始走回飯店。他的腿已經不太痛，而他的左肩（這肩頭在他被車撞之後首先著地）也完全沒事。但不知怎麼搞的，另一個肩頭卻開始痛起來。半路上他走進一家大飯店的大堂，想買一份《巴黎先鋒報》，看見大門上掛著布條，表示歡迎一群來自英國的獸醫蒞臨。這麼說，又會有醫生在他左右了。報上說，有好幾千人為躲避戰亂離開了貝魯特；一具具棺材因為墳地不敷使用而堆在墳場入口；在城外，死者的屍體一群群下葬，或是兩三具屍體同埋在一個墓穴裡；毀壞房屋的頹垣上不時看得見噴了漆的頭顱骨；沒有自來水供應，電力亦常常中斷，老鼠則愈來愈肥。

比爾不認為自己到貝魯特去的話會有什麼危險。去那兒的話固然會讓他對外隔絕，但這種事他已經彩排了很多年。如果渡輪不開航的話，說不定水翼船還是會行駛——這玩意船身高出於波浪之上，可以靈活地閃躲砲火。但即便水翼船不行駛，飛機場還是有機會重新開放。這樣的話，他就會登上一架舊兮兮的飛機，與六七個貝魯特市民一起，飛回他們那個在各種層次上都恐怖之極的家園。

他努力回想自己住的飯店叫什麼名字，以便可以向人問路。那飯店很小，收費便宜，離帆檣搖曳的海濱有一段相當距離。海濱：這本來是他可以選擇過的生活。他本來可以選擇擁有一部電話答錄機、一些名牌床單、一艘單桅賽艇和一個他可以愛的女人。他意識到自己每次深呼吸都會感到疼痛。

在旅館房間裡，他把一切開銷記在一本本子裡。然後他翻看他寫過的東西，覺得無以為繼。太難了。那比進行一場大手術還難，而且還不能讓你存活。他望向掛在牆上的畫，看到他先前在海濱看到過的一切和他想要寫出來的一切。畫中畫著的是一個放滿魚網的帆布籃子，但又包含著性、回憶、渴望、老朋友的名字和世界的各大河流。寫作這回事（如果寫得對勁的話）對一個人的靈魂來說是件壞事。它會保護你最壞的傾向，會把一切縮窄到失敗和災難。他不記得自己當初為什麼想要描寫那個人質。他一共寫了好幾頁，對內容只能說是半感滿意。他的實際用意到底何在？

他抬起頭，大聲自言自語：「凱爾特納不慌不忙，斜瞄了手上的球一眼才傳出。我的媽呀，真快，快得就像電報線㊿。」

他脫掉鞋襪，萎靡不振地坐在一把椅子裡，雙腳擱在床上，寫字本平放在大腿。他需要找個醫生談談和喝一杯。首先是喝一杯。問題是他只要站起來就會痛，走路到咖啡座的沿途和坐下來會痛，有可能連吞嚥都會痛，所以，他是遇到了一個典型的兩難式。他應該問問查理是怎麼把酒

㊿是克里夫蘭印第安人隊的三壘手。「快得像電報線」是指他的傳球球速快如電報線傳送電報。

戒掉的。他愛這個老朋友，他無限享受兩人在紐約和倫敦所共處的那幾個小時，但又同樣感到自己無比需要離開，無比需要跟查理握手說再見。查理以前老是喜歡想像自己老了之後住在帕克大道的情景，想像自己到時會是一個坐輪椅的衰翁，每天由一個不說話穿拖鞋的黑人女看護推到戶外透氣。她總是不斷把他推到有陽光的地方。他雖然又老又衰弱，幾乎連呼出一口氣都有困難，但家裡人還是給他穿戴整齊，把他打扮得像個要參加生日派對的小孩。他看見自己在一天最暖的時候身上還是裹著一張毯子，總是坐在一條街上陽光最燦爛的位置曬太陽。這是因為，只要人行道一開始變暗，女看護便會把輪椅更往前推，推到下一個陽光會再停留十五分鐘的地點。所以，他們總是不斷向著有太陽的方向前進。每次跟比爾談到這個，查理總會因為興奮和不好意思而臉色泛紅。

比爾本來也可以是這樣終老的，死後留下一些杏仁香皂、一個重新裝潢過的廚房和一個裝了答錄機的遺孀。他愛他的所有老朋友，卻捨不得給出他們向他索要的東西，而且想要他們死心，便對他們敬而遠之，好讓彼此可以再一次扯平。

這叫做「以鞭炮還鞭炮」。

他的人生主要由髮絲構成（包括飄到打字機裡去的髮絲，每一條都集滿塵埃而毛毛茸茸，糾纏著臂桿和互動零件；包括黏在腕墊上的髮絲，它們就像蜿蜒的水蛭牢牢附著，非得他用拇指指甲去刮才刮得掉），再來是細胞屑、皮屑、角質和褪色的色素。

應該利用等船這段時間觀光一下的。他有把這話大聲說出來嗎？土耳其城堡，英國墳場。他慢慢變換姿勢，測試哪種動作會引起疼痛，表情一直緊繃著，直至發現自己輕易便可以站起來才放鬆。他走進浴室小解，看到自己沒有血尿的跡象。他拉起襯衫，察看腹部的瘀傷，看見瘀傷處沒有變大或改變顏色。中世紀的陶器，生產蕾絲的村子。他望向鏡子，看到自己已經許多天沒刮鬍子。他臉上的擦傷沒改善也沒惡化，但一定要說有什麼變化的話就是有所改善。他覺得自己應該穿上鞋襪，到外面走走，哪怕只是為了逃開那些千瘡百孔的紙頁。

他的右肩傳來陣陣抽痛。

他本來可以告訴喬治，他正在描寫那個人質，而這樣做的目的是把世界所失落的一小片意義帶回來。對，這也許就是他寫他的動機。當你施懲罰於一個無罪的人，當你把一批無辜者禁錮起來，你就是開始在抽空這世界的意義，開始為自己樹立一種分離的心靈狀態。這種心靈狀態會銷蝕它自己以外的一切，用陰謀和虛構來取代真實。他本來可以告訴喬治，作家創作一個角色是為了揭示意識，增加意義的流量。這是我們賴以回應權勢和反擊恐懼的方式。那個小詩人被抓了去。他的被禁錮讓這世界又少了一頂針51的意義。比爾是應該把這番話告訴那個龜孫子（喊是這

51 縫紉時套在指頭上的金屬環。

樣喊，但他其實喜歡喬治），只可惜他先前並沒有從這個角度思考問題。不管怎樣，他知道自己過不了多久就會把這番想法忘掉。

他回憶起一些重要往事，包括回憶起他爸爸喜歡戴一種「麗池帽」，這種帽子灰身、黑帽圈、帶毛邊而帽簷微微上翹。他還記起「下單之前先量過你的頭」是印在西爾斯羅巴克公司郵購目錄上的一句提醒㊾，記起「以鞭炮還鞭炮」這句話的由來。

他想要甩開那些千瘡百孔的紙頁，到太陽底下坐坐。他打算叫一輛計程車，坐到海濱，然後到堆著捕魚網的帆布籃子附近找張長凳坐下。他綁上鞋帶，拉下床罩要把被鋪給蓋住，卻突然停住。他感到了片刻的暈眩，有一種無助感，彷彿自己正在消逝，變得稀薄而遙遠。

他的人生主要是由毛髮構成：附著在針織小地毯邊緣的髮絲；捲纏在浴缸排水孔的髮絲；塞在U形隔臭管裡的髮絲；弄髒水槽底部的髮絲；蜷曲在馬桶內壁的陰毛；黏在衣領的頸毛；落在他枕頭、嘴巴和餐盤裡的髮絲。但最讓他注意到的是積聚在打字機裡的髮絲，他所有失落的髮絡全沉澱在機件裡面，灰濛濛而抖顫顫，柔軟而無序，代表著一切不乾淨、不爽利和不明晰的東西。

找個人把他永遠往有陽光的地方推吧。

*

這世界總有些事情是你不該看見但又總會在長大的過程中看見。頭套被小伙子拿掉後，人質定睛望著牆壁上的壁虎。牠們是淡綠色的，非常小隻，顏色非常淡，以至於他必須非常專心才看得見。

這房間抽乾他所有渴盼，剩下的只有映像。

「時間」由昆蟲所載負，以折騰人的緩慢步伐前進——慢得幾乎不能稱為前進，慢得幾乎不能稱為「時間」。它幾乎要對他說話。它有自己的絕望，會呈現在食物和食物的效果中，會以發燒和感染的形式滲入他的身體，讓他拉出沒完沒了的稀便。

他設法想像這城市一片火海的樣子，想像火箭從發射架發射的樣子。但他能夠形成的只是一些私人和緊實的映像，一些曾經朦朧發生在某棟房子裡的封閉瞬間。

沒有書寫工具讓人質感到焦慮。沒有紙筆，他的思緒會從他頭腦裡掉下來，死掉。他必須看著自己的思緒，它們才會繼續出來。

他把壁虎想像為碎片狀的光，想像為錐玉形的陽光。他努力記住壁虎在牆壁的位置，想要把牠們帶到頭套裡面的世界去。

㊾即提醒顧客郵購某款帽子時先量過自己頭圍尺寸。

那小伙子穿著黑色T恤和運動外套，下身幾乎一律是軍用工作褲和條紋帆布運動鞋。

交火現在再無時間表可言。它什麼時候都可能發生，要不就持續不斷，而隆隆飛過這座城市上空的以色列戰機則會引發出一個連環爆的天空。

人質把自己看成那小伙子的私有物。他是小伙子可以憑一時喜好隨意擺佈和形塑的物件。他是那小伙子的童年，包含著那小伙子是誰的祕密。他是小伙子的幸運發現，能夠讓小伙子把自己看得更清楚。

然後他不再去記憶壁虎的位置，因為此舉違反了一條他說不太上來的遊戲規則。

他的身體開始浮腫。他看見他的腿變成像是空洞的白色飄浮物，所以不肯承認那是他的腿。他的身體隨著他的聲音一起消逝。

沒有人來盤問他。

他幾乎難以用正常姿勢站立，甚至難以在床墊上變換姿勢，而他知道時間已經近了，再過不久，他便會成為「永久狀態」53的收集者。它們將會發現他，覓路而入。他的組織會水腫、胸膛會痙攣，被各種慢性病和終身症折磨。

他需要筆記本和鉛筆。因為他有些思緒若是無法寫下來便無法成形。

他想到那個被鐵絲網卡住和沒穿襯衫的男人。

他無法適應可創造意義感的事物完全闕如的狀態。他說不準規則是改動過或微調過或是徹底廢除，又還是自始便不曾存在。他也不知道這些規則是不是真可稱為規則，尤有甚者，他不知道「規則」這回事是不是只是他的不濟記憶虛構出來的。

他開始感到自己與那小伙子其實是同一個人。透過一些不費吹灰之力的往回追憶，他看見自己也許就是那小伙子的兒時。因為，在不知怎地收縮了的時間之中，在某些朦朦朧朧的夏日，他也曾經像那小伙子一樣站在門邊窺望。

每當他感受到頭套裡面出現第二重黑暗，便知道又停電了。他只是另一個貝魯特：沒水，沒電，聆聽著砲彈無時無刻的呼嘯聲。

他回想起來，小伙子用來打他腳底那根彎曲的鋼筋是還黏著混凝土屑的。

交戰的聲音繼續響起，但塞車的聲音已經消失。機關槍聲和迫擊砲聲之後不再聽得見汽車喇叭聲。這城市已經空掉。他努力想像這城市各條大道的殘破荒涼景象，這是他剩下的唯一苦中作樂。他試了，卻發現不再有作用。

除了緊密的映像外他已不再留下什麼。所有能量、物質和引力都去到了前頭。未來無處不在，延伸得讓人無法忍受。

53 「永久狀態」指「中風」、「糖尿病」、「關節炎」等不可能完全痊癒的病狀。

頭套這件事情顯得毫無道理可言。為什麼兩個人都要同時戴頭套呢？那個小伙子要戴頭套，是為了保護自己，以防日後哪一天會被指認出來。不過，既然他已經讓人質戴上沒有眼洞的頭套，他自己又何必要戴頭套？如果是考慮到餵食一節，那他給人質戴個嘴巴開洞的頭套不就得了？

兩個朦朦朧朧的映像。他那個必須綁在椅子上的祖母。他那個喝醉的父親，坐在馬桶上，脫掉一半的褲子裡滿溢著嘔吐物。

只有書寫可以吸去他的孤單與痛苦。寫下的文字會道出他是誰。

他知道，小伙子有時會假裝離開房間，站在一旁觀察他的動靜。他是小伙子找到的寶，是小伙子從土裡刮到的一片光。他感受到小伙子的聚精會神，也知道小伙子的精確位置，但他保持一動不動，並在這一動不動中鑽研小伙子死寂的動靜。

頭套下面小小而封閉的映像。

唯一可以讓他存在於世界裡的方法就是讓他把自己寫在世界裡。他的思想與言語正在慢慢死去。只要讓他寫出十個字，他就會再次活過來。

他是被一輛少了一扇門的汽車載到這裡來的。

哪怕是一團濕紙團和一支被狗啃過的鉛筆也好。有了它們，他就可以把自己的恐懼寫出來，讓它們落在紙頁上，不再留在他的身體與心靈裡。

他還有時間進行最後一個思索嗎？

他知道那小伙子此時就站在門邊，便設法用文字看到他的臉，設法想像他長得什麼樣子，想像他的皮膚顏色、眼珠顏色、五官形狀，想像那個被稱為臉的平面的每一個方面——假定我們能說小伙子真有一張臉的話，假定我們相信頭套裡面真有什麼東西的話。

*

比爾留心聆聽隔壁桌客人的談話，知道他們是來自英國的獸醫。兩男一女。他看了看那女獸醫面前的食物，指了一指。侍者在本子潦草寫上幾筆，掉頭離開。比爾把白蘭地一口飲盡。

他站起來，手上還拿著空杯子，向著幾位獸醫欠身。

「恕我冒昧，但不知道三位可不可以撥冗為一位作家解解惑。是這樣的，我正在寫一本書，而書中一個段落需要專業醫學知識。所以，不知道我是不是可以打擾三位半分鐘的時間。」

三位獸醫神色平和，看來不覺得被打擾到。

「我們遇到作家呢。」那女的對兩個同伴說。

其中一個男獸醫身材壯碩，蓄絡腮鬍，正在細細打量比爾。另外兩個人彼此互望，琢磨比爾要他們做的這事情會是有趣還是無聊。

「我們有可能聽過你的大名嗎？」蓄絡腮鬍的獸醫說，聲音帶著一絲自疑的味道。

「不會，我不是那種作家。」

雖然比爾不太知道自己這話是什麼意思，但那三位獸醫卻沒有被唐突到，反而覺得滿意。這樣一來，他們就可以放輕鬆跟一位不知名的同道旅人自在交談。

比爾望望手中的空杯子，然後放眼瞧瞧附近有沒有侍者，目光一直望到人行步道上的其他餐廳去。

「但有沒有可能我們讀過你的大作？」女獸醫說，「譬如說在飛機場讀到。你知道的，在那種地方買書通常不會太注意作者是誰。」

另外兩個人點頭稱是。

「不，我不認為有這種可能。你們八成沒讀過我的書。」

女獸醫個子小而寬臉。比爾想，以她褐色的瀏海和說話時會向前凸的嘴巴，幸好她是寬臉。

「你都是寫哪一類作品？」第二個男獸醫問。

「純虛構小說。」

蓄絡腮鬍的獸醫謹慎地點了點頭。

「我正在寫的一個段落需要專業知識，而我相信，參考再多書本都比不上跟專家談半分鐘的話。」

「你的小說有曾經拍成電影的嗎？」女獸醫問。
「它們始終只是小說。」
另一個男獸醫微微一笑，隔著自己的絡腮鬍看著比爾。
「但你既然是作家，總該亮過相吧？」女獸醫說。
「妳是指他上過電視嗎？」第二個男獸醫問。
「我常常想電視上那個人不是我。」
比爾向一個路過的侍者揮了揮手上的酒杯，但不清楚那個侍者有沒有看到他的動作或知道他喝什麼酒。五色燈泡已經點上，有些人站在了最遠一排棕櫚樹再過去一棟白色建築的頂樓陽台上。
比爾半蹲在桌子旁邊，說話時目光輪流轉向三位獸醫的臉。
「好吧，我要開始說明了。我的角色在馬路上被一輛車子撞倒。事發後，他可以不需要別人幫忙，自己走路，但身體上有瘀傷。他還會感到一些刺痛和疼痛，但其他方面大體正常。」
「你得了解，」女獸醫說，「我們的工作是為生病或受傷的動物診斷和治療。只限動物。」
「我曉得。」
「我們不為人看病。」第二個男獸醫說。
「但我還是樂於碰碰運氣。」

他說完就一躍而起，去追趕一個侍者，把酒杯給他，又慢慢念出白蘭地的名字。然後他回到獸醫的桌子，半蹲下來。

「然後過了幾天，我的主角開始出現一些更深的症狀，主要是腹部一邊出現強烈和固定的疼痛。」

另一個侍者把獸醫點的葡萄酒送了過來。

「他納悶自己是不是受了內傷，是的話又是哪個器官受傷和傷得有多嚴重。他想要知道這些，是因為他需要出遠門。」

「他的尿有血絲嗎？」

「他的尿裡沒有血。」

「如果你把他寫成有血尿就好辦了。這樣你就可以把他說成是腎臟受了點內傷，而我們可以告訴你那會有什麼後果。」

「我不想要他的尿裡有血。」

「現在的讀者都那麼有潔癖的嗎？」女獸醫問。

「不是這個原因，是因為主角作痛的部位是在較前面。」

「會不會是脾臟受了傷？」第二個男獸醫猜測說。

比爾想了片刻，忍不住問：「狗也有脾臟的嗎？」

這話讓三個獸醫非常莞爾。

「如果狗沒有脾臟，」蓄絡腮鬍的獸醫說，「那我做的那些脾臟切除手術都是給一些長了毛皮的侏儒做的不成？」

這位獸醫的爽朗笑聲讓比爾覺得喜歡。他一向喜歡醫生，而他的第一任妻子對此很感冒，認為他是想巴結醫生，讓自己可以活得比她長命。

「容我補充一點，」比爾說，「我的主角有喝酒的習慣。」

「這樣的話，他的脾臟也許就會有點腫大，」第二個男獸醫說，「而一個腫大的脾臟會比較容易受傷。所以他說不定是脾臟出血，這樣的話會引起相當大的疼痛。」

「但脾臟是在人體左邊，我的主角是覺得身體右邊疼痛。」

「你先前有提過這一點嗎？」女獸醫問。

「也許我忘了提。」

「你把他寫成身體左邊疼痛不就得了？」蓄絡腮鬍的獸醫說，「不過，如果真是脾臟受傷，那有可能會流血不止。我想你也可以在這方面著著墨。」

這時，侍者端來了白蘭地。比爾舉起一隻手，示意談話暫停一下，隨之仰頭把酒乾掉。

「幾位，我有需要把他寫成是身體右邊痛。這是應劇情的需要。」

三個獸醫一時間都沒有說話，而比爾知道他們是需要一點時間才能消化他的話。

「可以寫成是腹部的右上方疼痛嗎？」第二個男獸醫問。

「我想可以。」

「我們可以寫他深呼吸時會疼痛嗎？」

「沒理由不行。」

「我們可以加上他右肩膀也疼痛嗎？」

「可以，應該不是問題。」

「那就解了。」女獸醫說。

蓄絡腮鬍的獸醫給大家添滿葡萄酒。

「是肝臟的撕裂傷。」

「就是所謂的『血腫』。」

「換言之是肝臟局部腫脹、充血。」

「從外面看不出來。」

一個侍者端來比爾的晚餐，放在另一張桌上。四個人同時定睛看著那份食物片刻。然後比爾去把餐盤和餐具端到獸醫的桌子，半蹲著切肉。

「所以說，他的不舒服是肝臟造成的。他自己早就有點懷疑是肝在搞鬼。接下來我該怎麼描寫他？他會陸續出現哪些不適症候？」

女獸醫望向第二個男獸醫。

「會暈眩？」

「應該會。」

她告訴比爾：「是因為腦部缺氧的關係。」

「還有什麼其他症狀？」

「血壓會下降，而他的腹腔會處於急性感染的邊緣。」

「但他想要去旅行。」比爾說。

「想都別想。」第二個男獸醫說。

「什麼樣的旅行？」女獸醫問。

「一趟海上旅行。不是太長途或太累人的。」

比爾給自己倒了些葡萄酒，然後輪流望向三個人的臉。

「這樣寫會完全失去可信度。」蓄絡腮鬍的獸醫說。

「對，我們絕不能那樣寫，」女獸醫說，「我們不能讓他去坐船。那太超過了。絕對不可以。」

比爾喝了杯中的葡萄酒，對她說的話感到莞爾。

「但如果他只是有點暈眩，只有一點腦部缺氧呢？很多人不是因此而出海兜風的嗎？」

「抱歉，不行就是不行。」

蓄絡腮鬍的獸醫說：「如果他真是出現了你說的那些症狀，那他唯一合乎常理的做法就是去看醫生。」

「不然你就只能寫他陷入昏迷。」

比爾已經切完了肉，但還沒吃第一口。他站起來，想找一個侍者點酒。空氣中帶有一種清爽和讓人愉快的特殊味道。

「幾位，我不是有意冒犯，但我們談的不是鸚鵡。這個人在其他方面都健健康康。」

「其他方面都健健康康？真是個有趣的說法。」

「你知道一般人的問題是什麼嗎？那就是不管他們是不是健健康康，他們都不願意讓醫生執行專業。」

「他們總是把寵物的健康放在第一優先。」女獸醫說，一面雙手抓住桌子邊緣，把自己從椅子上向前挪。

比爾向一個侍者揮動手上的空酒杯，用另一隻手指了指酒杯。蓄絡腮鬍的獸醫幫他斟滿葡萄酒。

「好吧，」比爾說，「我會讓我的角色去諮詢專業人士。但如果一個醫生看到有這種症狀的病人出現在他的看診室，他會做些什麼處置？」

「他會幫他叫一輛救護車，你們說是不是？」蓄絡腮鬍的獸醫說。這番談話讓三位獸醫非常愉快。第二個男獸醫從比爾的桌子拉過來一把椅子，讓他坐下。侍者這時端來了白蘭地，而幾個獸醫向他再點了一些葡萄酒。

他們最後決定去海濱一家夜總會消磨晚上，那是個許多黎巴嫩人喜歡排遣流亡時光的場所。在計程車裡，比爾被擠在一個角落，感覺有點頭腦發昏。三個獸醫哄著司機為洪水節即興作一首詩（洪水節是賽普勒斯一個重要節日，專為紀念諾亞大洪水而設）。

夜總會很大，擠滿了人。一個中年婦人手持麥克風，在桌子與桌子之間穿梭，用阿拉伯語和法語唱著哀怨的歌曲。比爾坐在一條擁擠軟長椅的末端，同座的除了原先三位獸醫以外，還有兩個他們剛在夜總會門外認識的人。女獸醫任由比爾把一隻手搭在她肥沃的大腿上。每四十秒就會有一個軟木塞從香檳瓶口彈出。比爾看見他的小說就站在夜總會另一頭，身材癡肥而身上沾滿鹼液，醉眼昏花且一口爛牙。這景象是那麼逼真，嚇得比爾酒醒了一下下。舞池裡是一對對摟得緊緊的男女。有一瓶香檳發生爆炸，炸著一個男人的臉，他站著，臉上又是血又是泡沫，低頭看自己西裝的受損程度。到處都看得到最時髦的裝飾品，包括女士們的骷髏頭首飾和年輕阿飛戴的迷彩太陽眼鏡和武器造型配件。到處都有人在爭吵，香檳隨著一下又一下的啵聲奔瀉。在這片鬧嚷嚷的氣氛中，比爾除感受到人們對家的思念外，還感受到他們不願逃離戰爭，並受到戰爭的拖拉，自願與戰爭攜手跳一支死亡之舞。然後他看到一個奇瘦和白臉的男人走上舞台，學路易斯・

阿姆斯壯的聲音唱出〈刀子老兄〉，把著名的甘美低吼聲模仿得冷冰冰。比爾痛恨這首歌是由一個瘦得可以放進行李箱的人唱出，覺得聲音單薄得可怕，但三個獸醫聽得入迷，沒眨一下眼或發出任何小聲音，就像那是他們等待了一整個晚上的高潮，是洪水節之詩。

他連呼吸都會痛。他的手在女獸醫的大腿上移動。她前額剪得齊平的頭髮產生一種效果，讓比爾覺得自己是在學校的文具貯藏室裡撫摸一個女老師。老天爺，求求你讓她答應給我上吧。稍後，在男化妝間裡，他與那個蓄絡腮鬍的獸醫迎面而過，但兩人沒打招呼或交換眼神。他們畢竟只是在一個遙遠他鄉萍水相逢的兩個陌生人。比爾覺得，他在掛有五彩燈泡的人行步道活過的那段人生只是泡影。

在飯店房間醒來時，他發現自己只穿著內褲，但兩隻襪子和一隻皮鞋還穿在腳上。他得花上一陣子才想得起這裡是哪裡。解決這個疑問之後，他又設法回想他是怎麼回到飯店來的。他完全不記得離開夜總會之後發生過什麼事。這讓他感到害怕。他看見自己在某些黑暗街巷扶著牆壁跌跌撞撞覓路的樣子。他現在終於知道這世界的危險有多麼巨大，深感自己又白痴又幸運。香菸包裡還有一根菸。他脫掉鞋子，抽了一口菸，思及自己無從回憶的那段時光，覺得太不可思議了。他踱著步，努力回想曾經對哪些人的盤算，或使出巧妙的花招，然後他曳了一下步子，循此思路拼湊起接下來可能遇及的事情。這讓他既恐懼又覺得卑微，但也令他感到一種黑暗的魔力。

他回憶起一些重要事情，包括回憶起有個小孩吃掉一些蚱蜢，嘴嚼幾下之後張開嘴巴，舌頭上還留有一根翅膀和一隻眼睛，牙齒沾滿咬碎蚱蜢的汁液。

他跑到廁所去吐痰，咕嚕一聲把痰吐出。他小了便，拉上褲鍊前先把老二上最後一滴尿抖掉。這就是他的人生。他把香菸放在洗手台上的玻璃擱板，洗了把臉。之後他坐在床沿專心致志地抽菸，又端詳手上的香菸，心想發明香菸的人還真是聰明，光是把一些菸草切得細碎捲在一張薄紙裡便可以帶給人愉快。怪的是他以前從未注意過這一點。

他想到了自己昨晚的睡相：脫了褲子卻沒有脫左腳的鞋（褲子也許是他自己所脫，也有可能是別人所脫）。這畫面具體而微地表現出他昨晚的經歷有多麼荒唐古怪。他希望手上的菸還能夠再抽四口，不過，他隨即判斷出這菸只能再抽兩口，頓時感到一種若有所失。

他睡了幾小時，起床時猜想時間剛進入黃昏。他打電話到櫃台，櫃台人員給了他一個醫生的名字和地址。他穿上衣服後感到神清氣爽，便想忘掉醫生的事，又決定還是看看醫生比較保險，但隨後又想忘掉醫生的事，因為他肚子餓了，而肚子餓在他總是一個恢復精力的信號。

他最後還是決定去看看醫生。離開房間前，他臨時起意打電話到船公司問了一問。對方說渡輪已經重新開航，即將出發。

他檢查了護照、皮夾和旅行支票，然後把所有東西收拾到旅行袋，下樓辦理退房。在船公司裡，包括他在內一共是三個人排隊買票。牆上的海報呈現的是一片茶色海岸的日落景致。然後，一個戴鴨舌帽的人走了進來，手上拿著個用金屬絲吊掛的圓形金屬托盤，上面放著幾杯咖啡和冷開水。這個時刻看來是有著悠久歷史傳統的。職員比了個「請」的手勢，三位客人便各拿了一杯咖啡，圍在一起談話。

「從這裡到朱尼耶的港口有多遠？」

那職員說：「以公里算的話，約莫是兩百四十公里。」

「我要從朱尼耶去貝魯特的話，要怎麼個去法？」比爾說。

「那是計程車距離的路程。你可以坐計程車。」

「司機會獅子大開口嗎？」

「當然會。」

「船身上的彈孔都補好了嗎？」

其他兩個乘客對望了一眼，流露出莞爾的表情，像是聽到了一個笑話。

「別擔心那些彈孔。」

「都補好了？」

「那些彈孔都在水線之上。」

「我們不會擔心那些彈孔。」一個乘客說。

「彈孔只是末節。」那職員說。

比爾用力嗅聞杯底的咖啡渣，想用這個方法舒緩身上的疼痛。

「聽說停火協議已經簽訂了。這一次他們是認真的嗎？」

「他們沒有一次不認真。你不能光看停火協議本身就說這一次是認真而那一次不認真。每次停火都是認真又沒有一次會持久。」

「但停火協議不是會關係到渡輪的安全嗎？協議內容有把海上的砲艇包括進去嗎？」

「海上不是問題。」那職員說。

「我們不會擔心海上。」另一個乘客說。

「海上跟陸上比只是小巫見大巫。」

他用旅行支票付了船票的錢，那職員問他有沒有簽證。沒有。那職員又問他有沒有美國國務院發給的豁免證明書，比爾表示他聽都沒聽過這玩意兒。

「沒差。總有辦法的。」

「有什麼辦法？」比爾說。

「去到朱尼耶要過海關的時候，你會看見一個黎巴嫩軍方的人。反正總會有個人穿制服，面前放著橡皮圖章和印台。告訴他你是作家。」

「不成問題，我本來就是作家。」

「告訴他你想申請採訪證。他也許會跟你要些錢。然後他會在一張紙上蓋個章，表示你已經受到一支主要的基督教民兵的保護。」

「所以我不需要簽證？」

「你完全可以自由入境。」

「他會向我要多少錢？」

「既然你願意付錢進入一個貝魯特這樣的城市，我不認為你會介意花多少錢。」

他站在碼頭上，驚訝於竟然有那麼多人要登船：至少有一百人，有些帶著小孩，有些還抱著或背著小嬰兒。海鷗在燃燒似的天色中盤旋著。帶著家人、板條箱、購物袋、小嬰兒，眼前這些人勇敢而讓人感動，備受比爾珍愛。

他想自己應該為接下來的行程想好計畫，便擬出一個大致如下的大綱：

在朱尼耶叫一輛計程車去貝魯特。跟司機討價還價。假裝熟悉這一區，知道最短的路線和標準收費。到貝魯特之後找一家旅館，請旅館經理幫你租一輛車和一個司機。跟司機討價還價。讓他覺得你來過很多次，讓他看到你有帶地圖（他的地圖是買好船票之後買的，但說來奇怪，他去了三家店才買到貝魯特的地圖，就像這城市已經從世界除名）。攤開你的地圖，告訴司機你要去城南的貧民區。但對接下來該怎麼辦，他卻不是太有譜。不過他知道，他最終會走入阿布．拉希德的總部，告訴那裡的人他是誰。

在這之前，比爾從未曾走入一個地方，告訴那裡的人他是誰。

乘客還在登船。船上的探照燈像一束硫磺矛頭一樣直插天際，愈往上光亮愈淡。他找到自己的艙房，裡面有三個鐵絲衣架和一個臥鋪。他再次有頭暈暈的感覺，便躺了下來，一根手臂橫在臉上，想把光遮開。輪船的汽笛響起，這讓他在疼痛中覺得受用。他喜歡唱歌似的輪船汽笛聲。他覺得自己躺得很舒服，得到很好的休息。他回想起自己寫下的那幾頁東西，意識到裡面包含著某種衝突、某種緊張，受到兩個方向的拉扯，然後他終於明白過來，他真正想描寫的並不是人質。那個小伙子會是什麼人？他想。

是寫作導致他的人生消失。

腦部會缺氧。

他想起了那句話，便努力回想是多少年前聽到的。

你就不能等兩個搖晃[54]。

他慢慢從疼痛盪開，努力不讓自己返回。

他想起來了，當時他們坐在一輛計程車，要前往那個還沒有改名字的愛德懷德機場，而司機說：「我是出生在……」對，就是那一次，當時我們要去坐飛機，但出於典型的磨蹭人性而出門得有點晚，而那司機說：「我是出生在老一輩的耳提面命下的。我老爸老是說：寧早莫遲。」他

[54] 這是俚語，意指「你就不能等一等！」

記得，他當時告訴自己要把這句話記住，以便拿來跟朋友分享或是用在書裡。因為這些都是重要事情，是不思而得的詩句：「出生在老一輩的耳提面命下」。每逢在街上、巴士上或廉價商店裡聽到這一類詩句，他都會心動神搖。

他殷切地想要被遺忘。

他再一次盪開，這一次盪得很遠，而他也改變了不返回的念頭，因為他記起自己沒能記住司機所說的那句話，從未拿出來與朋友分享或用在書裡。那句話他大概是三十五年前聽到的，而那時愛德懷德機場還沒有改名為甘迺迪機場㊺。時間就是金錢。山谷裡的農夫㊻。他這一次盪開得很遠，遠得讓他害怕，讓他拚命想要返回。

他的父親：你就不能等兩個搖晃。

他的父親：我告訴過你多少次多少次多少次了。

他的母親：我希望你不要把袖子捲起來。

他聽到自己的呼吸聲發生了變化，感到一種緩慢正在降臨，是他以前沒經驗過的卻又覺得熟悉。這種單色調的緩慢來自於那部淺呼吸的歷史，而現在，他終於深刻而完全地認識它了。

下單之前先量過你的頭。

他的父親：我們有需要好好談談，二世。

他完全認識它了。那光，那孑然一身之感。然後它變成了海水的搖晃，變成了那艘總是向著太陽方向行駛的船。

*

朱尼耶上方那片裂谷似的山坡上蓋著一些帶陽台的大樓，它們此時正沐浴在清晨的紅霞中。下方的碼頭邊上，一些貨車停靠在卸貨點附近，車斗裡已滿載食物和飲料。一等乘客全上了岸，清潔隊便登船清潔打掃。負責打掃上層右舷艙房的是個有條瘸腿的老人。當他看到有個男的還躺在臥鋪時，便打量他有傷疤和未刮鬍子的臉和身上的骯髒衣服，然後伸出手輕輕探在那人蒼白的喉嚨上，看看可不可以感受到最細微的脈搏。然後他說了句禱詞，開始檢查那人的隨身物件。他沒拿那微不足道的現金、那雙好皮鞋、旅行袋裡的東西或旅行袋本身，但覺得拿走護照和其他證明文件不算是犯罪。凡是有姓名和字號的證件都會有貝魯特的民兵想買。

---

55 一九六三年十一月二十二日甘迺迪遇刺身亡，同年十二月二十四日愛德懷德機場改名為甘迺迪國際機場，以紀念這位總統。

56 「山谷裡的農夫」是一首童謠的名字。

14

他聽到從礫石道路傳來汽車關門聲，然後是汽車開走的聲音。在轉身望向廚桌後面的窗子時，他先思索了一下。有誰會用走的呢？會來這裡的稀客都會直接開車到門前。他在刷洗一個長柄鍋，而他現在的站立角度無法看到外面那個人，但他不急著變換位置，因為那人遲早都會出現在窗前，不管他是來推銷上帝、荒地還是末世。會來這裡的稀客都會把他們的廂型車或小貨車開過那條凹凸不平的泥巴小徑，通常不是送貨員就是修理工，反正總會是張熟面孔，並且穿著一雙磨損的鞋子。

史考特用菜瓜布再刷了三四下才再次轉身。他看見了凱倫。當然是她，因為只能是她。她的樣子和他第一次看到她的樣子並無多大不同，還是像個被雲霧繚繞的夢遊者，還是像是從比爾的小說裡跑出來。她手上的手提袋拖在地上。

他繼續待在水槽前面。他給長柄鍋沖水，然後又刷了幾下，再沖水，再刷了幾下，再沖水。

他聽到她走上前台階和打開門的聲音。她走進了玄關，他還在給長柄鍋沖水，背對著廚房。

她說：「我沒打電話，直接從巴士站坐計程車回來。我全身的錢只夠付車資和小費，因為我希望自己到達時一文不名。」

「風吹開了門，看看是誰來了。」

「事實上我還有兩美元。」

他沒有轉身。他需要時間適應這種狀況。這麼多年來，他已經習慣了扮演被朋友遺棄的角色和被情人拋棄的角色。我們全都知道，我們祕密害怕的事情其實從不是什麼祕密，而是一種攤開和永恆的東西，會預言著自己的重複發生。他關掉水龍頭，把長柄鍋放在瀝水籃，靜靜站著。

「你不問問我是不是高興回來？我想念你。你這陣子還好吧？」

「有遇到比爾嗎？」

「我常常以為看到他，但都不是他。你有他的消息嗎？」

「一丁點都沒有。」

「我回來是因為我怕你不太好。另外我也想念你。」

「我一直在忙，忙整理的工作。」

「那是你最拿手的。」

「所以我還是老樣子的史考特。」

他對自己的聲音有點陌生。他想這是因為自己已經有一段時間沒有和人談話。但也有可能是目前的情境使然。在目前的情境，說話是件危險的事，因為他不知道自己會說出什麼樣的話，或不知道會不會他想說的是一個意思，說出來又是另一個意思。他有兩種可能選擇，而兩種選擇都一樣容易選擇。他缺乏說話的信心，這讓他的聲音變得有點怪和欠缺穩定性。

「我知道你也許會希望一個人獨處。」她說，「我知道我大概走得很不是時候，當時你的情緒很低落。但我真的認為……」

「我知道。」

「認為我們已經失去從前的互信關係。」

「別放在心上。」

「我不是很擅長這一類的談話。」

「我知道。別放在心上。我們都是一樣侷促。」

「我沒有先從紐約打電話回來，也沒先從巴士站打電話……」

「那不是巴士站。妳老叫它巴士站。那只是藥房裡的一個小票亭。」

「因為我不信任電話。」

他轉過身望向她，看到她一副落魄模樣。他走上前，雙手把她抱住。她開始顫抖，他把她抱得更緊，然後退後一步打量她。她正在哭，有哭的表情或動作，但沒流淚，嘴巴憋著，眼睛看不到平素那種生氣勃勃的光芒。他把一隻手放在她後腦勺，輕輕地把她的臉貼向自己的臉。

他們在樹林裡散了很久的步，沿著一條小徑一前一後走著，然後走進一片長滿蹄蓋蕨的沼澤低地。她告訴史考特，她把布麗塔為比爾拍的那些照片的打樣帶了回來。他沒說什麼，但心裡覺得寬慰，感到一場傷害獲得了部分的矯正和補償。凱倫又說，布麗塔答應，在沒有取得比爾或史考特的同意前，不會發表那些照片。

那個晚上他們大部分時間都抱著彼此，不然就是一個躺在另一個上面，四腿交纏。他們有時交談有時不交談，有時醒著有時睡著，或是激烈地做愛，會合在某些內在的深處，凱倫會給他模仿紐約人喋喋不休而囫圇吞棗的說話調調，讓史考特聽得大樂。史考特則告訴她，她臉部的輪廓一直深印在他腦海裡，以致有時吃飯吃到一半，他會看到她頭髮散亂地漂浮著，就像是某個現代波提切利57所畫的一幅雷射畫。

第二天早上，他們開了二十二英里的車去買一個燈箱和一個放大鏡，再開二十二英里的車回家。

下午，他們把閣樓書桌的桌面清理乾淨，把照片的打樣攤在上面。一共是十二張打樣，各包

57 波提切利為十五世紀義大利大畫家，其名畫《維納斯的誕生》中的維納斯就是頭髮散亂地漂浮在海面上。

含三十六張黑白底片。每張打樣的尺寸都是八英寸半乘十一英寸，由六個橫條構成，每個橫條有六小格。每個小格長一英寸半高一英寸。

史考特和凱倫分別站在書桌兩旁，彎著腰打量那些照片，移動樣張時小心翼翼，避免手指沾到底片。他們只是看個大概，還不是進行徹底研究和分析的時候。現在做這事還嫌太早了。

看打樣時，凱倫雙手抄在背後，史考特雙手插在褲袋，腰彎得低低，看完自己前面的打樣後再交換位置。

他們提早吃了晚飯，然後史考特在傍晚把電話桌搬上閣樓，放在書桌一邊，把燈箱擺在上面。

他們輪流看放在燈箱上的打樣。因為每一格照片都是按照當初拍照的順序排列，這讓他們看得出來布麗塔是怎樣建立節奏和主題，怎樣抓住比爾臉上的某種小表情或小特徵，想辦法放大它們和加以解釋，讓它們顯得切要，顯得與比爾密不可分。比爾的照片處處閃爍著布麗塔的思考，閃爍著一趟用心與眼所進行的小解剖。史考特猜想，她是想獲得一個未經設計過、偶然碰上的比爾。他拿著放大鏡一格一格看那些打樣，看到拍它們的女攝影家設法把當事人從各種包裹著他的神祕氛圍中抽離出來。她想要擦拭掉比爾的隱居生活，讓它顯得從未發生過，從而還給比爾一張真實的人臉。

但事情又也許不是這樣。史考特不想太快對一張照片能夠承載多少意義的問題下結論。

現在，他面對的第一件大工程是給這些照片編目，按不同元素把它們分類，這些元素包括：取鏡角度、相中人的表情、照片拍到的是房間哪個角落、陰影的深淺程度、是頭部照還是連胸照、有沒有看到手、有沒有看到背景，等等。事物本身如何是一回事，怎樣描寫它、分析它和編排它又是完全另一回事。

乍看之下，這些照片的差別寥寥無幾，二十張打樣像是同一幅照片的自我重複，若有差別的話也只是一眨眼之間的差別。

但這反而更有理由進行分析。因為事實上它們確實是不同的（如手的擺放位置或香菸的擺放位置不同），值得進行徹底的研究，而這工作需要時間。

第二天吃早餐時，史考特說：「有件事情是我不想去想也不想提它的。」

「我知道你要說什麼。」

「我們得要對比爾不再回來的可能性預作準備。我們也有可能永遠不會再聽到他的消息。但我對此既沒有困惑也沒有怨恨。」

「我也沒有。」

「我們不能用自己的好惡去評斷他的行為。」

「對，我們不能用一般的標準。」

「不管他正在做什麼，我們都必須相信那是他計畫好的，是這些年間一直在安排的。」

「對，他所做的事情都是他有必要去做的。」

「我們也絕對是這世界上最不需要得到一個解釋的人。」

「我們還可以住在這裡嗎？」凱倫問。

「房子是買下來的。他會希望我們繼續住在這裡。我從他付我的薪水中存起了一筆錢，而他的帳戶也繼續每個月自動把薪水轉到我的帳戶。如果他不希望我繼續幫他做事，應該會通知銀行停止轉帳。」

「我可以去打工，去當女侍應。」

「我想錢對我們不是問題。但比爾的家人是一大變數。如果他們知道情況，也許會不考慮我們，逕自把房子賣掉。他們也許會想賣掉他的文件和出版他的新書。每個最不堪的可能性我都已經想到過。另外還有前兩部小說的版稅問題。」

「我們現在先不要擔心這個。」她說。

「誰有繼承權是個錯綜複雜的問題。」

「跟他生活在一起的人是我們，不是他們。」

「但他沒有留下指示。」

「比爾是靠我們才能夠把全部時間投入寫作。」

「沒錯，我們幫他搬開了每一個障礙。」

「你想，如果我們保證繼續看管好比爾的資料檔案和把他的小說整理出來，他們會讓我們住在這裡嗎？」

史考特笑著說：「律師的腳步近了。長刀正在出鞘。血與法律術語已經寫在了牆壁上。」

「房子可以歸他們，」凱倫說，「但他們應該讓我們住下去。小說原稿和照片也應該歸我們所有。」

史考特探身向她唱了一句披頭四的老歌，內容是有關捧著毛主席的照片到處走[58]。

然後他去了閣樓，一整個下雨的早上都單獨一人弓著背站在燈箱前面，一面觀看打樣一面做筆記。

他握有比爾真實姓名的祕密。

他握有比爾的照片，肩負著為它們進行編目和分析工作的重責大任。

他握有比爾新小說的原稿，握有一屋子（包括了加蓋在屋後的小屋和一整個地下室）的紙張

[58] 這首歌的歌名是〈革命〉，部分歌詞如下：「你說你要掀起一場革命，嗯，你知道的，我們全都想改變世界……但當你談到摧毀，難道你不知道不用算我一份，難道你不知道世界會慢慢好轉……當你捧著毛主席的照片到處走，你將不會說服得了任何人。難道你不知道世界會慢慢好轉，好轉。」這裡史考特是開玩笑地指出凱倫將說服不了比爾的家人。

文件。

小說的原稿將會待在原地不動。他也許會打個電話給查理・埃弗森，暗示那部小說已經殺青。小說的原稿會待在原地不動，小說寫好的消息會放出去，但原稿卻哪裡都不會去。一段時間之後，他可以到紐約去找布麗塔，兩人一起挑選要發表的照片。但原稿將會待在原地不動，而比爾新小說即將出版的謠言會滿天飛。然後少量經過慎選的照片會發表出去，讓更多有關比爾的談論環繞著這些照片建立起來和擴散開來。但小說會繼續待在這房子，累積光環與力量，讓比爾的神話形象更加深入人心，永不死去。

人生的一大美事是它總是充滿第二次機會——語出比爾。

她的司機告訴了她三件軼事。

一是人們現在喜歡焚燒輪胎。在汽車炸彈爆炸、街頭交火、長程野戰砲轟擊、大樓倒塌和整個地區籠罩在硝煙的間歇之間，人們會焚燒輪胎來驅趕蚊子和蒼蠅。

第二件軼事是，現在當地有兩支民兵隊伍喜歡專挑對方領袖的肖像開火。他們會掃射貼在大樓外牆或掛在蔬菜市場遮陽篷桿上的肖像，把它們撕爛（有些肖像大得可以蓋住橫過一條街的整段電線）。一個領袖的肖像會被射爛，迅速被另一個領袖的肖像取代，然後這幅肖像未幾又會被撕爛。基於這種最新的戰鬥方式使然，最近附近這幾條街的氣氛顯得特別熱烈。

最後一件軼事是，現在製造汽車炸彈的人都會在炸彈裡放入從地板和釘屋拔出的釘子。警察在那些被隨機爆炸殺死的人的屍體上找到大量這種釘子。

布麗塔思索第三件軼事的重點。它是一種反諷嗎，是一種黑色幽默嗎？是想要透過把注意力放在一些小瘋狂而忘掉大瘋狂，從而可以看見淺淺一線希望嗎？釘子的故事引不起她的興趣，另兩個故事也是如此。來這裡的一路上她已聽膩了這些她有聽過或沒聽過的軼事。它們幾乎總會讓她生氣，那個有關恐怖組織會給記者發放記者證的傳言尤其讓她生氣。

他們開過賽馬場拱形立面所留下的瓦礫堆。然後司機開錯了路，開進了一條單行道。但沒差，因為現在所有的道路都是你愛向哪個方向開就向哪個方向開。她看見一些燒得只剩骨架的汽車，看見從破掉自來水總管噴出的四濺水花。街上生活如常進行，有攤販，有木頭手推車，還有一個男人把收音機和鞋子放在他的汽車引擎蓋上擺賣。有些陽台垂直倒掛在彈孔累累的大樓。然後他們開進了難民營附近的貧民區。她看見一些汽車整個車身全貼滿何梅尼的海報（駕駛座前面的擋風玻璃除外）。商店前面都堆放著沙包，沒人收的垃圾到處一墩一墩。她看見一個路邊攤販把販賣的「萬寶路」一條條砌成大樓形狀，疊得整整齊齊，顯示出一種追求條理的一廂情願堅持。

布麗塔此行是受一家德國雜誌社之託，要為一個叫阿布．拉希德的派系領袖拍照。他躲藏在這個被射得稀巴爛的區域的深處。橫街裡叢生著野草和野芙蓉，到處都有戴頭巾的女人在排隊，到處都有購買食物、飲用水、被鋪和衣服的長長人龍。

她的司機年約六十，說到「炸彈」這個字時都會把最後的b字母發出音來。先前他提過這個字大約十一次，而布麗塔等著他再說一遍，等著輕聲跟著他複述一遍。炸砰。黎巴嫩人除了黎巴嫩以外沒有別的話題，而在貝魯特這裡，貝魯特顯然也是人們的唯一話題。

一個乞丐走近車子，口中念念有詞。他一隻眼睛瞎掉，身上衣服主要是雞毛構成。司機向一個拿著把套鱷魚鞘刺刀的人按了汽車喇叭，而這喇叭聲竟是〈加州我來也〉㊾的第一小節。

每條街都滿是圖像。它們覆蓋在每一片牆壁和每一件衣服上：有烈士的肖像，有教士的肖像，有戰鬥人員的肖像，有大溪地度假的廣告海報。有一片灰泥牆上釘著個骷髏頭，然後又有些骷髏頭的畫像，有些小伙子身上的T恤是以骷髏頭為圖案。司機把寫在牆上的文字翻譯給她聽：

骷髏頭之父、美國好萊塢是血骷髏頭、阿拉法特滾回家、骷髏頭製造者在此。這些阿拉伯文字雖然是用噴漆匆匆噴出來的，仍然讓人覺得很漂亮。有一則文字提到「自殺炸彈客山姆」，另一則提到阿里21：「感謝阿里21的幫助，我回來了。」車子慢慢開過狹窄的街道，而布麗塔心想，這地方真是一家圖像製造工廠。隨處都看得見電影海報，卻沒有一丁點東西像間電影院。有些海報畫著袒胸的男人，手持大得與身材不成比例的武器，腰帶上掛滿手榴彈，背景是火海中的城市。透過一棟大樓牆上的彈孔，她看見有三個人坐在另一棟殘破建築一間洞開的房間裡，而他們坐的是一張全新的沙發。在一個檢查點，她看見負責守衛的小伙子都刺有骷髏頭刺青，身上的軍服由敘利亞軍服、美國軍服、黎巴嫩軍服、法國軍服和以色列軍服混搭而成，肩上的自動步槍掛著一包炸香蕉片。

司機出示布麗塔的記者證，負責盤查的小伙子看了看記者證，再看了看她。他們之中有個人用德語說了句什麼，而布麗塔好不容易才壓下一種愚蠢的衝動：她很想付他錢買他的鴨舌帽。那是一頂很漂亮的帽子，有著一片藍色的彎帽舌，她知道她在紐約的一個朋友一定會非常喜歡。

車子通過檢查點後繼續往前開。

㊾〈California Here I Come〉，一九二四年由Al Jolson主唱，被暱稱為加州州歌。

布麗塔已經不再找作家拍照，因為她不再覺得這種事有意義。現在她會接些案子，做些有趣的事，包括親臨戰場或拍攝跑在煙塵裡的小孩。她是有一天突然失去為作家拍照的興趣的。她不知道原因何在，反正這興趣就是戛然而止，不再是她的終身職志。

這時，她看到了許多那種叫「可樂II」的新飲料的圖像，牆壁上到處可見。她忽然產生了一個不經的聯想，覺得這些廣告海報是那個毛派組織的標誌。這是因為這些海報都是紅通通的。隨著汽車開進了愈來愈狹窄的空間，四周的可樂海報亦變得愈來愈大張。空氣中有許多刺鼻味，有來自洞開的排水溝，有來自燃燒的橡膠。一隻瘦得皮包骨的狗一動不動地躺在地上，吐出舌頭，身上覆蓋著一層綠色蒼蠅。現在，可樂的海報愈來愈密集了，幾乎覆蓋了每一面牆的每一片空間，而且每一張都佈滿密密麻麻的塗鴉文字，像是一個個彼此重疊的漩渦，一聲聲用蠟筆或油漆發出的怒吼。而這時布麗塔又有了一個不經的聯想，覺得這些海報的作用就像文化大革命的大字報，其目的是警告和恐嚇，要求人們自我批判。布麗塔會有這種聯想，是因為兩者在外型上有相似之處。在一些地方，可樂的海報會往上連貼十張，超過二樓的高度，上面有數以千計的阿拉伯字母圍繞著「可樂II」的商標打轉，發出著種種要求。

有個人站在一個殘破的廣場裡。車子停了下來，布麗塔把工具箱掛到肩膀上，走出車外。司機把她的記者證遞給她。顯然，她接下來應該跟著另一個人走。他比司機要老，而布麗塔注意到，他的右耳缺了一半。他腳上穿著拖鞋，手上拿著個塑膠水瓶。途中極少看見汽車，有的話都是緊靠牆壁停泊，而且要不是沒有玻璃，就是車裡所有東西全被剝去，像是在太陽下腐爛發黑的水果皮。在一個十字路口，她看到有一家人生活在一輛小貨車裡，但都是沒有輪子的，車軸沉在了泥土裡。她的帶路人把水瓶夾在腋窩下，不發一語地把她帶進了一棟垮掉的大樓。她低頭走著，跨過一些倒下的磚頭碎塊。到處都搭掛著電線，空氣中有一股酸臭味。他們從一間肉店的遺址走出大樓，然後穿過一條巷子去到另一棟建築（看樣子原是一家小工廠）。除了有彈痕和破掉的窗戶，這建築看來完好無缺。他們從一扇裝有交叉撐條的大鋼門走了進去。

有兩個戴頭套的小伙子看守在樓梯口，身上的襯衫用別針別著一個灰髮男人的照片。到了二樓，帶路人停在一扇門的門邊，等著布麗塔跟上。裡面有兩個男人正在吃飯，桌子上擺著義大利麵、皮塔餅和健怡可樂。帶路人旋即離開，然後其中一個男人站了起來，表示他是翻譯。布麗塔望向另一個男人：他絕對有六十開外，穿著一件卡其襯衫，袖子整齊捲到手肘位置。他有一頭灰髮和兩撇比頭髮色澤略暗的八字鬍，戴一副金邊眼鏡，鑲了兩三顆金牙。

布麗塔開始架設攝影裝備。她不覺得有需要先閒話家常。翻譯搬開了一些傢俱，然後坐下來要把飯吃完。那個灰髮男人繼續吃食，不發一語。

她從窗戶看到一個學校操場。位於操場遠端的校舍已經近乎全毀。操場裡有三、四十個小伙子坐在地上，雙手抱膝，聽著一個穿卡其服的男人說話。

拉希德向翻譯員說了些什麼。

「他說他完全歡迎妳來到我們中間。」

「非常感謝，但我不想引起不便和導致延誤。我知道他很忙。」

她把照相機對準窗外，從取景窗看著操場上的小伙子。

拉希德說了些什麼。

「不可以，」那翻譯員半站起來說，「除了這房間以外不允許拍照。」

她聳聳肩。「我不知道你們有那麼多規定。」她坐下，往工具箱裡找些什麼。「我的印象是，記者負責採訪，我負責拍照。沒有人事先告訴我應該避開某些主題。」

拉希德還在低頭吃食，但卻對她說了一句英語：「別把妳的問題帶到貝魯特來。」

「他是說，我們自己已經有夠多問題要處理，所以如果妳在慕尼黑或法蘭克福有溝通不良的問題，我們不想知道。」

布麗塔點上一根菸。

拉希德又說了些什麼，這次說的是阿拉伯語，但翻譯員沒有翻譯出來。

布麗塔抽著菸，等著。

翻譯員把一片白麵包蘸在肉汁裡。

「據我所知，每個到黎巴嫩來想找樂子的人最後總會落得茫然、受辱或殘廢。所以我只想把照片拍好就趕快走人。」

拉希德說：「妳一定是念歷史系的。」

他的頭仍然靠近餐盤。

「他的意思是，妳說的話足以涵蓋我們一千年的流血歷史。」

布麗塔舉起相機，坐在離拉希德約十五英尺之外。

「我想問他一個問題。問完我就會閉嘴，開始工作。」

她在取景窗裡對準拉希德。

「我看見外頭兩個小伙子的襯衫上掛著他的照片，這是為什麼呢？意義何在？」

拉希德喝了一口可樂，抹了抹嘴。但翻譯員已經搶先回答。

「意義何在？是在給他們一個可以追隨和順服的願景。這些孩子需要一個認同對象，忘掉自己的出身，擺脫他們父母和祖父母可憐無助的悲慘生活。」

布麗塔拍了一張拉希德的照片。

「操場裡那些小伙子在學些什麼？」

「我們灌輸他們認同感、目的感。他們全是拉希德的孩子，千人如一人。貝魯特所有民兵隊伍都是由這些沒有希望可言的孩子構成，他們本來只會嗑藥、喝酒和偷竊，都是些偷車賊。每次砲擊一結束，他們就會跑出來偷竊汽車零件。我們教導他們，他們是歸屬於一種更強大和自我憑恃的力量。我們教導他們不需要模仿西方那一套。但我們不是要訓練他們上天國，這裡沒有殉教者。拉希德的肖像就是他們的認同對象。」

拉希德正在吃一顆桃子。

他望向鏡頭，問道：「說說看，妳是不是覺得我是個瘋子，住在這樣的狗屎貧民區卻教導這些小孩進行世界革命？」

「你不是第一個搞這一套的人。」

「正是。這就是重點。」

他看來非常自得，對自己的使命堅信不疑。

一個小伙子帶了些郵件和報紙走了進來。這讓布麗塔非常驚訝，因為她以為這城市的郵遞服務早已中斷。他留在門邊看著布麗塔工作。她以為郵件的概念在這裡只是個記憶。

「好吧，我只再問一個問題，」她說，「戴頭套的必要性何在？」

她把椅子轉過來，跨坐在上面，手臂擱在椅背上，相機對準拉希德。

翻譯員說：「在拉希德左右工作的小伙子都不需要自己的五官或聲音。他們的五官是一模一樣的，他的五官就是他們的五官。他們已經把五官和聲音讓渡給某種更大和更有力的東西。」

「就我所知，這些小伙子都是受過軍事訓練，會執行武裝任務。我聽說有些外國外交官被殺的事件與你們這個組織有關。」

拉希德說：「女人抱小孩，男人抱槍。武器就是男人的美。」

「拿掉他們的臉和聲音，給他們槍枝和炸彈。告訴我，這行得通嗎？」

拉希德搖搖手。「別把妳的問題帶到貝魯特來。」

她迅速換上新底片。

「他是說，殘暴早已降臨在我們身上。這股自然界的力量橫行整個貝魯特，在每一條街都看得見。它就在光天化日之下，所以你必須讓它完成它的目的。它是無法阻擋的，而既然無法阻擋，我們就應該助長它，這樣它才能更早結束。」

她邊聽翻譯員說話邊為拉希德拍照。

「你下巴掉下來了。」她說。

他喝了口飲料，用餐巾抹嘴。

「站在門邊的少年是我兒子，他叫拉希德。我很幸運，到了這把年紀還有一個年輕的兒子。因為年輕，他還有很大的可塑性。我把自己稱作拉希德之父。我本來還有兩個更年長的兒子，但他們都死掉了。我有一個心愛的太太是被長槍黨殺死。看著這個兒子的時候，我看到許多不可能的事都變為可能。一個新生的國家將會從他開始。所以請妳告訴我，妳是不是以為我瘋了？據實回答。」

她把椅子推近飯桌，微微向前傾，手肘抵在桌子上，又拍了幾張照片。

「那個人質現在怎樣了？」她問，「不是據說有個外國人被你們抓了去？大約是一年前的事。」

拉希德盯著相機鏡頭說：「知道我們為什麼要把西方人抓來關著嗎？因為這樣我們就不必再看到他們。他們會提醒我們，我們是如何千方百計在模仿西方。其結果就是妳看到的烽火連天。」

「他是說，這裡只要一天有西方人，就會構成對自尊和認同的威脅。」

「所以你用恐怖行動作為回應？」

「他是說，恐怖活動是我們用來讓我們的人民在這世界有一席之地的方法。別人用工作來獲得的東西，我們會用恐怖活動來達成。恐怖活動讓一個新的未來有可能誕生，可以讓所有人成為一個人。人們會以前所未有的方式活在歷史裡。他是說，我們每一分鐘都可以改變歷史。歷史不是書本或人類記憶。只要喜歡，我們可以在早上創造歷史，再在吃午飯的時候改變它。」

布麗塔重裝底片和拍照。

「那人質後來怎麼啦？」

她等著，大拇指放在快門線的按鈕上。她把相機放下，看著那個翻譯員。

他說：「我們因為沒有外國勢力支持，所以有時需要用舊一套的方式做生意。我們賣這個，買那個，無時不有些買賣在進行。我們會買賣毒品、武器、珠寶、勞力士和ＢＭＷ。人質也是如此。我們把他賣給了基本教義派。」

布麗塔想了一想。

「他們把他留下了？」

「他們對他做了他們想做的事。」

拉希德舉起杯子喝飲料。她看到他右手在抖。她調整姿勢，繼續拍攝。

他說：「毛澤東相信思想改造，相信只要改變人民的基本性格就可以改變歷史。他是什麼時候了解到這個的呢？是在權力巔峰的時候嗎，還是當游擊隊領袖的時候，跟著一小群土匪流寇躲在深山裡的時候？妳必須告訴我妳是不是認為我完全瘋了。」

她向桌子探身，拍了一張照片。

他說：「毛澤東認定武裝鬥爭是人類意識最後和最偉大的行動。那是最後一齣大戲和最後一個考驗。但鬥爭不是會死很多人嗎？但毛澤東說過，死有輕於鴻毛，有重於泰山。如果你是為國家和人民而死，你的死就又沉又重，但如果你是為壓迫者和剝削者賣命而死，那你的死就是自私的、徒然的，會像最小小鳥的一根羽毛那樣被風吹走。」

他盯著相機鏡頭說：「坦白告訴我吧，我想知道。住在這種又髒又臭的地方，天天對著一群小孩說話，把同樣的話說了一遍又一遍。妳認為我是不是瘋了？但我相信我說的每一句話，每一個字。這棟房子是一個新國家的第一分鐘。現在告訴我妳是怎麼看的。」

那翻譯喝了口飲料，用餐巾擦了擦嘴巴。

「他的意思很簡單：毛的思想將會席捲世界。」

口若懸河的大男人胡說八道。但她沒說什麼，因為她又能說什麼？她的底片幾乎用光，只剩下一張。出於一時衝動，她走到站在門邊那個小伙子前面，拔去他的頭套，丟到地上。她拔頭套的動作並不輕柔，但一直保持微笑。然後她退後兩步，拍下小伙子的照片。

小伙子要過了片刻才反應過來。他對她流露出鄙視厭惡的表情，想讓她看見他臉上每根肌肉都在動。他膚色很深，襯衫上也是別著他父親的照片，眼中微露凶光。他想要讓她知道，他認識她，是那個他一直想著和決心要恨的人。他的頭髮亂蓬蓬，並因為一直戴著頭套而沾滿汗水。但他恨她不是因為她羞辱他，而是因為他認識她。他眼神裡的凶光顯示出仇恨與憤怒可以把一個人的靈魂扭曲到何種程度。

她看出來他心意已決，然後他眼睛閃過一種豁出去的眼神，接著就出手打她。為了保護相機，她轉過身，用肩膀抵擋攻擊，並相信翻譯員幾秒鐘內就會出面干涉。小伙子的拳頭狠狠打在她的前臂，又伸手想搶相機，她手肘向後頂，想要擋開小伙子的手，沒想到卻擊中他的臉。

她等著小伙子望向自己父親，提出解釋。但他卻繼續瞪著她，眼神充滿新的藐視，縱情在自己的恨意中。她看出來他準備再次攻擊她。

拉希德這時說了些什麼。小伙子沒有反應。翻譯員把拉希德的話重說了一遍，小伙子撿起頭套，離開了房間。

布麗塔不慌不忙地把攝影器材收拾到工具箱。她聽見操場裡那些小伙子正在複誦剛學來的口號。她抱著一種抽離的心情走向拉希德，跟他握了握手，以緩慢的速度說出自己的名字。

下樓之後，他看見那個少了半隻耳朵的帶路人等在那裡，雙手把水瓶環抱胸前。

*

布麗塔借住在東貝魯特一戶公寓，房子是她一個朋友的朋友所有，空置已經超過一年。這城市的飯店不是垮掉、被洗劫一空便是住滿佔住者。夜已深，她再次走出陽台。她已吃過飯，泡過澡，讀了一篇談貝魯特的雜誌文章（因為在這個地方，你唯一能想能談和能讀的只有貝魯特）。她沒有特別想睡，而且要睡也不那麼容易。機關槍的掃射聲斷斷續續響了一整晚，而從正東邊也常常傳來陣陣隆隆聲，就像山脈在震動。再來還會不時響起零星槍聲，像是毒品買賣雙方談不攏價錢而拔槍相向。她不喜歡有槍手在外頭的情況下躺在床上。哪怕是在那些寧靜的停火間歇，她仍然會在寂靜中繃緊神經，等待下一回的駁火。所以她就再次走出陽台，想要站在貝魯特中間，用肌膚去感受瀰漫著陣陣無煙火藥味的空氣。

她看見海岸那邊有幾道焰火閃了閃，以隱約的弧形曲線掠過一大片區域，然後穿過瀰漫著煙雲的低空，向下落去。一輛黑色廂型車從她下方的馬路開過，天窗裡站著個捲髮、穿五彩田徑裝的男人，肩上扛著一根長大約七英尺的榴彈發射器。他是「黎凡特㊿的陽具霸主」，至少暫時是。許多戶人家的陽台都放著收音機，收音機裡談論的都是貝魯特，因為在這裡，你不會有第二個話題。

她想要站在貝魯特裡面。它像一幅電視牆那樣把她完全圍住，播放著各種擴大化的驚悚畫面。

她走進屋內，找到一瓶「米多里」香瓜甜露酒，只覺得難以置信。她在機場和會議中心都看過這種酒的廣告，但一直以為那只是一種姿態，實際並不存在，萬萬沒想到會在一棟廢棄公寓裡找到一瓶。但除了這種無人之地，哪裡又更有可能找到一瓶？她倒了一些酒在杯子裡，拿著杯子走出陽台。警笛聲在遠處響起。對街一面牆上佈滿塗鴉文字，各種姓名、日期和口號互相堆疊，而她在朦朧的光線中讀到阿里21已經打進了這個原屬基督教民兵全面控制的區域。他以英、法兩種文字宣示自己的存在：

阿里21獨力對抗全世界。

一片拖著白熱光點的銀光在街道上空燃亮了一下子。收音機的聲音在她四周叫喊著：貝魯特，貝魯特。它們逼向她，以一種哀痛的力量擠向她。這些打電話到電台的人都是躲在地下室，面對著一片幽黑，衣服裡滿身大汗，小孩抱著玩具武器睡在旁邊。為所有人質禱告吧，他們正被關在貯藏室和廁所裡；為所有小嬰兒禱告吧，他們正睡在碎布縫成的吊床上；為所有難民禱告吧，他們都有死掉的親人，正在等待著砲擊聲消沉下去。戰爭就是他媽的這麼簡單的一回事，是人類夢想破壞一切的陰暗天性在作祟。她聽到他們的聲音在這個被剷平的城市四面八方呼喊著：我們唯一的語言是貝魯特。

她把滿是浮渣的綠色甜露酒喝掉，回到屋裡想要睡一下。她七點前便得起床，踏上歸途。

大約一個小時後有什麼聲音把她吵醒。她再次走出陽台，提醒自己要千萬小心。當時快要凌晨四點，而她意識到，有什麼沉重的物體正輾壓著大地，向她這個方向慢慢逼近。她把身體探出欄杆外，看見有一輛坦克軋軋軋地轉過街角，開將過來。坦克的砲管上下移動著。她感到自己的腎上腺素急速升高，但還留在原地，看看會發生什麼事情。她猜那坦克應該是一輛老舊的蘇製T-34，曾經被偷過和賣過不下二十幾次，在不同的宗教和組織之間轉手。它身上的唯一標記是一些塗鴉文字，是許多年來一再用噴漆漆在上面的。坦克開近之後，她聽到一些人的談笑聲，然後看到許多人聲尾隨車後。他們都是些平民百姓，交談著和笑著，穿戴講究，共二十個大人和十

[60] Levant，一個歷史上不甚精確的地理名稱，指地中海以東、中東托魯斯山脈以南、阿拉伯沙漠以北，和敘利亞沙漠以西的一大片地區，涵蓋了現代的黎巴嫩、敘利亞、約旦、以色列，和巴勒斯坦領土。

個小孩。大多數小孩都是女孩，她們穿著漂亮的白色洋裝、及膝的白色長襪和真皮皮鞋。由於事情太過奇怪，布麗塔要花上片刻才明白過來，眼前是一支迎娶隊伍。新郎和新娘都手持著香檳杯子，一些女孩拿著綻放著刺激火花的仙女棒。一個穿柔和色彩燕尾服的客人叼著根長雪茄，繞著一個彈坑跳舞以取悅那些小孩。新娘的禮服很漂亮，上衣鑲有蕾絲飾邊。所有人看起來都超塵絕俗，無拘無束，一點都不驚訝於自己會在這裡。他們讓人覺得雇用一輛坦克來護送一支迎娶隊伍是再自然不過的事，就像這反而可以讓婚禮更加燦爛輝煌。仙女棒繼續綻放著火花。其他小孩捧著以羊齒植物襯托的玫瑰。布麗塔緊緊抓住欄杆扶手。她想要跳舞或笑或跳出陽台。她完全相信此時如果自己跳出陽台，一定可以輕輕著地，落在人群之間，穿著睡衣褲跟著他們一道走到天堂去。坦克在她正下方通過，砲塔滿佈密密麻麻的。她連忙跑回室內，給自己倒了一杯甜露酒，然後跑出陽台，向新人敬酒。她分別用瑞典文、英文、法文和阿拉伯文喊了「幸福快樂」這句話。坦克車的砲塔開始慢慢左右旋轉，砲管上下移動，像是在講一個黃色的蜜月笑話，逗得大家笑了起來。新郎向著那個站在頂層陽台衣衫不整的外國人舉起酒杯，然後這一行人便沒入夜色，尾隨著一輛車尾架有無後座力步槍的吉普車。

這一切消失得太快了。她留在外頭，傾聽著婚禮隊伍的最後餘聲。天色仍然漆黑，她在煙濛濛的空氣中感到冷颼颼。現在城市一片靜悄悄，這還是她抵達以來的第一次。她審視這靜寂。她的視線越過家家戶戶的屋頂，向西望去。在接近一個主要檢查點的附近，突然有光閃了一下。繼而在同一地點再閃了好幾次光，白皙而熾烈。她等著看回閃的光，亦即等著看還擊的火光，但所有閃光都是出現在同一位置，也沒有任何聲音。難道說這些閃光不是在宣佈當日的第一次自動武器交火已經開始？如果那些閃光不是武器所發出的，又會是什麼所發出？當然只剩下一種可能。有個人在那兒拿著一部帶閃光燈的照相機正在拍照。布麗塔在陽台上多待了一分鐘，看著鎂脈衝又把一個映像收入了底片。她交叉雙手環抱身體以抵抗寒意，計算著那無休止的閃光一共閃了幾次。這個死城又一次被人拍入了鏡頭。

國家圖書館預行編目資料

毛二世／唐・德里羅（Don DeLillo）著；梁永安譯. --初版. --臺北市:
寶瓶文化, 2011. 10
面； 公分. --（Island；155）
譯自：Mao II
ISBN 978-986-6249-64-8 （平裝）

874.57 100019705

island 155

毛二世

作者／唐・德里羅（Don DeLillo） 譯者／梁永安
外文主編／簡伊玲

發行人／張寶琴
社長兼總編輯／朱亞君
主編／簡伊玲・張純玲
編輯／賴逸娟・禹鐘月
美術主編／林慧雯
校對／賴逸娟・呂佳真・陳佩伶
企劃副理／蘇靜玲
業務經理／盧金城
財務主任／歐素琪 業務助理／林裕翔
出版者／寶瓶文化事業有限公司
地址／台北市110信義區基隆路一段180號8樓
電話／(02) 27494988 傳真／(02) 27495072
郵政劃撥／19446403 寶瓶文化事業有限公司
印刷廠／世和印製企業有限公司
總經銷／大和書報圖書股份有限公司 電話／(02) 89902588
地址／台北縣五股工業區五工五路2號 傳真／(02) 22997900
E-mail／aquarius@udngroup.com

法律顧問／理律法律事務所陳長文律師、蔣大中律師
如有破損或裝訂錯誤，請寄回本公司更換
著作完成日期／一九九一年
初版一刷日期／二〇一一年十月
初版三刷日期／二〇一一年十月二十七日

ISBN／978-986-6249-64-8
定價／三二〇元

AQUARIUS 寶瓶文化事業

愛書人卡

感謝您熱心的為我們填寫，
對您的意見，我們會認真的加以參考，
希望寶瓶文化推出的每一本書，都能得到您的肯定與永遠的支持。

系列：Island155　　書名：毛二世

1. 姓名：＿＿＿＿＿＿＿＿　性別：□男　□女

2. 生日：＿＿年＿＿月＿＿日

3. 教育程度：□大學以上　□大學　□專科　□高中、高職　□高中職以下

4. 職業：＿＿＿＿＿＿＿＿

5. 聯絡地址：＿＿＿＿＿＿＿＿＿＿＿＿＿＿＿＿

聯絡電話：＿＿＿＿＿＿＿＿　手機：＿＿＿＿＿＿＿＿

6. E-mail信箱：＿＿＿＿＿＿＿＿＿＿＿＿＿＿＿＿

□同意　□不同意　免費獲得寶瓶文化叢書訊息

7. 購買日期：＿＿年＿＿月＿＿日

8. 您得知本書的管道：□報紙／雜誌　□電視／電台　□親友介紹　□逛書店　□網路
□傳單／海報　□廣告　□其他

9. 您在哪裡買到本書：□書店，店名＿＿＿＿＿　□劃撥　□現場活動　□贈書
□網路購書，網站名稱：＿＿＿＿＿＿　□其他＿＿＿＿＿

10. 對本書的建議：（請填代號　1. 滿意　2. 尚可　3. 再改進，請提供意見）

內容：＿＿＿＿＿＿＿＿＿＿＿＿

封面：＿＿＿＿＿＿＿＿＿＿＿＿

編排：＿＿＿＿＿＿＿＿＿＿＿＿

其他：＿＿＿＿＿＿＿＿＿＿＿＿

綜合意見：＿＿＿＿＿＿＿＿＿＿＿＿＿＿＿＿＿＿＿＿

11. 希望我們未來出版哪一類的書籍：＿＿＿＿＿＿＿＿＿＿＿＿＿＿

讓文字與書寫的聲音大鳴大放

寶瓶文化事業有限公司

（請沿此虛線剪下）

廣　告　回　函
北區郵政管理局登記
證北台字15345號
免貼郵票

寶瓶文化事業有限公司　收

110台北市信義區基隆路一段180號8樓

8F,180 KEELUNG RD.,SEC.1,

TAIPEI.(110)TAIWAN R.O.C.

（請沿虛線對折後寄回，謝謝）